웰컴 투

탄광촌
이발소

웰컴 투
탄광촌
이발소

오쿠다 히데오 소설

김난주 옮김

북로드

1

'무코다 이발소'는 홋카이도 중앙부에 있는 도마자와 면에서 전쟁이 끝난 지 오래지 않은 1950년부터 이어져 내려오는 옛날 이발소다. 주인인 야스히코는 쉰세 살의 평범한 이발사, 스물여덟 살에 아버지로부터 이발소를 물려받은 후로 사반세기에 걸쳐 부부 둘이 이발소를 꾸려오고 있다.

무코다 야스히코가 가업을 잇게 된 것은 아버지가 허리 디스크를 앓아 일할 수 없게 된 탓이었다. 삿포로에서 대학생활을 마친 야스히코는 역시 삿포로에서 광고 회사에 취직해 바쁜 나날을 보내고 있었는데 집안 상황이 급박하게 돌아가자 귀향을 결심했다. 장남이라 뒷짐 지고 있을 수만은 없는 사정도 있었다. 이용학원에 다니면서 기술을 기초부터 배워

아버지 뒤를 잇게 되었다. 그 아버지는 3년 전 여든 살로 세상을 떠났다. 일흔아홉 살의 어머니는 아직 건강해서 지금도 가게에 나와 손님을 상대하려 한다.

도마자와는 과거 탄광 덕에 번성했던 마을이다. 메이지 시대 초기에 석탄 광맥이 발견되자 여기저기에 탄광이 생겨났고 일본 각지에서 사람들이 모여들었다. 1950년대 후반에는 관련 공장도 진출, 인구 8만을 거느린 일본 유수의 탄광 도시로 발전했다.

그런데 1960년대 후반에 접어들자 에너지 정책이 석유로 전환된 데다 외국에서 싸게 들어오는 석탄 탓에 경쟁력을 잃어 쇠퇴하기 시작했다.

야스히코의 소년 시절은 고스란히 그 쇠퇴기와 겹쳤다. 탄광이 줄줄이 문을 닫았다. 덩달아 반 아이들도 전학을 갔고 초등학교와 중학교의 통폐합이 잇달았다. 타개책으로 영화제를 유치하고 레저 시설을 조성하는 등 관광산업에 힘을 쏟았지만 별 효과는 없었다. 방만한 탁상행정의 결과 빚더미만 날로 늘어갔다. 야스히코가 삿포로에서 사회인이 되던 해, 도마자와 면은 끝내 재정 파탄으로 내몰렸다. 그 후 인구 유출이 더욱 심각해져, 드넓은 자연 속 여기저기에 사용하지 않는 도서관과 음악당 건물만이 덩그러니 서 있게 되었다.

과거 열 군데 이상 있던 이발소도 지금은 두 군데밖에 남아 있지 않다. 손님은 대부분이 마을의 고령자다.

장래성이 없어 야스히코는 자신을 마지막으로 이발소 문을 닫으려 했다. 가업이라고는 하나 기껏해야 탄광 마을의 이발소, 자랑할 만한 것이 못 된다. 스물다섯 살인 맏딸 미나는 도쿄에 있는 복식 전문학교에 진학했고 졸업한 후에는 그대로 도쿄에 남아 의류 회사에서 일하고 있다. 스물세 살의 맏아들 가즈마사는 삿포로에서 사립대학을 졸업하고 중견 상사에 취직했다. 자식들이 고향으로 돌아와 주기는 바라지 않는다. 인구가 격감해 사람보다 소가 더 많은 쇠락한 시골 동네에 젊은이들을 매료할 만한 요소는 무엇 하나 없다. 자식들에게는 자식들의 인생이 있다. 자신과 아내의 노후가 불안하지만 그건 어쩔 수 없는 일이라고 생각하고 있었다.

그런데 아들 가즈마사가 도마자와로 돌아오겠다는 말을 꺼냈다.

"나요, 우리 고향을 어떻게든 하고 싶어. 이대로 가다 젊은 사람이 싹 없어지면 어떻게 되겠어. 할아버지 할머니만 남은 동네가 되다 못해 나중에는 아예 없어질 거라고. 그건 안 되는 일이잖아. 나, 아버지 뒤를 이어 무코다 이발소를 맡을 거야."

올 설에 귀성했을 때, 가즈마사는 가족들 앞에서 대뜸 그렇게 말했다.

"청년단의 세가와 씨와도 얘기해봤어. 그 사람도 가업인 주유소를 하고 있잖아. 세가와 씨가, 나도 도시로 나가고 싶

7

은 꿈은 있었지만 이 고장에서 주유소가 없어지면 동네 사람들이 얼마나 곤란하겠느냐, 그러니 세가와 석유의 간판을 지킬 의무가 있지 않겠느냐, 그렇게 말하더라고. 나, 그 자세가 훌륭하다 싶었어."

원래가 말이 많은 아들인데 그날따라 열변을 늘어놓았다.

"그럼 지금 다니는 회사는 그만두겠다는 말이냐? 대학 졸업하고 애써서 들어간 회사인데, 아깝지 않겠어?"

야스히코가 묻자 가즈마사는 딱 잘라 대답했다.

"미련 없어."

"그래도 너, 일 시작한 지 겨우 1년 만에 그만두는 건, 너무 이른 거 아니냐."

"그야 이제 겨우 일 좀 익혔는데 그만두겠다고 하자니 회사에 미안하기는 하지. 그래도 이렇게 말하기 뭐하지만, 회사원은 누구든 대신할 수 있지만 도마자와의 이발소는 대신할 수 있는 사람이 아무도 없는 걸. 내가 물려받지 않으면 노다이케에 있는 쓰타키 아저씨네 이발소만 남잖아. 거기도 아들이 삿포로로 가버렸으니까 이대로 가면 앞으로 10년 남짓에 도마자와에 이발소가 사라진다고. 그렇게 되면 마을 사람들이 얼마나 불편하겠어."

가즈마사의 열변을 들으면서 야스히코는 적지 않게 위화감을 느꼈다. 중학생 시절부터 절대 이발소를 잇지 않겠다고 하던 아들이 아닌가. 아들은 도쿄로 가서 방송국 관련 일을 하고 싶다는 꿈을 품고 있었다. 그런데 고등학교로 올라가 다소 현실적이 되자, 삿포로에 있는 대학에 진학하고 또 취직까지 했다. 그래도 집을 떠난다는 방침은 변하지 않았을 것이다.

아들에게 그사이 어떤 심경의 변화가 있었던 것일까. 갑자기 고향에 애착을 느끼기라도 한 것인가.

가즈마사의 선언을 두 손 들어 환영한 쪽은 어머니였다.

"할아버지가 하늘나라에서 얼마나 좋아하시겠니. 잘됐다, 잘됐어."

어머니는 눈물까지 글썽이며 손자를 향해 두 손을 모으고 머리까지 굽실거렸다.

아내 교코는 "이런 시골 이발소, 굳이 물려받지 않아도 되는데." 하고 아들의 앞날을 걱정하면서도 내심 기뻐하는 눈치였다. 부부와 시어머니 셋이 사는 것보다 젊은 아들이 있어 주는 편이 생활에도 탄력이 있을 건 뻔한 일이다.

교코는 그날 이후로 기분이 좋다. 부엌에서 일할 때도 콧노래를 흥얼거린다.

그러나 야스히코는 복잡한 심정을 풀 길이 없었다. 인구가 날로 줄어드는 이런 시골에서 이발소에 앞날이 있으리라고는 생각되지 않는다. 젊은 사람들이 없지는 않지만, 최근에는 다들 한 달에 한 번 삿포로에 쇼핑을 다녀오는 길에 이발과 미용까지 하고 온다.

그 점을 지적하자 가즈마사는 유독 자신만만하게 이렇게 대답했다.

"그게 기존 방식을 고수하려고만 하니 앞이 안 보이는 거지. 나도 삿포로에서 사회 경험을 쌓았다고. 그냥 이발소를 하겠다는 말이 아니야. 내 계획은 말이지, 가게를 증축해서 같은 공간에 카페를 만들 거야. 옆에 있는 창고, 전혀 사용하지 않잖아. 그 땅을 활용하면 여섯 평 정도는 넓힐 수 있으니까 거기에다 동네 사람들 쉼터처럼 카페를 차려서 새로운 손님을 끌어들이는 거지."

야스히코는 반론하고 싶은 거리가 많았지만 아무튼 좀 기다리라고 충고하고는 그때는 별 다른 말을 하지 않았다. 말이 쉬워서 증축이지 자금은 어떻게 할 것인가. 지금 무코다 집안에는 그런 돈을 마련할 여력이 없다.

그리고 한 달이 채 지나지 않아 가즈마사는 한마디 의논도 없이 회사를 그만두고 집으로 내려왔다. 도마자와에서 1년 동안 아르바이트를 해 학비를 벌고 다시 삿포로에 가서 이용학원을 2년 다닌 후, 스물여섯 살에 이발사가 되겠다는 것이었다.

야스히코는 아들의 결단이 그저 당혹스러울 따름이었다. 속으로는 자신의 아들이 좀 더 큰 뜻을 품어주었으면 했던 것이다.

가즈마사는 동네 목공소에서 아르바이트를 시작했다. 그러나 아무런 기술도 없고 기계도 다룰 줄 모르니 트럭에 원자재와 가구를 실어 나르는 일밖에 할 수 없다. 그나마 1년 일하고 그만두는 조건에 같은 동네 사람이라, 목공소 주인도 봐줘서 고용했다는 인상이었다.

"손자를 위하는 일인데 이용학원 학비 정도는 할미가 내주마."

어머니는 그렇게 말했지만 가즈마사가 씩씩거리면서 단호하게 거절했다.

"할머니, 전 이제 어린애가 아니라고요. 전부 제 힘으로 할 거예요. 할머니 연금으로 학교를 다니다니, 남자가 할 짓이 아니죠."

어머니는 감격해서 또 눈물을 글썽거렸지만 야스히코로서는 육체노동을 하는 아르바이트가 무슨 득이 되랴 싶어, 할머니 말을 따르면 좋겠는데 하고 생각한 것도 사실이었다.

가즈마사는 매일 아침 여섯 시에 일어나 교코가 싸주는 도시락을 들고 기운차게 집을 나선다. 2월의 도마자와는 영하 10도를 쉬이 밑돌아 콧물이 얼어붙을 정도다. 그런데도 이제 곧 봄이 올 거라고 활기차게 말하면서 힘든 내색을 전혀 하지 않는다. 그러나 그 밝은 표정에서 야스히코는 왠지 모르게 괜한 허세를 부리는 듯한 느낌을 받는다.

"좋지 뭘 그래. 뒤를 이을 사람이 생겼는데. 야스히코 자네,

배부른 소리 하는 거 아냐?"

　눈을 부라리며 그렇게 핀잔을 주는 사람은 불알친구 다니구치 슈이치다. 다니구치는 소규모 전기공사 가게의 사장으로, 초등학교 시절부터 어울려 논 사이다.

　"우리 아들놈은 삿포로로 떠난 후로 그만인데. 그것도 버젓한 회사에 다니면 군소리나 안 하겠는데, 술집에서 돈 받고 일하는 점장이라고. 입으로야 언젠가는 독립하겠다고 하지만, 글쎄다. 도시 나가서 그러고 사느니 우리 전기공사 일이나 배우는 편이 써먹을 데가 많지. 가즈마사가 잘한 거야."

　둘은 단골 술집 다이코쿠에서 술을 마시고 있었다. 도마자와 면에는 음식점이 몇 군데밖에 남아 있지 않아 1년에 100일 밤은 이 술집에 얼굴을 내민다. 옛날에 탄광 식당에서 일했다는 여주인은 자칭 60대로 혼자서 가게를 꾸려나가고 있다.

　"이 도마자와에서 이발소를 해서 뭐 하겠나? 새로운 손님을 끌어들이겠다느니 어쩌겠다느니 꿈같은 소리를 하고 있지만, 젊은 사람들이 다 떠나가는 마당에 어떻게 새 손님을 끌어들이겠어. 게다가 애당초 사람이 없잖아. 산을 향해 '자, 어서들 오십쇼' 하고 외치는 거나 다름없잖나 말이야."

　야스히코는 그렇게 반론을 폈다. 두 사람 사이에서는 벌써 몇 번이나 오간 얘기다.

　"자네, 그렇게 말하면 안 되지. 젊은 사람이 도전해보겠다는데 우리 같은 부모 세대는 그저 응원하는 게 도리야."

"뭘 응원하라는 말인가. 가게를 넓혀서 절반은 카페를 하겠다는데 신용 금고에서도 대출을 거절할걸. 가령 자금은 어떻게 조달했다 쳐도, 카페가 잘 안되면 그 빚은 누가 갚겠어. 가즈마사 혼자 갚게 할 수는 없으니 결국 내가 뒷감당을 하게 될 게 아니냐고."

"비관적으로 생각하면 그렇겠지."

다니구치가 오징어를 질겅거리면서 말한다.

"누가 낙관적으로 생각할 수 있겠어. 이렇게 아무도 없는 시골에서."

야스히코는 강경하게 말을 되받았다.

"그래도 아무튼 좋은 일이잖아. 아들이 돌아왔으니."

여주인이 카운터 너머에서 끼어들었다.

"난 젊은 사람이 동네에 남아주는 건 무조건 찬성이야. 이대로 노인네들만 남으면 동네 자체가 소멸될 수도 있잖아."

"아줌마야 동네에 젊은 사람들이 있어 주면 좋겠지. 나도 그건 마찬가지야. 그런데 그게 자기 아들이면 얘기가 달라진다고. 아줌마는 자기 아들이 이 동네에 남겠다면, 좋겠어?"

야스히코가 묻자 여주인은 잠시 머뭇거리더니 어깨를 으쓱하고는 대답했다.

"그러네. 내 아들이 그러겠다면 고민되겠네."

"그렇지? 그러니까 간단하지가 않다고. 우리 노후를 생각하면야 자식이 옆에 있는 것만큼 든든한 것도 없겠지. 그러나 그 자식의 앞날을 생각하면 마냥 좋아할 수만은 없다고. 도마자와에 미래가 있어야 말이지. 그거 하나는 분명하잖아."

"그렇게 단정하는 건 좀 그렇지. 도마자와를 어떻게 해보겠다고 도쿄에서도 사람이 내려와 있잖나."

다니구치가 불만스럽다는 듯이 말을 받았다. 도쿄에서 내려온 사람이란 총무성에서 파견된 관료로 면장을 보좌하고 있다. 30대 중반에 언뜻 보기에도 열성파이고 마을 재건에 온 힘을 쏟고 있다. 게다가 지역 주민과의 교류에도 적극적이라 청년단의 고문까지 맡고 있다.

"그 도쿄에서 내려온 관리가 오히려 일부 사람들을 부추겨서 안이한 기대를 품게 하고 있는 거 아니냐고?"

"그건 잘 모르겠지만, 털털하고 좋은 사람이야. 도쿄대학 나온 인텔리인데 조금도 우쭐거리지 않고 동네 사람들과 하나가 돼서 같이 고민하고 있다고."

"그래, 맞아. 사사키 씨 말하는 거지? 우리 가게에도 온 적 있는데, 사람 좋던데 뭘."

술집 여주인도 동조했다.

야스히코는 사사키라는 관리에게 통 친근감이 느껴지지 않았다. 오히려 그 밑도 끝도 없이 긍정적인 태도가 진정성에서 우러나오는 것인지 의문이 느껴지곤 한다. 그런데 가즈마사는 사사키에게 크게 감화된 눈치였다. 그 점도 마음에 들지 않았다.

"자네는 옛날부터 걱정이 너무 많은 게 탈이야. 좀 더 낙천적으로 살라고."

그렇게 말하고서 다니구치는 야스히코의 어깨를 툭툭 친다.

"동네 사람들이 하나같이 낙천적이다 보니 도마자와가 재정 파탄을 맞은 거지. 그러니 조금은 반성을 해야 하지 않겠어."

야스히코는 큰 소리로 받아쳤다. 가게에 다른 손님은 없다. 대부분의 음식점이 주 사흘 영업을 하고 있다. 그리고 문 닫을 시간까지 있으면 가게 주인이 차로 집까지 데려다준다. 그렇게라도 하지 않으면 아무도 술을 마시러 오지 않기 때문이다.

2

가즈마사는 목공소 일이 끝나면 집으로 돌아와 저녁을 먹고는 거의 매일 밤 밖에 나갔다. 단골 술집에 청년단 동료들이 늘 모이는 듯했다. 그 술집에 같이 있었다는 지인 말이, 동네에 남아 있는 젊은이들이 모여서 밤이면 밤마다 "이대로는 안 된다, 도마자와를 어떻게든 해야 한다." 하고 격론을 벌인다고 한다.

그리고 그 자리에 사사키도 수시로 가담해서 토론회 양상을 떠는 일도 있다고 한다. 늘 보는 얼굴끼리 매일 밤 모이는데 새로 할 얘기가 뭐가 있을까 싶은 것은 중년인 야스히코 생각이지, 젊은 사람들은 늘 어울리고 싶은 것이리라. 야스히코 역시 젊은 시절에는 매일 밤 친구들과 함께 차를 몰고 아무것도 없는 산길을 달리곤 했다.

그날 밤도 가즈마사는 일을 끝내고 돌아오자 저녁을 후다닥 먹어치우고 휴대전화로 몇 군데 연락을 하더니 다시 다운재킷을 껴입었다.

"너무 마시지는 말고."

교코가 한마디 주의를 준다.

"오늘은 내가 운전을 해야 돼서 안 마실 거야."

제 돈으로 산 중고 경차에 올라타 의기양양하게 나간다.

"아니, 여자처럼 술도 안 마시고 떠들기만 한다고?"

어이가 없어 야스히코가 그렇게 말하자, 교코는 "술 없이도 얼마나 재미있는데." 하고 이해한다는 태도를 보였다.

"당신은 태평해서 좋군. 가즈마사가 앞으로 어떻게 될지, 진지하게 생각이나 해봤나 모르겠어."

"나도 다 생각해요. 카페를 차리겠다는 얘기는, 돈이 없으니까 당장 그러기는 힘들겠지만, 그래도 이용사가 돼서 가업을 잇는 건 그렇게 나쁜 일이 아니고 무엇보다 기술을 익히는 거잖아요. 그러면 무코다 이발소 벌이가 시원치 않더라도 삿포로에 나가 체인점에서 일할 수도 있고, 별로 나쁜 계획 같지 않은데, 난."

교코가 돈가스를 우물거리면서 말한다. 귀가 잘 들리지 않는 어머니는 벌써 식사를 끝내고 당신 방에서 텔레비전을 보고 있었다.

"빚을 떠안는 게 어디 보통 일이야. 남의 밑에서 이용사로 일하면서 무슨 재주로 갚겠어."

"지금은 그 아이가 한참 들떠 있어서 무슨 말을 해도 소용없다고요. 카페를 차리겠다는 것도 이용학원 졸업한 후니까 앞으로 3년이나 남았는데 뭐. 그때 가서 현실에 부딪치면 조금은 냉철해지지 않겠어요."

교코 말이 타당해서 야스히코는 기세가 눌렸다.

"흠, 당신도 한통속이 되어 들떠 있는 줄 알았는데."

"그럴 리가 있겠어요. 사람이 점점 줄어드는 도마자와에서 새로운 장사를 한다는 게 지나친 모험이지. 그래도 젊은 사람들이 어떻게든 해보려고 힘을 내고 있는데, 노인네들 생각으로만 삐딱하게 보는 건 아닌가 싶네."

"당신도 슈이치와 똑같은 말을 하는군. 나도 응원하고 싶은 마음은 굴뚝같아. 하지만 말이야, 도마자와에 있으면 어떤 여자가 시집을 오겠어. 나는 그게 제일 걱정이라고."

"걱정 말아요. 나 같은 별난 여자가 반드시 있을 테니까."

교코가 된장국을 후루룩 마시고는 고개를 저쪽으로 돌리고 말했다. 야스히코는 대답할 말이 궁해졌다.

삿포로에서 회사원으로 생활할 때, 당시 연인이었던 교코에게 도마자와로 돌아가 가업을 잇고 싶다고 털어놓았다. 그러자 삿포로에서 태어나 회사에 다니고 있던 그녀는 그 자리에서 "좋아요. 나도 따라 가지 뭐." 하고 바로 대답했다. 그래서 결혼이 결정되었다.

　교코는 이용학원에는 다니지 않았지만 통신교육을 통해 부기를 공부하면서 이발소 주인 아내로서의 나날에 대비했다. 그런 시골에 가서 살아도 괜찮겠느냐고 묻는 야스히코에게 그녀는 웃으면서 "인생이 다 인연인데요 뭐." 하고 가볍게 대답했다. 그 후로 불평불만은 한마디도 하지 않았다.

　"청년단에도 다 남자들뿐이라고. 젊은 처자는 고등학교 졸업하면 다 떠나가고. 조상의 묘를 지켜야 하는 의무가 없으니 자유로운 게지. 우리 미나도 도쿄로 가버렸잖아. 당신 같은 별난 여자, 쉽게 없을 거야."

　"지금부터 걱정해봐야 무슨 소용이 있겠어요. 가즈마사는 아직 스물셋이라고요. 걱정 없어요."

　도마자와에는 서른이 넘었는데도 독신으로 지내는 남자들이 우글우글하다. 그러니 더 걱정인 것이다.

　"요즘은 뒤를 이어줄 자식이 없어서 속 썩는 사람들이 더 많은 시대라고요. 당신 걱정은 사치야, 사치."

　교코가 그렇게 말하고는 일어나, 다 먹은 그릇들을 부엌으로 가져갔다.

　"흠, 그럴지도 모르지."

　야스히코는 한숨을 쉬고는 밥을 우물우물 먹었다. 집 밖에서는 아무 소리도 나지 않는다. 그래도 일단은 중앙로 변에 집을 겸한 가게가 있는데, 오가는 차가 없기 때문이다.

집 안에 울리는 소리는 귀가 잘 들리지 않는 어머니 방에서 왕왕거리는 텔레비전 소리뿐이다.

무코다 이발소는 아침 일곱 시에 문을 열고 빨강과 하양 파랑 사인폴을 돌린다. 아주 가끔 출근 전에 이발을 하러 오는 손님이 있는 터라 그들을 맞기 위해서다. 그러나 그런 손님은 정말 어쩌다 한 번 있기 때문에 안에서 아침을 먹고 있는 게 보통이다. 작은 동네라 융통성 있게 하지 않으면 가게를 꾸려나갈 수가 없다.

야스히코는 오전 아홉 시가 되면 하얀 스탠드컬러 셔츠에 까만 조끼로 갈아입고 가게로 나간다. 단 평일에는 손님이 거의 없다. 하루에 손님이 한 명도 없는 날이 있지만, 그런 때도 가게를 비울 수는 없다.

이런 장사는 그저 손님이 오기를 기다리는 수밖에 없다. 게다가 이발소는 세일이나 신상품과도 인연이 없다. 자발적으로 뭘 할 수 없다는 건 참 괴로운 일이다.

수입은 가족이 먹고살 정도는 되지만, 호사를 부릴 여유는 없다. 지난 10년 동안 해마다 매출이 줄어 불필요한 전기는 꼼꼼하게 끄는 등의 경비 절감으로 버텨왔다. 가즈마사가 그리는 꿈은 너무 안이하다. 카페 운영이 생각 같지 않아 한 가게 안에서 부자 둘이 언제 올지 모르는 손님을 하염없이 기다리게 된다면……. 상상만 해도 울적해지는 광경이다.

소파에서 신문을 읽고 있자니 문에서 종이 딸랑딸랑 울리면서 손님이 들어왔다. 야스히코는 "네, 어서 오십시오." 하면서 엉덩이를 들었다가 얼굴을 보고는 동작을 멈췄다.

도쿄에서 온 면사무소의 파견 관료 사사키였다. 얼굴은 알지만 말을 나눈 적은 없다. 손님으로 온 것인가, 아니면 다른 용건이 있는 것인가.

"저, 머리를 좀 깎을 수 있을까요?"

두꺼운 다운재킷을 입어 미쉐린 타이어 캐릭터처럼 투실투실하다. 밖이 추워 그런지 얼굴도 딱딱하게 굳어 있다.

"그야 당연히⋯⋯. 면사무소에서 걸어온 건가?"

"네. 요즘 너무 추워서 밖에 잘 나가지 않는 통에 운동도 할 겸. 야, 그런데 춥긴 춥습니다."

사사키는 두 손으로 볼을 비비며 말했다.

"우선 불을 좀 쬐지."

야스히코는 일어나 의자를 스토브 앞으로 밀어 놓았다.

"시간은 있는 건가?"

"괜찮습니다. 예정되었던 회의가 취소돼서 마침 시간이 생겼는데 무코다 청년 집이 이발소라는 게 생각나서요. 두 달이나 머리를 깎지 않아놔서 가볼까 하고."

사사키가 하얀 이를 드러내고 말한다.

"그렇군. 우리 이발소는 조합에 들어 있어서 면도까지 합해 3,700엔인데 괜찮겠나?"

"물론입니다."

"평소에는 삿포로에 나가서 자르나? 좋아하는 스타일이 있으면 말해주면 좋겠는데."

"두 달치 자란 만큼 잘라주면 됩니다. 그다음은 적당히."

사사키는 쾌활했다. 청년단의 청년들이 이 소탈함을 좋아하는 것이리라. 얼른 의자로 안내하고 이발 준비를 시작한다.

"이 가게, 입지가 꽤 좋은데요. 면사무소에서도 경찰서에서도 걸어올 수 있고."

사사키가 말했다.

"음, 그렇지. 덕분에 공무원들이 다들 우리 이발소에 오는 거지. 대신 스포츠센터와 공영 주택이 있는 지역 사람들은 다른 이발소에 가지만."

"하, 자연스럽게 구역이 나뉘었군요."

"동네에 두 군데밖에 없는 이발소가 경쟁을 해서 어쩌겠나. 그러니 서로의 손님은 빼앗지 않는 것이 묵시적인 양해 사항이랄까, 예의랄까……."

"그렇군요. 도마자와는 넓이로만 치면 도쿄의 세타가야 구와 스기나미 구를 합한 면적에 필적하니 분담하는 편이 좋은 거군요. 그래도 동네 사람들 대부분이 이발을 하든 쇼핑을 하든 차가 없으면 꼼짝을 할 수 없겠더군요."

"그러게 말이야. 어르신들만 남은 세대에서는 차를 이용할 수 없으면 속수무책이지."

"여러분은 한 군데 모여 살려는 생각은 없으신 겁니까?"

사사키가 묘한 말을 했다. 야스히코는 무의식중에 동작을 멈추고 거울 속을 보았다.

"그게 무슨 말이지?"

"도마자와의 최대 약점은 주민이 여기저기 흩어져 산다는 겁니다. 그래서 행정 서비스도 효율적이지 못하고 인프라 정비도 구석구석 미치지 못하는 거죠. 예를 들어서 아스카 지구에 사는 열 몇 세대. 전원이 65세 이상. 그 사람들이 단체로 공영 주택에 이사해주면 겨울에 아스카로 통하는 길은 제설작업을 하지 않아도 되잖아요. 예산으로 따지면 상당한 차이가 생깁니다."

"흠, 그래도 아스카 주민들은 조상 대대로 내려오는 땅에서 사는 데다 농사를 계속 짓고 있는 사람도 있는데, 그런 곳을 떠나기가 쉽지 않을 거야."

"그렇겠죠. 하지만 후계자도 없다고 들었거든요. 그렇다면 근처에 병원과 슈퍼마켓이 있는 공영 주택에 사는 편이 노후에 더 안심이지 않을까, 저 같은 사람은 그렇게 생각하는데."

"그 말은 자기 땅을 버리고 이사를 하라, 그런 뜻인가?"

"뭐 그런 셈이죠."

사사키가 거리낌 없이 대답해, 야스히코는 약간 화가 났다. 야스히코 자신은 땅이나 조상의 산소에 집착하지 않지만 남이 쉽게 말하면 아무래도 화가 난다.

"요컨대 동네의 사이즈를 줄이는 거죠. 넓은 집 여기저기에 흩어져 있는 것보다 한 방에 모여 있으면 난방비를 줄일 수 있는 것처럼, 그런 원리입니다."

"말이야 맞는 말이지만……."

상대는 손님이라 반론하지 않았다. 그러나 그런 원리라면 도마자와 면민 전체를 삿포로 근교로 이주시키는 편이 더 효율적이지 않겠는가.

"사사키 씨는 고향이?"

"나가노입니다. 우리 집도 시골이라서 쇠퇴한 지방 문제는 나름 잘 알고 있다고 생각하는데요."

"그렇군."

"시골 사람들은 나이가 들면 집합 주택에 모여 사는 편이 좋습니다. 자식들도 안심할 수 있고요."

"그건 그렇지."

사사키는 말이 많았다. 명색이 부면장이지만 거들먹거리는 구석이 조금도 없고 이런 시골을 깔보지도 않고, 진지하게 도마자와의 앞날을 걱정하는 듯 보였다. 원래가 관료이니 사명감이 투철한 것이리라. 아내와 어린아이를 데리고 부임했다는 점에서도 호감을 사고 있다.

안에서 교코가 나와 거울 너머로 인사하고는 빗자루로 바닥에 떨어진 머리칼을 쓸어 모았다. 손님이 누구인지 모르는 것 같아서 야스히코는 가르쳐주었다.

"부면장 사사키 씨야. 가즈마사에게 들었지?"

"어머나, 그래요? 아들이 늘 신세를 지고 있다던데요."

교코는 반가워하면서 옆에까지 가서 머리를 숙였다.

"가즈마사가 도마자와로 돌아와 새로운 일을 하고 싶다고 해서 기대가 큽니다. 가즈마사처럼 고향의 앞날을 걱정하는 젊은이가 한 사람이라도 많아지면, 도마자와도 틀림없이 변할 거예요."

사사키가 교코에게 말했다.

"나도 그렇게 생각하는데 우리 주인 양반은 이런 시골에서 이발소를 해봐야 앞날이 어둡다고, 시집올 처자도 없다고, 그런 얘기만 하네요."

"당신, 무슨 내 탓을 하고 그래. 당신도 100퍼센트 찬성하는 건 아니잖아."

"당신보다는 긍정적이에요. 난 우리 아들을 응원할 거라고요."

교코가 턱을 쑥 내밀고 야스히코의 말을 받아쳤다.

"당신 말이지, 손님 앞에서 시비 거는 거 아니지."

"저는 괜찮습니다."

사사키가 히죽 웃고는 말했다.

"아버님이 불안해하시는 건 당연한 일이죠. 주유소의 세가와도 아버님이 새 사업에는 반대하신다는 것 같던데요."

"세가와 석유의 아들놈도 뭘 새로 시작하는가 보군."

"주유소와 같이 서점을 할 계획이랍니다. 그것도 만화를 특화해서 문화 발신기지로 하고 싶다더군요."

"흐음."

야스히코는 세가와가 딱했다. 어느 집 아들이나 다 마찬가지다. 아직 젊으니 서로의 꿈을 얘기만 해도 신이 나는 것이다.

"그래서 사사키 씨는 잘될 거라고 생각하는 거요?"

"잘은 모르겠지만 가만히 있는 것보다는 낫겠죠. 앞날이 창창한 젊은이가 처음부터 세상을 삐딱하게 보면서 아무것도 하지 않는다면 인생이 너무 아깝잖아요."

"맞아요. 나도 한두 번의 실패는 해보는 게 좋지 않을까 해요."

교코가 내 말이 그 말이라는 듯이 맞장구를 쳤다.

"경제적으로 여유가 있으면 문제가 없지. 그런데 카페 한다고 500만 엔이나 빌렸다가 잘 안 되면 빚만 남는다고. 아무리 제 자식이라도 난 그런 빚은 떠안을 수 없어."

이발은 제쳐놓고 토론이 벌어지고 말았다.

"자금 문제는 조성금 제도를 사용하면 부담을 줄일 수 있습니다. 과소지에서 사는 주민들이 새로운 사업을 시작하면 무담보에 무이자로 300만 엔까지 대출을 해주는 특별 제도가 있거든요. 도마자와도 대상 지역입니다."

그렇게 설명하는 사사키.

"그 말은 나도 아들놈에게 들었는데, 그렇다고 그냥 주는 건 아니잖나. 어디까지나 빚이지."

여전히 야스히코가 물고 늘어지자 사사키는 상반신을 덮은 가운 밖으로 오른팔을 내밀어 시계를 보았다.

"아, 이거 미안하군, 떠들기만 해서. 사실은 근무 시간 중인데 말이야."

야스히코는 얼른 가위를 놀렸다. 마무리에 들어간다. 교코는 옆에서 수염 깎을 준비를 시작했다.

"그 외에도 여러 가지 방법을 모색하는 중입니다. 유명한 공간 플래너를 도쿄에서 불러와 조언을 얻기도 하고, 또 펀드를 설립해서 유망한 사업에 투자도 하고 말이죠. 아무튼 젊은이들의 도전을 최대한 지원하자는 것이 면의 방침입니다. 따라서 우리가 바라는 건 주민들의 의욕이에요."

사사키가 태도를 바꿔 차분하게 말했다.

"그것 봐요."

"거참 시끄럽군. 당신은 잠자코 있어."

야스히코는 이러니 청년단이 심취할 만도 하겠다고 생각했다. 과거에도 정부 기관에서 내려온 관료가 있었지만, 다들 재정 재건에만 열을 올렸지 주민들과는 직접 접촉하지 않았다. 가즈마사를 비롯한 지금 청년들은 그나마 물심양면으로 관심을 받고 있는 셈이다.

"보시죠. 이런 느낌인데."

마무리 작업을 끝낸 야스히코가 거울 속의 사사키에게 말한다.

"네, 좋군요."

간결한 대답이었다.

표정만 봐서는 마음에 드는지 어떤지 알 수 없다.

3

이발소의 정기 휴일, 세가와의 아들 일이 궁금해서 차에 기름도 넣을 겸 얘기를 들으러 갔다. 세가와 석유는 탄광이 있던 시절에는 주유소를 세 군데나 운영해 돈주머니가 두둑했지만 탄광이 문을 닫자 단박에 경영난에 부딪쳐 한 군데만 남고 말았다. 그것도 석유 배달이 주된 일이라 멀리 떨어져 있는 집까지 가야 하기 때문에 겨울에는 눈을 치우느라 연일 정신이 없다.

"세가와, 요즘은 좀 어때?"

기름을 넣은 후, 사무실에 들어가 말을 건넸다. 아들은 배달을 갔다고 한다.

"자네 그거 일부러 묻는 말인가? 하타야마 지구에 있던 부품 공장이 재작년에 철수한 후로는 매출이 곤두박질을 치고 있는데. 나 목 매달 때 손이나 빌려줘."

세가와가 얼굴을 찡그리고 목을 매다는 시늉을 하면서 껄껄거린다. 그 역시 불알친구 가운데 한 명이다.

"사사키 씨가 여기도 간혹 오나?"

"아, 오고말고. 공용차를 직접 몰고 와서 기름도 제 손으로 넣는데, 왜?"

"며칠 전에 그 사람이 이발을 하러 왔을 때 들었는데, 요이치로가 점포를 개조해서 책방도 같이 하겠다고 했다면서?"

야스히코가 묻자 세가와는 잠시 대답을 머뭇거리다가 "바보가 용을 써대니 감당이 되어야 말이지." 하고는 코웃음을 쳤다.

"그럼, 자네는 반대라는 건가?"

"당연하지. 도서관이 망하는 동네에서 책방이 어떻게 되겠어. 도마자와 사람들은 옛날부터 책을 안 읽었다고. 그런 마당에 우리 가게를 문화의 발신지로 하고 싶다는 뜬구름 같은 꿈을 꾸는 것도 모자라 잠꼬대 같은 소리를 해대니."

도마자와에는 탁상 행정 시절에 세운 분에 넘치게 멋들어진 도서관이 있지만, 이용자가 적어 유지가 곤란해진 탓에 5년 전에 폐관되었다.

"그래서, 요이치로는 뭐라는데?"

"만화를 특화하면 손님이 올 거라는데, 자네, 노인네들만

사는 동네에서 만화로 어떻게 손님을 끌어들이겠나. 애당초 사람이 없는데. 오늘도 기름 넣으러 온 손님이 자네가 두 번째야. 나머지는 다 배달. 우리는 석유 배달 가게야. 그거 말고는 살 길이 없다고.”

세가와가 딱 잘라 말해서 야스히코는 마음이 든든해졌다.

“그럼, 허락을 안 하겠다는 말이지?”

“음, 뭐…….”

그런데 목소리 톤이 달라졌다.

“내 뒤를 잇겠다고 하니 다른 일은 하지 말라고 너무 윽박지르는 것도 안 좋지 않나 싶어서 말이야. 그래서 안사람과 얘기를 해봤는데…….”

세가와가 말을 계속한다.

“이렇게 텅 빈 동네에 남아주는 것만 해도 부모로서는 고마운 일이니 실패로 끝난다 해도 인생 수업료라 치고 300만 정도는 내줘도 괜찮지 않을까, 그런 생각이야.”

“뭐라고? 꽤나 선심을 쓰는군.”

“안사람이 그러자니 어쩌겠어. 아들이 여기서 신붓감을 얻어 손자를 낳아주고 그 손자와 함께 사는 것이 가장 행복하겠다고 하니…….”

“점찍어둔 사람이라도 있는 거야?”

“지금은 없지만, 왜 그 면사무소가 주최가 되어서 1년에 두 번 단체 소개팅을 열어주겠다고 하지 않던가. 그래서 그쪽에 기대를 걸어보는 방법도 있지 않나 하고……."

"흐음."

야스히코는 한숨이 나왔다. 훨씬 더 강경하게 반대하는 줄 알았는데 생각이 빗나갔다.

"웬 한숨이야. 자네는 가즈마사가 돌아와서 기쁘지 않은가?"

세가와가 차를 후루룩 마시면서 말했다. 창밖에서는 눈이 부슬부슬 날리기 시작했다.

"아버지로서 심경이 복잡해. 아들이 열여덟 살에 집을 떠날 때, 넓은 세상에서 마음껏 활개 치고 살았으면 좋겠다고 마음을 단단히 먹었는데."

"그랬지. 그러니 삿포로에 나가 대학도 졸업한 거고. 하기야 가즈마사가 옛날부터 공부를 잘했잖나. 우리 아들은 몸하나 튼튼했지, 그거 말고는 봐줄 게 없는 바보라서……."

"그런 말이 어디 있나. 요이치로도 다부지게 잘하고 있는데."

빈말이었지만 야스히코는 공부 잘하는 아들을 자랑스럽게 여겼던 시기도 있었다. 그래서 더욱이 도시에 나가 열심히 살아주기를 바랐다.

"자네 역시 삿포로에서 열심히 일하고 있다가 어르신이 몸져누워 할 수 없이 돌아온 거잖나? 그러니 시골 생활도 그렇게 나쁘지는 않다는 뜻이라고."

"뭐 그거야 그렇지만……."

"나도 그렇지만 슈이치 그 사람도 자네가 돌아왔을 때 얼마나 기뻐했는지 몰라. 또 같이 놀 수 있게 되었으니 말이야. 우리 요이치로가 그렇게 힘을 낼 수 있는 것도 다 가즈마사가 있는 덕분이라고."

"괜히 추켜세울 거 없어. 보나마나 삿포로에서 뭐가 잘 안 풀려 돌아온 걸 텐데."

그만 말을 뱉고 말았다. 마음속 깊은 곳에서 줄곧 꿈틀거리던 감정이다.

"자네. 자기 자식이라도 그렇게 말하면 안 되지."

세가와가 정색하고 나무랐다.

"……아, 그래. 알아."

그렇게 대답하면서도 가슴속에서 씁쓸한 감정이 끓어오르는 것을 느낄 수 있었다. 정작 삿포로에서 일이 잘 풀리지 않은 사람은 30년 전의 자신이었다. 대학을 졸업하고 중견 광고 회사에 취직해 열심히 일했다. 그러나 정작 희망부서인 제작부에 배치되었을 때, 자신에게 아이디어를 짜낼 능력이 없다는 걸 깨닫고 말았다.

"가게 쉬는 날이니까 우리 집에서 마작이나 둘까. 슈이치 그 사람도 어차피 한가할 텐데, 나머지 한 사람 정도는 금방 찾을 수 있을 거야."

"자네는 가게 안 봐도 되나?"

"요이치로가 곧 돌아올 거야. 그럼 맡기면 돼."

"하하, 그래도 아들 덕을 보는군."

"아무렴. 그러니 자네도 가즈마사가 이발사가 되면 절반은 은퇴했다 생각하고 느긋하게 지내면 좋지 않겠나."

"글쎄, 과연 그런 날이 올까."

"그럼, 오고말고."

둘이서 하하하 웃는다. 언제부터인지 눈발이 본격적으로 날리고 있다. 이런 날이면 도마자와는 유령도시가 된다. 아무도 나다니지 않고 길에도 자동차 한 대 보이지 않는다. 평일 낮인데, 동네 전체가 정적에 싸여 있다.

그날 밤에는 눈보라가 몰아쳐, 가즈마사는 나가고 싶어도 나가지 못한 채 저녁을 먹은 후에는 자기 방에 틀어박혀 책상을 향하고 있었다.

"가즈마사는 방에서 뭘 그렇게 하고 있는 거야?"

야스히코가 묻자, 교코가 대답했다.

"사사키 씨에게 보일 카페 계획서 만들고 있다네요."

"참 급하기도 하군. 앞으로 아르바이트 해서 돈을 모으고, 다시 삿포로에 가서 2년 동안 이용학원 다닌 다음 일인데. 아직 이발사 자격증도 따지 않은 주제에 뭘 그리 들떠 있는 거야. 게다가 그 무렵에는 사사키 씨도 도쿄로 돌아가고 없을 텐데. 시골 젊은 사람들 가슴에 바람만 잔뜩 불어넣고 저는 가버리면 그만이잖아."

야스히코는 왠지 모르게 짜증스러워 말이 곱지 않게 나왔다.

"또 그런 소리 하네. 총무성 관료는 여기저기 이동해야 하니까 언제까지 도마자와에 있을 수는 없잖아요. 그래도 사사키 씨가 씨를 뿌려놓고 가면 그다음 사람이 와서 물을 주고 또 그다음 사람은 비료를 주고, 그렇게 다 같이 키워나가는 거 아닌가요?"

"당신, 왜 갑자기 그 사람 편을 들고 그래."

"열심히 하니까 그렇죠. 도쿄에서 내려오는 관료들은 혼자서 오든지 부인과 자식들은 삿포로에 살게 하고 주말에 만나러 가든지, 다들 그랬잖아요. 그런데 사사키 씨는 부인과 자식을 데리고 왔다고요. 그만큼 열과 성의가 있다는 뜻이잖아요."

교코가 야스히코를 깨우치듯 말했다.

"참 여자란, 단순하기는. 2년이면 도쿄로 돌아간다는 걸 아니까 가족을 데리고 온 거지. 그것도 네 살짜리 꼬맹이잖아. 초등학생이었어 봐. 유명한 사립학교는커녕 학원 하나 없는 도마자와에 데리고 오겠나. 그게 다 가식이라고."

"정말 삐딱하게만 본다니까. 가즈마사가 당신을 닮지 않은 것만은 분명해졌네."

교코는 어처구니가 없다는 표정이다. 야스히코는 이참에

문득 물어보고 싶어졌다.

"그런데 말이야, 당신 가즈마사가 왜 회사 그만두었는지 들은 얘기 없어? 다 끝난 일이지만."

"아침부터 밤까지 상사의 명령만 따라 일하는 게 허망해진 거 아니겠어요? 당신에게도 그렇게 말했잖아요."

"그 녀석, 회사에서 어땠대? 평가는 좋았는지 모르겠군."

"그런 걸 내가 어떻게 알겠어요."

"1년도 채 안 돼서 그만둔 걸 보면 무슨 문제가 있었던 거 아니야?"

"문제가 있다니, 회사에요? 아니면 가즈마사에게?"

"그건······."

야스히코는 말문이 막혔다.

"어느 쪽에 문제가 있었다, 그런 얘기가 아니라 취직이란 결혼과 같아서 서로 좋아 합쳤지만 막상 같이 살아보니까 이런 게 아니었다, 그런 일도 흔히 있잖아요. 가즈마사 경우도 그런 게 아닌가 싶은데."

교코는 텔레비전으로 고개를 돌리면서 귀찮다는 듯이 대답했다.

"그랬다면 왜 삿포로에서 다른 일자리를 찾지 않았냔 말이야."

"나도 모르죠. 회사원은 적성에 맞지 않았다든지, 그런 이유가 있었겠죠."

"지금 생각나서 하는 말인데 그 녀석 작년 추석에 왔을 때 몹시 초췌했어. 혹시나 일이 힘들어서 그런 게 아닐까, 그런 기분이 들었는데."

"당신, 무슨 말이 하고 싶은 거예요?"

"아니, 만약 그런 거였다면 이발사도 오래 못 가지 않을까 해서……."

"왜 그렇게 일일이 꼬투리를 잡아요, 참 사람이."

교코는 대화를 끝내자는 듯이 벌떡 일어나 목욕이나 하겠다고 하고는 거실에서 나갔다. 야스히코 혼자 거실에 남겨졌다. 텔레비전에서는 시시한 드라마를 하고 있었지만 채널을 바꿔봐야 비슷한 프로그램일 테고, 그렇다고 꺼버리자니 정적에 싸일 뿐이라 멍하니 쳐다만 보고 있었다.

솔직히, 아들이 무슨 생각으로 고향에 돌아와 이발소를 하겠다고 하는지 알고 싶은 마음과 알고 싶지 않은 마음이 반반이라 도저히 대놓고 물어볼 수 없었다.

혹시 자신과 똑같은 길을 걷고 있는 것은 아닐까. 그런 생각이 들면 가슴이 아파온다.

야스히코는 중학생 시절부터 가업을 이을 마음은 없었다. 도시로 나가기만을 꿈꿨다. 팝 뮤직과 서양 영화를 좋아해서 용돈을 모아서는 레코드를 샀고 읍내의 영화관을 드나들었다. 뮤지션이나 영화감독은 될 수 없어도 문화와 관련된 일을 하고 싶다고 생각했다.

삿포로에 있는 사립대학을 졸업할 즈음, 도쿄의 레코드 회사와 출판사 입사 시험을 치렀다. 과연 대기업의 문은 좁았다. 전부 떨어졌지만 다행히 삿포로의 한 광고 회사에 붙어서 졸업 후에는 매스컴 관계의 일원으로 사회에 발을 들여놓았다.

처음에는 광고업계 사람이라는 직함이 뿌듯해서 고향에 내려갈 때마다 자랑했지만 실제로는 영업직, 밖으로 나도는 나날이었다.

입사 3년째에 바라고 바라던 제작부로 이동이 결정되었다. 야스히코는 의욕이 충만하게 광고 제작과 캠페인 프로젝트에 임했지만 불과 석 달 만에 자신은 무에서 유를 만들어내는 창조력이 없다는 것을 깨달았다. 기획회의에서 뭐하나 그럴싸한 아이디어를 내놓지 못했다. 머리를 싸매고 짜낸 기획안은 하나같이 어디선가 한 번쯤 본 것이었다. 그러자 상사는 '쓸모없는 부하'라는 냉담한 시선을 보내게 되었다. 고객도 비슷한 반응을 보였다. 여러 사람이 있는 기획회의 자리에서 들은 "무코다 씨 아이디어는 늘 그저 그러네." 하는 말은 지금도 트라우마로 마음에 꽂혀 있다.

결국 1년 만에 다시 부서 이동, 이번에는 관리부로 옮겨졌다. 관리부에서 자신에게 주어진 것은 사원의 복지와 의료를 관리하는 일이었다. 날마다 관공소만 돌아다녀야 했다. 도마자와의 옛 친구들에게는 그런 사정을 말할 수 없어, 고향에 오면 사뭇 창조적인 일을 하고 있는 것처럼 행세했다. 다니구치와 세가와는 지금도 그 당시에 자신이 한 말들을 믿고 있을 것이다.

야스히코는 의기소침해졌다. 지금까지도 입시나 취직 시험에 떨어진 적은 있었지만 그건 어차피 종이 시험에 지나지 않는다. 이번에는 실전에서 실격이라는 낙인이 찍혔다. 다른 친구들은 운동장에서 재미나게 운동회를 즐기고 있는데 자기 혼자만 교실 창문에서 바라보고 있는 그런 심정이었다.

야스히코는 대학 시절부터 사귀던 교코에게도 자신이 놓인 처지를 알리지 않았다. 연인에게 우는 소리를 하고 싶지는 않았고, 자존심도 있었다. 그렇게 허세라도 부리지 않으면 더욱 비참해질 것 같았다.

그렇게 답답한 나날을 보내고 있는 중에 아버지가 추간판 헤르니아, 소위 말하는 허리 디스크가 생겨 서서 해야 하는 이발사 노릇을 계속할 수 없는 사태가 벌어졌다. 야스히코는 사흘을 고심한 끝에 고향에 내려가기로 했다. 스물여섯 살 때였다. 지금 생각하면 아직 파릇파릇한 스물여섯이지만, 그때는 패배감에 젖어 있었으니 현황에서 빠져나오기에는 좋은 구실이었다.

가업을 잇기 위해 회사를 그만두고 싶다고 말하자, 상사의 태도가 갑자기 친절하게 돌변하더니 "그래, 아쉽지만 어쩔 수 없군." 하고 마음에 있지도 않은 말을 했다.

송별회는 하지 않았다. 동료들이 하겠느냐고 물었지만 됐다고 대답하자, 바로 안 하는 것으로 결론이 났다.

회사원 시절의 마지막 날, 인사도 없이 떠나면 안 될 것 같아 동료들 앞에서 간단하게 인사말을 했다.

"우리 다함께 무코다 군이 한층 더 활약해주기를 바랍시다!"

상사가 그렇게 말하자 모두들 박수를 쳤다. 그다음 혼자 사무실에서 나와 엘리베이터를 탔다. 아무도 야스히코를 보고 있지 않았다.

이미 사반세기 전 일인데, 그때 기억은 좀처럼 지워지지 않는다. 무슨 일이 있을 때마다 지진처럼 마음을 뒤흔들고 야스히코를 의기소침하게 만든다.

지금 상황에 큰 불만은 없다. 이발사 일에 자긍심도 느끼고 자신의 기술도 자부하고 있다. 그러나 다른 인생이 있지 않았을까 하는 생각이 마음속 깊은 곳에서 여전히 야스히코를 괴롭히고 있다. 쉰세 살이나 된 중년 남자가 이 꼴이라니.

눈보라가 점점 심해져 덧문을 때리는 소리가 온 집 안에 울리고 있었다. 탄광이 사라진 지금, 뭐가 좋다고 이런 벽지에서 살고 있는지 때로 자신도 알 수 없어진다.

4

3월에 들어서자마자 중학 시절 은사가 세상을 떠났다. 도마자와에서 태어난 국어 선생으로, 수업 중에 툭하면 시를 읊는 재미있는 선생이었다. 여든다섯 살이라고 하니 천수를 누렸다고 봐도 좋을 것이다.

학생들도 그를 잘 따랐기 때문에 장례식에는 옛 제자들이 잔뜩 모여들었다. 야스히코도 참석했다. 무엇보다 자신의 이발소를 종종 찾아주는 손님이기도 했다.

장례식은 홀을 빌려 성대하게 거행되었다. 삿포로와 센다이, 도쿄에서 달려온 이도 있어 장례식장이 마치 동창회장 같았다.

"야 너, 머리 많이 벗겨졌다. 누군지 몰라봤어."

"시끄러워. 너야말로 투실투실 살만 찌고. 동안의 미소년은 어디로 간 거야."

옛날처럼 모두가 무슨 말이든 거리낌 없이 할 수 있었고 모두가 기꺼이 동심으로 돌아갔다.

야스히코는 한동안 동창회에 나가지 않았기 때문에 도마자와를 떠난 동창생을 만나기는 정말 오랜만이었다. 동창회에 나가지 않은 것은 도시에서 열심히 일하는 옛날 친구들을 보고 싶지 않아서였다. 시골 이발사에게는 그들의 활약상이 너무 눈부셔 기가 죽고 만다.

참석자 중에, 시노다라고 와세다 대학을 나와 도쿄의 대형 광고 회사에서 일하는 옛날 반 친구의 모습도 있었다. 동창생 중에서 가장 출세한 친구다. 그가 참석했다는 것에 야스히코는 놀랐다. 비행기까지 타고 일부러 온 것인가.

장례식이 끝난 후, 로비에서 말을 건넸다.

"여, 시노다. 이거 정말 오랜만이군. 나 기억해?"

"야스히코잖아. 당연히 기억하지. 우리 레코드 서로 빌려 준 사이라고."

시노다가 하얀 이를 보이며 말했다. 옛날처럼 이름을 불러 주어 단숨에 거리가 좁혀졌다.

"회사는 어쩌고 도쿄에서 여기까지 용케 내려왔군. 하루 쉰 거야?"

"응, 그렇지 뭐."

"야, 너도 이제 연륜이 보인다. 자리도 꽤 높아졌을 텐데. 명함 하나 줘봐."

야스히코가 그렇게 말하자 시노다의 표정이 갑자기 흐려졌다.

"아, 그게……. 실은 나 이제 거기 안 다녀."

"뭐? 직장 옮겼어?"

"그게 아니라, 지금 관련 회사에 파견 중이라, 그래서 전처럼 바쁘지 않거든. 니시자와 선생님은 좋아했던 분이니까 작별 인사 정도는 하고 싶어서……."

"흠, 그렇군."

야스히코는 뭐라 이을 말이 없었다. 파견이라는 것은 좌천을 당했다는 뜻일까. 야스히코는 판단이 서지 않았다.

"도마자와는 역시 좋군. 우리는 부모 형제가 모두 삿포로 근처로 이사를 갔으니 여기 오기는 한 20년만인 것 같아. 정말 변함이 없군. 그래서 그런지 더 반가워. 사실 도마자와를 보고 싶어서 장례식에 참석한 것도 있지."

시노다가 하늘을 올려다보고 기지개를 켜면서 말했다.

"그건 너의 향수지. 사는 우리들은 나날이 적막해질 뿐이라 답답해서 견딜 수가 없는걸. 아들이 이발소를 물려받겠다고 하는데 아버지로서 마음이 복잡해."

"호, 그런 기특한 아들이 다 있나. 잘됐잖아. 나도 도마자와를 떠난 인간이니 섣부른 말은 할 수 없지만, 그래도 여기 남은 젊은이들이 열심히 분발해줬으면 좋겠어."

"그런 소리 마. 30년 전부터 인구가 줄고만 있다고. 네가 가족 데리고 내려오면 되겠다."

야스히코가 농담을 하자 시노다는 눈을 내리깔고 피식 웃었다.

"그것도 괜찮겠군."

그러고는 한마디 툭 내뱉는다.

"아이들도 다 컸으니 아내와 둘이 느긋하게 사는 것도 좋을지 모르겠군. 야스히코, 여기 뭐 일자리 없나? 면사무소 촉탁이든 뭐든. 돈은 조금 줘도 괜찮은데. 여기는 생활비도 덜 들 테고. 어차피 공영 주택이 비어 있잖아. 여기 오는 길에 시내 쪽도 둘러봤는데 아주 깔끔한 단지도 있더군. 거기면 충분해. 그리고 땅을 빌려서 채소도 키우고, 그러고 싶은데. 나도 감자 정도는 키울 수 있겠지. 청경우독이라, 생각만 해도 좋군. 심플 라이프. 그런 게 진짜 인생이지. 결국 마지막에는 시골 생활이 최고 아니겠어. 영국 같은 나라는 은퇴하면 대부분 시골로 이사를 간다는데. 이 나이가 되니까 야스히코 자네가 부럽군. 인간은 자연 속에서 사는 게 최고잖아."

잠자코 듣고 있던 야스히코는 그 부럽다는 무심한 말투에 한마디 하고 싶어졌다.

"어이, 시노다. 돌아올 마음도 없으면서 그렇게 말하면 안 되지."

"그렇지 않아. 진심으로 하는 말이라고."

"거짓말 하고 있네. 도쿄에 멋진 집이 있을 텐데. 조금만 걸어가면 슈퍼마켓이 있고 편의점도 있고 세련된 레스토랑과 부티크도 있고 말이야. 그런 데서 30년 이상을 산 인간이 이 아무것도 없는 도마자와에서 살 수 있겠어?"

야스히코가 흥분해서 말하자 시노다는 약간 당황했다.

"아니, 그러니까, 그런 건 충분히 만끽했으니까 이제 좀 다르게……."

"그럼 병원은 어쩔 거야. 도마자와에는 응급 병원이 없는데. 병원이 없어도 된다고 하지는 않겠지."

"별거 아닌 말로 왜 그렇게 생트집을 잡고 그래?"

"생트집이 아니라 현실을 얘기하는 거라고. 너, 안사람과 둘이 느긋하게 살고 싶다느니 하는데 너무 느긋해진 거 아냐. 겨울 되면 눈 치우는 게 얼마나 힘든지 잊었냔 말이야. 달도 별도 없는 밤의 어둠을 다 잊은 거야, 어?"

"어이, 야스히코. 흥분하지 마. 난 가볍게 한 말이야."

"시골 생활을 가볍게 말하지 말라고. 잘 들어, 도마자와에는 밝은 미래 따위 없어. 그걸 알고 하는 소리라면 돌아와."

"쳇. 모처럼 왔는데 왜 네놈에게 설교를 들어야 하는 건데?"

시노다가 불쾌하다는 듯이 입을 오므렸다.

"도쿄에서 무슨 일이 있었는지는 모르겠지만, 고향은 피난

처가 아니란 말이야."

야스히코는 여세를 몰아 그렇게 말했다. 그러고는 이내 아차! 했다. 아니나 다를까, 시노다의 안색이 싹 바뀌었다.

이마에 혈관이 불끈거린다.

"그래, 나 좌천당했다. 눈치챘겠지만 이제 더는 갈 데가 없어. 하지만 일에서 패배했다고 꼬리 내리고 고향으로 도망치는 그런 사내는 아니라고. 얕잡아 보지 마. 느긋하게 사는 건 바로 너지. 위가 아파서 숨도 못 쉴 정도로 일해본 적 있어? 스트레스 때문에 밤에 잠도 못 자본 경험이 있냐고? 좋겠어, 이발소는 경쟁이 없으니. 매일 밤 마음 편히 잠도 잘 자겠지."

이번에는 야스히코 머리로 피가 솟구쳤다.

"뭐라고. 너, 이발소를 우습게 아는 거야, 어?"

이쯤 되면 어린애 말싸움이다. 옆에 있던 다니구치가 눈치를 채고 얼른 끼어들었다.

"야 너희들, 선생님 장례식 와서 뭘 그렇게 투덕거리는 거야."

"야스히코 이놈이 내게 시비를 걸잖아."

"시노다가 시골을 우습게 여기니까 그렇지."

둘 다 팔을 잡혀 식장 이 끝과 저 끝으로 끌려갔다.

야스히코는 다니구치에게, 잘못은 시노다가 한 거라고 늘어놓았다.

"알았어, 알았다고."

다니구치는 난감한 표정으로 야스히코를 달랜다.

다만 말을 늘어놓으면서 야스히코는 그런 자신이 혐오스러웠다. 어떻게 생각해도 자신이 어른스럽지 못했다. 시노다는 그저 인사치레로 '시골이 좋다'고 말했을 뿐이다. 그런데 야스히코가 삐딱하게 듣고 시비를 건 것이다.

아마도 자신에게는 평생을 시골에서 기를 펴지 못하고 살았다는 콤플렉스가 있는 것이리라. 그러니 아들의 결단까지 의심하고 드는 것이다.

시노다는 분개하며 도쿄로 돌아갔다. 두 번 다시 도마자와에는 오지 않을 거라는 생각이 들었다.

도마자와에도 슬슬 봄기운이 찾아올 무렵, 사사키가 도쿄에서 이벤트 플래너를 불러 '우리 고장 살리기'라는 강연회를 개최했다. 탁상 행정의 유산이라 할 수 있는 면민 회관에 청년단과 상공회 면면들이 모여 강연을 들은 다음 자유 토론을 하는 프로그램이다.

가즈마사를 비롯한 젊은이들은 자신들의 계획을 전문가에게 전하고 의견을 구하자는 생각에 반달 전부터 팔을 걷어붙이고 기획서 작성에 공을 들였다.

야스히코 등 중장년층은 별다른 관심이 없었지만 꼭 참가해달라는 사사키의 부탁에 마지못해 가보기로 했다. 어차피 입만 놀리는 사기꾼이겠거니 했는데, 정말 그런 사내였다. 빨간 플라스틱테 안경만 해도 영 마음에 들지 않았다.

"아시겠어요. 여러 분의 재산은 이 광대한 자연입니다. 이 자연은 아무리 큰돈을 지불해도 얻을 수 없는 것이죠. 도쿄에는 들판 하나 없어요. 학교 운동장이 테니스장입니다. 아이들은 흙에서 놀 수조차 없어요. 인간은 누가 지적하기 전에는 자신의 재능을 잘 깨우치지 못한다고 하는데, 땅도 그렇습니다. 도마자와에 사는 여러분은 도마자와의 가치를 전혀 몰라요."

단상에서 손짓발짓 섞어가며 얘기하는 남자는 강연에 이골이 났는지 청산유수였다. 보나마나 인구가 줄어든 지방을 돌아다니면서 똑같은 얘기를 할 것이다. 간간이 농담을 던져 청중을 웃기기도 하는 등, 그야말로 전문가다.

젊은이들은 메모까지 하면서 열심히 듣고 있었다. 요컨대 플래너라는 작자의 주장은 과소지의 불편함과 고생스러움은 발상을 전환하면 도리어 우리 고장을 살릴 수 있는 장점이 된다는 것이었다.

"겨울이 오면 눈에 덮여 꼼짝을 할 수 없죠. 좋은 일 아닙니까. 빈 공영 주택을 아틀리에로 싼 가격에 빌려주는 겁니다. 작가나 예술가들에게 말이죠. 그런 계획을 매스컴을 통해 알리기만 해도 도마자와라는 이름이 전국에 널리 퍼질 겁니다. 설사 실적으로 연결되지 않더라도 뉴스거리는 되지 않겠습니까. 그걸 광고비로 환산해보세요. 수억 엔에 달합니다. 도마자와에서 뉴스를 발신한다. 그러기 위해서는 뭐든 시작하지 않으면 안 되겠죠."

야스히코는 최근 자신의 편협함을 반성한 터라 어떻게든 순순히 귀 기울이려 애썼지만, 소용없었다. 이런 얘기는 20년 전부터 들어왔다. 영화제를 유치하면 사람들이 모일 것이다, 탄광 박물관을 만들면 관광객들이 올 것이다. 그러나 전부 허사였다. 증거가 이 동네 곳곳에 잔해로 남아 있다.

야스히코는 도저히 의혹을 품지 않을 수 없었다. 도쿄에서 내려온 사람들이 인구가 줄어 제 기능하지 못하는 곳을 두고 이 고장에는 가능성이 있다고 부추기는 것은, 주민에게 일시적인 꿈을 심어주고 위로하면서 도시와의 격차를 애매모호하게 만들고 싶어서가 아닐까. 에도 시대의 귀족 계급이 세금을 걷어 들이기 쉽게 농민을 장사꾼보다 위라고 추켜세운 것이나 다름없는 짓거리가 아니겠는가.

기조 강연이 끝나자 토론에 들어가 다들 활발하게 의견을 교환했다. 가즈마사도 손을 들고 발언했다.

"저는 카페 사업이 궤도에 오르면 커뮤니티 방송을 개설하고 싶은 꿈이 있습니다. 그러나 역시 가장 문제되는 것은 기자재에 드는 비용과 어떻게 채산을 맞출 것이냐, 하는 것이죠. 도마자와의 경우, 광고는 거의 기대할 수 없습니다. 스태프들도 당분간은 무료 봉사를 해야겠죠. 그러나 FM방송국이 생기면 지역 홍보 기능도 할 수 있고 재난 시 정보 제공에도 활용할 수 있다는 이점이 있습니다. 어느 정도 재정지원을 받을 수 있을지, 그 점에 대해서 대충이라도 좋으니 말씀해주시죠."

야스히코는 수업 참관 날이 떠올랐다. 아들은 어려서부터 발표를 잘하는 아이였다. 옛날을 그리워하면서도 참 변함이 없다 싶어 한숨이 나왔다. 그런 한편 싫증을 잘 내는 아들이었다.

가즈마사의 질문에는 사회자인 사사키가 대답했다. 그 대답에 대해서도 활발한 질의응답이 이어져, 회장의 열기는 갈수록 뜨거워졌다.

한가한 터라 구경 온 노인네들도 청년단의 의욕에는 흐뭇해하고 있다. 그들에게는 젊은 사람들이 이 동네에 머물러주는 게 가장 큰 행복일 것이다.

"이제 아버지 세대분들께도 의견을 구하고 싶은데요, 누구 안 계십니까?"

사사키가 회장을 돌아본다. 야스히코와 눈이 마주쳤다.

"무코다 씨, 지금까지 어떻게 들으셨는지요?"

멍석을 깔아주었는데, 순간적으로 말이 나오지 않았다. 지금 이 자리를 썰렁하게 만드는 건 어른으로서의 도리가 아닐 것이다. 의욕에 차 있는 젊은이들에게 찬물을 끼얹을 수는 없다.

그런데 역시나, 한마디 하고 싶어졌다. 자신들도 지난 30년 동안 그저 뒷짐만 지고 있었던 것은 아니다. 우리 고장 살리기 사업을 몇 차례나 시도했다. 그런데도 인구는 계속해서 줄어들고 재정 핍박은 심각해져만 갔다.

"사사키 씨에게 한 가지 묻고 싶은데, 지금까지 인구가 줄어 재정까지 파탄 난 지역이 재기에 성공한 사례가 있나 모르겠군."

야스히코가 일어나 질문했다. 모두의 시선이 쏠렸다.

"우리 고장 살리기의 성공 사례는 아주 많습니다. 동물원으로 대성공을 거둔 아사히야마 시가 그렇고, 지역 상공회에서 축구팀을 창설해 J 리그 2부까지 오르게 한 시도 있고 말이죠. 다만 도마자와처럼 재정이 파탄 난 곳에서는 안타깝지만 아직 확실한 성공 사례가 나오지 않고 있습니다."

사사키는 솔직하게 설명했다.

"사사키 씨는 카페니 라디오 방송국이니 하는 것들로 정말 마을을 되살릴 수 있다고 생각하나?"

"되살릴 수 있을지 어떨지는 알 수 없죠. 만약 탄광이 있던 시절의 활기를 기대한다면 그건 불가능할 겁니다. 이 고장의 기간산업이 고스란히 사라졌으니까요. 그러나 지금보다 활기찰 수 있겠느냐, 하는 점에서는 틀림없이 그렇게 될 것이라 믿고 있습니다."

불쾌할 수 있는 질문에도 사사키는 온건한 표정을 잃지 않는다.

"그럼 한 가지 더 묻겠는데 당신들, 이곳에 살고 싶나?"

"음, 그 질문은 뭐라 대답하기가 어렵군요. 제 고향은 여기가 아니라 나가노라서요."

사사키가 쓸쓸하게 웃는다.

"일반론을 묻고 있는 거야. 당신들, 인구 절벽 상태에 있는 동네에 와서 가능성이 있다느니 어떻다느니 자꾸 바람을 불어넣고 있는데, 여기 살 마음이 있느냐, 그걸 묻는 거라고. 있나, 없나?"

"여보."

옆에서 교코가 셔츠를 잡아당겼다. 야스히코는 그 손을 뿌리치고 말을 이었다.

"다들 열심히 얘기를 나누고 있는데 이런 말해서 미안하지만, 우리 세대는 현실을 지겨울 정도로 봐왔어. 세금을 투입해서 제3섹터라고 하는 지역 개발 사업도 했고, 공장도 유치했고, 이런저런 사업을 일으켰다고. 그런데 전부 헛수고였어. 그렇게 돈을 쏟아부었는데도 소용이 없었다고. 그러니 젊은이들의 열의만으로 뭐가 될 거라는 생각이 들지가 않지. 이런 말을 하면 주민들 모두가 손가락질하겠지만, 도마자와는 침몰하는 배야. 아비로서, 내 자식을 침몰하는 배에 그대로 남겨두고 싶지는 않군."

"어이 무코다 씨, 말이 지나치잖아."

"말이면 다 말인 줄 알아."

참석자들 사이에서 항의의 목소리가 빗발쳤다.

"죄송합니다. 당연히 화가 나겠죠. 하지만 사실이니 어쩔 수 없는 겁니다. 내가 하고 싶은 말은, 도쿄 사람들이 자기들은 배에 탈 마음도 없으면서 여기 젊은이들만 부추겨서 배에 잡아두는 것은 무책임한 일이 아니냐, 그런 겁니다."

야스히코의 목소리도 열기를 띠었다. 얘기를 하다 보니 흥분한 것이다.

"그럼 어떻게 하면 좋겠습니까?"

사사키가 냉정하게 물었다.

"대안이 어디 있겠어. 없지만, 당신네들의 그 허황된 우리 고장 살리기에는 순순히 찬성할 수 없다, 그 말이야. 이건 사람으로 하자면 임종 의료 같은 거라고. 연명 치료를 할 것이냐 하늘의 뜻에 맡길 것이냐. 나는 하늘의 뜻에 맡기는 것도 한 선택이 될 수 있지 않겠나, 그런 생각이야."

회장에 불온한 분위기가 흘렀다. 앞자리에서 불쾌한 낯빛으로 돌아보는 젊은이가 몇 명 있었다.

"자, 무코다 씨의 지금 의견에 다른 의견 있으십니까?"

사사키가 묻는다.

"침몰하는 배인지 어떤지는, 해보지 않고는 알 수 없잖아."

가즈마사가 낮은 목소리로 웅얼거렸다. 그러나 그 목소리는 분위기가 가라앉은 온 회장에 울렸다.

"시도해보지도 않고 침몰하고 있다고 어떻게 말할 수 있어요."

"시도했지. 지금까지 몇 번이나. 그러나 허사였어."

야스히코가 대답한다.

"아버지들 세대는 허사였는지 모르지만, 우리는 아직 시도하지 않았다고요."

"너희들은 그렇게 말하지만."

"아버지 세대가 어떻게 생각하든 우리들의 권리까지는 빼앗지 마세요."

"그래, 맞는 말이야. 가즈마사 아버지는 잠자코 있는 게 좋겠습니다. 우리는 도마자와를 좋아하기 때문에 설사 침몰하는 배라고 해서 그냥 뒷짐 지고 볼 수만은 없는 거라고요. 그렇잖아?"

"우리도 현실이 혹독하다는 정도는 알고 있잖아. 하지만 시도하고 도전해보고 싶은 거잖아. 아저씨들께 불편은 끼치지 않을 테니까 우리들 하고 싶은 대로 놔둬도 좋잖아요."

젊은이들이 그렇게 반론을 폈다. 잠시 침묵이 흘렀다. 그리고 다니구치가 박수를 치면서 청년들을 거들었다.

"좋아, 좋아. 그런 기개가 있어야지. 노인네들에게 지면 안되지."

옆에서 교코도 따라서 박수를 쳤다. 마침내 박수 소리가 온 회장으로 퍼져나가 야스히코는 잠자코 있지 않을 수 없었다.

"자, 그렇게 마무리를 짓죠."

사사키가 말했다. 회장에 웃음소리가 번진다. 그로서는 기대하지 못한 전개였을 것이다.

야스히코는 자리에 앉아 한숨을 푹 내쉬었다. 그리고 교코를 향해 화풀이를 하듯 흥, 하고 코웃음을 친다.

한편 어딘가 모르게 안도하는 기분도 들었다. 오히려 잘된 건지도 모른다. 야스히코는 수치를 당했지만 가즈마사 등 젊은이들의 주가는 올라갔다. 자신은 말해봐야 소용없는 발언을 했다. 세상에는 보이지 않는 척해야 평화가 유지되는 일도 아주 많다.

젊은이들 편을 들었던 다니구치가 뒤에 와서 어깨를 툭 쳤다. 돌아보니 아무 말 없이 웃기만 한다.

무코다 이발소의 일상은 오늘도 변함없다. 아침 일곱 시에 가게 문을 열고 나면 가만히 손님이 오기를 기다린다. 오전 중에 오는 손님은 노인들뿐, 그것도 기껏해야 한두 명이다. 안에서 어머니가 나와 그들의 말 상대가 되어준다. 날씨가 어떻다느니 어느 집 딸내미가 드디어 시집을 가는 것 같다느니, 그런 얘기다. 그런 얘기를 들으며 야스히코는 머리를 깎는다. 수염까지 깎으면 3,700엔. 새 손님은 없으니 월 매출은 오르내림이 없다.

야스히코는 앞으로 20년, 이 생활을 계속할 생각이다. 그 후 이발소가 어떻게 될지는 모른다. 가즈마사가 뒤를 잇겠다고는 하지만, 지금은 그 말을 믿지 않는다.

축제가 끝난 후

1

도마자와 면에 여름 축제의 계절이 찾아왔다. 해마다 7월 마지막 주, 금요일 전야제에서 시작해 토요일과 일요일 사흘 간 면민 회관 광장에서 개최된다. 전에는 8월 15일에 개최했 지만 홋카이도 산간부에 해당하는 도마자와는 그 무렵이면 벌써 가을 기운이 감돌기 시작하는 데다 젊은이들이 대개 놀 러들 외지로 나가 마을이 텅 비는 탓에, 1990년대부터 7월 에 개최하는 것으로 바뀌었다.

탄광이 사라지고 날로 인구가 줄어드는 곳이라 성대하게 치를 수는 없지만, 그래도 광장에 포장마차가 들어서고, 봉 오도리(양력 8월 15일 추석 명절을 축하하는 전통 춤–옮긴이) 대회 가 사흘 밤에 걸쳐 펼쳐진다. 삿포로와 본토에서 고향으로 돌아오는 젊은이와 가족들도 있어 도마자와는 이 한때 활기를 띤다. 마을에 갇혀 사는 어르신들로서는 눈에 갇히는 정월 설 이상으로 기다려지는 이벤트였다.

"이번 축제 때 미나는 도쿄에서 내려오나?"

이발을 하는 중인데 단골손님 바바 기하치가 물었다. 기하치는 바로 근처에 사는 나이 여든둘의 노인이다.

"내일 온답니다. 금요일이나 월요일 하루 휴가를 내면 2박 3일로 다녀갈 수 있죠."

야스히코가 가위질을 하면서 대답한다.

"미나가 슬슬 혼담이 있을 나이 아닌가?"

"에이, 아직 없습니다. 이제 겨우 스물다섯인데요. 요즘 아이들은 서른이나 되어야 결혼을 한대요."

"이쪽에서 찾아야 되는 거 아닌가?"

"알아서 찾겠죠. 도쿄에서. 도마자와에는 돌아오지도 않을 텐데요 뭐."

"그렇겠지. 도마자와에 있어 봐야 일자리도 없으니."

기하치가 쉰 목소리로 말한다. 이 노인은 여든이 넘은 후로 눈에 띄게 기력이 쇠해졌다. 요즘에는 목소리도 크게 나오지 않는 눈치다. 머리숱이 거의 없어 이발할 필요도 없는데, 습관이 그런 데다 말 상대가 필요해서 한 달에 한 번꼴로 드나든다.

"그런데, 다케시는 내려온답니까?"

이번에는 야스히코가 물었다. 다케시는 기하치의 아들로, 고등학교를 졸업하고 바로 도쿄로 올라가 그곳에서 가정을 꾸렸다.

"음, 오늘 밤에 온다는군. 설에는 며느리 친정에 가야 해서 도마자와에는 1년에 한 번밖에 못 와. 게이코는 또 반대라 설에 내려오고 여름에는 시댁에 가고. 그러니 이제는 가족이 다 모이는 일이 없어."

"허, 그렇군요. 손자도 데리고 오나요?"

"데려오기는. 손자도 둘 다 컸어. 얼굴도 못 본 지 벌써 3년이군. 며느리도 통 안 오고. 요즘은 다케시 혼자만 와."

기하치는 웃으면서 말했지만 어딘가 모르게 쓸쓸한 웃음이었다.

도마자와에는 노인들만 사는 세대가 많다. 기하치 역시 부인과 둘이 별 하는 일 없이 적적하게 살고 있다.

이발은 끝났는데 바로 돌아가지 않고 야스히코의 어머니 도미코와 얘기를 시작했다. 그러고 있는데, 이번에는 기하치의 부인 후사에가 찾아와 "여보, 하도 안 오기에 걱정돼서 왔어." 하면서 자신도 대화에 합세했다. 결국 대낮까지 가게에 눌러 있었다. 무코다 이발소는 이 동네의 쉼터다.

오후가 되자 불알친구인 주유소의 세가와가 나타났다. 소형 탱크로리를 타고 온 걸 보면 배달 갔다 돌아오는 길인 듯하다. 이발이 목적이 아니라 한숨 돌리러 왔다는 건 처음부터 알고 있었다.

"아이구 덥다. 라디오 일기예보에서 그러는데 오늘은 오키나와보다 홋카이도가 더 덥다는군."

목에 걸친 수건으로 땀을 닦으면서 가게에 들어온다. 소파에 커다란 엉덩이를 덜퍼덕 내려놓고, 페트병에 담아 들고 온 차를 마셨다.

"세가와, 여름 축제 준비는 잘돼가고 있나? 올해는 실행위원이잖아."

야스히코도 얘기나 할까 싶어 스툴을 끌고 와 앉았다.

"올해부터는 아들놈에게 맡기기로 했어. 준비도 교통정리도 다 요이치로."

"청년단은 청년단대로 할 일이 많을 텐데. 스포츠센터 잔디밭에 캠프촌을 설치해서 본토에서 오는 오토바이 투어 손님들을 끌어모으겠다고 여간 열을 올리는 게 아니던데. 우리 가즈마사도 계속 그 일에 매달려 있고."

"누가 오겠어, 도마자와의 축제 따위에. 매번 듣기 좋은 말만 해대지."

세가와가 흥, 하고 코웃음을 치면서 말을 뱉었다. 물론 속으로는 성공을 기원하고 있을 것이다.

청년단은 어떻게든 이 동네를 살려보려고 여러 방면으로 기획을 짜고 있다. 그러나 눈에 띄는 성과를 보인 적은 한 번도 없다.

"하기야 그렇지. 오늘 바바 씨가 이발을 하러 왔었는데, 다케시가 오늘 밤 온다니까 내일 밤에 마작이나 같이 하자고."

야스히코가 말했다.

"좋지. 번번이 똑같은 멤버끼리 하자니 싫증이 났는데. 도쿄 사람에게 용돈이나 좀 벌어야겠군."

세가와가 반가운 일이라는 듯이 허연 이를 드러내고 웃는다.

"그런데 바바 할아버지가 아직도 차를 운전하시나?"

"그럼, 하고 있지. 늘 시장 보러 갈 때 보는 걸."

"그거 좀 걱정스러운데. 작년에도 주차장에서 액셀과 브레이크를 잘못 밟아서 그대로 논에 처박혔잖아. 얼마 전에는 슈퍼마켓 뒤 일방통행로에서 역주행하다가 나랑 딱 마주쳤다고. 할 수 없이 내가 뒤로 차를 뺐는데. 이제 운전은 위험하지 않겠어?"

"그러게 말이야. 나도 하지 않는 게 좋다고는 생각하지만……."

도마자와에는 고령에도 운전하는 사람이 많다. 공공 교통이 거의 없는 셈이나 다름없으니, 자기 차가 없으면 시장도 보러 갈 수 없다.

"걸음걸이도 정상이 아니고. 부인이 같이 걸어 다니기 싫다고, 우리 마누라에게 투덜거렸대."

"어쩌겠어. 나이가 여든둘인데. 나도 우리 어머니 생각하

63

면 남 일이 아니라고."

야스히코나 세가와나 아버지는 돌아가시고 어머니만 남아 있다. 만약 그 반대라면 이래저래 함께 생활하기가 더 힘들었을 것이다.

"사토네는 부모님을 야마가타에 있는 양로원에 모시기로 했다는군."

세가와가 동년배의 지인 얘기를 했다.

"그래?"

"부모님이 먼저 말을 꺼냈나 봐. 현관 앞에 있는 돌계단에 주저앉아 일어나지를 못했다고 하니. 야마가타는 차로 30분 정도면 갈 수 있으니까 무슨 일이 생겨도 바로 갈 수 있고. 잘한 거지 뭐."

"빈 방이 용케 있었군."

"그게 실은 1년 전부터 신청을 해놓은 상태였대."

"흐음."

대답하는 야스히코 목소리에 한숨이 섞인다. 도마자와의 고령화는 날로 심각해지고 있다. 동네 전체의 골칫거리다. 하기야 이런 쇠락한 지역은 어디나 비슷한 상황일 것이다.

세가와는 30분 정도 얘기를 하다가 돌아갔다. 야스히코는 따분해져 소파에서 잡지를 펼쳤다. 안쪽 방에서 텔레비전 소리가 희미하게 들려온다. 어머니가 혼자 텔레비전을 보고 있는 것이다. 아내 교코는 민생위원 모임이 있어서 외출했다.

길에는 오가는 차도 없다. 오늘도 도마자와는 고요하기만 하다.

창밖에 사람 그림자가 쓱 다가오더니 문이 열렸다. 농협의 이사장이다.

"내일 축제 시작 전에 조합에서 인사를 해야 해서 이발이나 할까 하고."

오늘 두 번째 손님이다. 야스히코는 벌떡 일어나 "어서 오시죠." 하고 친절하게 인사했다.

그날 밤, 저녁을 먹고 있는데 후사에가 부엌문으로 얼굴을 들이밀었다.

"도미코 씨. 아까 우리 다케시가 도쿄에서 내려왔는데, 선물로 생선 조림을 들고 왔길래 도미코 씨네도 좀 나눠 주려고 가져왔어."

"아이구, 고마워."

어머니가 기쁜 듯이 받아든다. 후사에도 싱글벙글하고 있다.

"아주머니, 다케시에게 내일 마작 같이 하자고 좀 전해주세요."

야스히코가 목을 쭉 내밀고 말했다.

"그래. 전할게. 우리 아들하고도 많이 놀아줘."

"하하. 다들 쉰이 넘었는데. 아주머니 시계는 멈춰 있나 봅니다.”

받은 생선 조림을 온 가족이 바로 밥에 얹어 먹는다.

“맛있네. 여기서는 구하기 힘든 고급품이야.”

교코가 감탄했다.

“그야 도쿄는 잔생선 조림의 본고장인 데다 다케시가 싸구려를 사 올 리 없잖아.”

야스히코가 대꾸한다. 다케시는 도쿄에서 대학을 나와 중견 식품 회사에 근무하고 있다. 후사에에게는 자랑스러운 아들이라, 하치오지에 집을 지었다느니 승진해서 부장이 되었다느니 무슨 일이 생길 때마다 일일이 자랑을 한다. 평범한 회사원이라도 도쿄에서 일하면 도마자와에서는 화려한 존재가 된다.

저녁을 먹은 후에는 가게 뒷정리를 하고 목욕을 하고 텔레비전을 보았다. 교코는 내일 딸이 온다고 다시마와 검은 콩으로 명절 요리를 만들고 있다.

그때 후사에가 또 나타났다.

“아, 아, 가즈 엄마, 부탁이 좀 있는데.”

옆에 있는 교코에게 말한다. 이번에는 태도가 좀 달랐다. 얼굴은 창백하고 숨을 헐떡이고 있다. 예삿일이 아닌 것 같아 야스히코도 나가보았다.

“할머니, 왜요? 무슨 일 있어요?”

“우리 영감이 욕실에서 쓰러졌어.”

"바바 할아버지가요?"

"응. 목욕을 너무 오래 한다 싶어 걱정이 돼서 몇 번이나 불렀는데 아무 대답이 없잖아. 그래서 가봤더니 욕조에 몸을 담근 채 정신이 오락가락하는 게……."

후사에는 무언가에 매달리듯 두 손을 허공에 휘저었다. 안쪽 방에서 도미코도 나왔다. 일그러진 표정으로 "아이구, 이걸 어쩌나." 하고 외치듯 맞장구를 치고 있다.

"할머니, 그래서요?"

"아들이 끌어내서 병원에 옮기려고 하는데, 무거워서 다케시 혼자서는 옮길 수가 없어."

"알겠어요. 바로 갈게요."

벽시계를 보니 밤 9시 반이다.

그때 마침 아들 가즈마사가 돌아왔다. 경차의 엔진 소리, 쾅 하고 문을 닫는 소리, 그리고 "다녀왔습니다!" 하는 소리와 함께 현관문이 열렸다.

"가즈마사, 마침 잘 왔다."

큰 소리로 부르자, 가즈마사가 성큼성큼 들어왔다.

"바바 할아버지가 쓰러지셨다는구나. 너, 좀 거들어야겠다."

가즈마사는 모두의 안색을 보고는 사태의 심각성을 눈치채고 바로 고개를 끄덕였다.

"응, 알겠어."

"차 다시 빼고. 아버지는 술 마셨으니까 네가 운전해서 엄마랑 할머니들 태우고 바바 할아버지네로 가."

"알겠어."

가즈마사는 얼른 몸을 돌려 밖으로 뛰어나갔다.

다 탈 수 없어서 야스히코는 뛰었다. 가족 전원이 100미터 정도 떨어진 바바 할아버지 집으로 향한다. 사방의 논에서 개구리들이 가락이라도 맞추듯 울어대고 있었다.

집 안으로 들어가 보니 바바 할아버지는 거실 소파에 누워 있었다. 옆에서 다케시가 잠옷을 입히고 있다.

"야스히코. 오랜만인데 밤늦게 미안하다."

"미안하기는. 그보다 어떻게 된 거야?"

"모르겠어. 말은 하는데 몸이 움직이지를 않아."

그 얼굴을 들여다본 야스히코는 등골이 써늘해졌다. 오전에는 펄펄하던 기하치의 몸이 딱딱하게 굳어 있고 의식도 몽롱하다.

"구급차는 불렀나?"

"아버지가 안 불러도 된다고 고집을 부려서. 그래서 그냥 차로 옮기려고 하는데."

"야마다 의원은? 야마다 선생님에게 왕진을 부탁하자고."

"조금 전에 전화 걸어봤는데 지금 없다네. 삿포로에서 모임이 있다고 출타 중이래."

"하필 이런 때."

야스히코는 발을 동동 굴렀다.

야마가타 시에 있는 병원으로 옮기려면 자동차로 30분은 걸린다. 구급차도 불러봐야 거기서 오니까 똑같이 30분이 걸린다.

"야스히코, 아무튼 차에 태울 테니까 좀 거들어줘. 내가 운전해서 모시고 갈게."

다케시가 말했다.

"길은 아나? 이쪽에서 운전 안 한 지 벌써 몇십 년인데."

"어머니도 있으니까 괜찮을 거야."

야스히코와 다케시와 가즈마사, 세 남자가 기하치를 들쳐 멨다. 노인이지만 손발이 뻣뻣하게 굳어 있는 탓에 업을 수가 없다.

집에서 나와 뒷좌석에 노인을 태우려 한다. 몸이 굽혀지지 않아 악전고투했다. 그리고 진땀을 빼고 있는데 사람들이 모여들었다. 후사에가 동네 사람들에게 사태를 설명하고 있다.

그때 기하치가 갑자기 코를 골기 시작했다. 드르렁, 드르렁, 요란하게 곤다. 야스히코는 이내 뇌일혈 증상임을 알아차렸다. 자신의 아버지가 그렇게 돌아가셨기 때문이다.

"다케시, 아무래도 구급차 불러야겠다. 우리 힘으로는 안 되겠어."

다케시가 다시 집 안으로 뛰어 들어갔다. 사람들이 속속 모여들었다. 그중에는 경찰도 있었다. 당황한 누군가가 신고를 한 듯하다.

"무코다 씨, 경찰차로 선도하겠습니다."

경찰이 친절하게 말했다.

"구급차 불렀으니까, 그쪽이 더 안전할 거야."

"우리 동네에 간호사 있잖아."

누군가가 말했다.

"맞아, 스즈키 씨. 내가 불러올게."

누군가가 뛰어 간다.

기하치는 여전히 의식이 몽롱하다. 차의 뒷좌석에 몸을 뒤로 젖힌 자세로 기대 있다. 뭘 어떻게 하면 좋을지 아무도 몰랐다.

10분쯤 지나 중년 여자가 달려왔다.

"좀 보게 비켜줘요."

차에 올라타 맥박을 짚었다.

"조금 전부터 코를 요란하게 골고 있는데."

야스히코가 말했다.

"큰일이네."

간호사가 미간을 찡그리고 돌아본다.

"그러게. 우리 아버지가 뇌일혈로 쓰러졌을 때도 코를 고셨거든."

"아무튼 기도를 확보해야겠으니까, 일단 차에서 내려주세요."

간호사가 지시한 대로 또 세 남자가 기하치를 차에서 내렸다. 후사에가 집에서 들고 나온 모포를 땅에 깔고 눕혔다.

"바바 할아버지, 바바 할아버지."

간호사가 큰 소리로 말을 건넨다.

"여보, 영감."

후사에도 따라 부른다.

"아버지, 아버지."

다케시도 애타게 아버지를 부른다.

기하치는 "어어." 하고 가늘게 대답은 하지만 눈은 여전히 감은 채다.

그때 구급차 사이렌 소리가 들렸다.

"왔다."

다들 소리 나는 쪽을 쳐다보며 외쳤다. 다케시는 가만히 못 기다리겠다는 듯이 큰 길로 뛰어나가 경보등을 향해 두 손을 흔들었다.

구급차가 자갈길을 밟고 골목 안으로 들어온다. 구급대원 셋은 차에서 내리자마자 기하치를 들것에 실어 구급차 안으로 옮겼다. 구급대원이 물어 다케시가 경과를 설명한다. 그동안 구급차 안에서는 기하치에게 산소마스크가 씌워지고 응급처치가 취해졌다.

모여든 주민들 중에는 나이 든 사람이 많아 다들 충격이 큰 기색이었다.

"할아버지가 오늘 아침에도 밭에 나가 일을 했는데."

"포장마차 하는 청년단에게 준다고 파를 뽑았는데."

그렇게 수군거리는 소리가 들린다.

"야마가타 중앙 병원으로 운송하겠습니다. 할머니는 구급차에 동승하시죠. 아드님은 차로 따라와 주십시오."

구급대원의 신속한 지시에, 후사에가 차에 올라탔다. 다케시는 낡은 시빅을 타고 시동을 걸었다. 기하치가 20년 가까이 타고 있는, 요즘 시절에 보기 드문 스틱 차다. 어색하게 삐걱거리는 소리를 내면서 차가 마당을 빠져나갔다.

"다케시, 우리 차로 가자고. 뭐하면 가즈마사가 운전해도 되고."

야스히코가 뛰어가 말했다.

"괜찮아, 괜찮아."

다케시가 입가에 미소를 띠고 대답한다.

"여러분, 밤늦게 시끄럽게 해서 죄송합니다. 걱정해주셔서 고맙고요."

운전석에서 차창 밖으로 고개를 내민 다케시가 주민들에게 정중하게 머리 숙였다.

구급차가 사이렌 소리를 울리며 달려간다. 그 뒤를 조그만 시빅이 새끼 오리처럼 뒤따른다. 그 광경이 뭐라 말할 수 없이 불안해서 야스히코는 가슴이 메었다. 여기 있는 모두에게 남의 일이 아니다.

사람들은 서서 얘기를 나누며 좀처럼 자리를 뜨려 하지 않았다. 논에서는 계속해서 개구리들이 울어대고 있다

2

다음 날 아침, 야스히코가 제일 먼저 한 일은 바바 할아버지 댁을 찾은 것이었다.

"나도 가봐야겠다."

어머니도 따라 나섰다. 시간은 일곱 시 반, 이른 아침이라 벨은 누를 수 없지만 돌아왔는지만이라도 어떻게든 확인하고 싶었다.

집 앞에 가보니 차가 차고에 서 있었다. 이걸 어떻게 판단해야 하나, 잠시 생각해보았지만 알 리가 없다. 기하치는 과연 목숨을 구했을까, 아니면……

"후사에 씨에게 물어봐야겠다."

어머니가 그렇게 말하고는 현관으로 걸어갔다.

"어머니, 이렇게 이른 시간에."

야스히코가 소맷자락을 잡고 막는다.

"노인네들은 여섯 시면 다 일어나."

"할머니나 다케시나 어젯밤 늦게까지 병원에 있었을 거라고요. 어쩌면 아침에 돌아왔을지도 모르고."

"그렇긴 하네……."

어머니도 수긍이 가는지 걸음을 멈췄다.

그때, 창문 커튼이 걷히고, 창문 너머로 후사에의 얼굴이 보였다. 마당 쪽 거실 유리문이 열렸다.

"아이고, 어젯밤에는 미안했어."

후사에가 미안하다는 표정으로 말한다.

"무슨 소리야. 할아버지는 어떻게 됐어?"

"지주막하 출혈이라네. 아직 살아는 있는데 의식은 없어. 의사 진단이 앞으로 사흘이 고비라는군."

"저런, 어째."

어머니가 비통하게 말한다. 집 안으로 들어가려는 걸, 야스히코가 또 말렸다.

"어머니, 시간이 너무 일러요. 할머니가 잠도 못 주무셨을 텐데."

"아니야, 괜찮아. 어차피 잠도 안 오는 걸."

후사에가 도미코를 안으로 들인다. 야스히코는 집 안으로 들어가지 않고 처마 밑에 서 있었다.

후사에 말이, 구급차 안에서는 의식이 있었는데 병원에 도착할 무렵에는 불러도 아무 반응이 없었다고 한다. 검사 결과, 지주막하 출혈이라는 진단이 나왔다. 지금은 집중 치료실에 있지만 위독한 상태라고 한다.

그러고 있는데 2층에서 피곤한 얼굴의 다케시가 잠옷 차림으로 내려왔다.

"어, 왔어. 어젯밤에는 신세를 많이 졌군."

"잠은 좀 잤나?"

"잠이 와야 말이지."

"하긴."

"오늘이라도 안사람과 아이들을 오라고 해야겠어. 게이코에게는 어젯밤에 연락했고. 센다이에서 바로 오겠다니까 그 길로 장례를 치르게 될지도 모르겠군."

게이코는 다케시의 여동생, 물론 어렸을 때부터 잘 아는 사이다.

"그래. 안타깝게 되었군."

"어쩔 수 없지 뭐. 언젠가는 올 날인데."

다케시는 이미 체념했는지, 담담한 투였다.

"내가 있을 때였기 망정이지, 어머니 혼자였으면 욕실에서 꺼낼 수도 없었을 거야."

"음."

"마지막으로 효도하게 생겼군. 그렇게 생각해야지."

"그래, 잘 생각했어."

"나이도 나이고."

"여든둘까지 사셨으면 충분하지. 아, 그렇지. 아침, 우리 집에서 주먹밥이라도 만들어 갖다주라 그럴게. 식욕이야 없겠지만 그래도 조금은 먹어둬야지."

"괜찮아. 역 앞 편의점에 가서 뭐든 사다 먹지 뭐."

다케시가 희미하게 미소 지으면서 고개를 저었다.

"동네 사람들에게 폐만 끼치는군."

그러고 있는데, 또 동네 사람들이 모여들었다. 여덟 시도 되지 않은 이른 시간인데 다들 걱정스러워 참을 수가 없는 것이다.

"기하치 할아버지, 어떻게 됐어?"

후사에와 다케시가 처음부터 다시 설명한다.

야스히코는 집에 돌아가기로 했다. 가게 문을 열 준비도 해야 한다.

축제 전날이라 그런지, 무코다 이발소에 이발을 하러 오는 사람이 평소보다 많았다. 다들 온통 바바 할아버지 얘기만 한다. 노인들은 가게에 들어와 앉자마자 어머니를 상대로 얘기가 끝이 없다.

"바바도 이제 갈 날이 왔나 보군. 하기야 정신도 오락가락하니. 방명록에 자기 이름을 못 쓴 적도 있었고, 바로 전날 만났는데 오랜만이라고 한 적도 있고 말이야."

"밖에 나가는 것도 귀찮아했다네요. 노래방도 그라운드 골프도, 올해 들어서는 거의 참가하지 않았고."

쓰러졌다고 하니 저마다 짚이는 것이 있는지 그간의 증상을 줄줄이 늘어놓는다. 그러나 비장한 느낌은 별로 없다.

다들 어쩔 수 없다고 체념하는 분위기다. 해마다 아는 사람이 죽어가고 있다. 고령화가 심각한 과소 지역에서는 피할 수 없는 일상이다.

"상복을 준비해놓아야겠군. 나이가 들어 몸이 준 탓에 좀 줄여야지, 안 그러면 헐렁헐렁해서 원."

"여름인데 윗도리는 필요 없잖아. 나는 와이셔츠에 넥타이만 매겠어."

벌써부터 장례식 얘기가 오간다. 세가와도 나타났다.

"사흘만 버텨주면 좋겠는데. 축제가 한창인데 빈소도 차려야 하고 장례까지 치르려면 우리가 골치 아파지잖아."

그렇게 속절없는 말을 하는데도, 가게에 있던 노인들이 "음, 그러게 말이야." 하면서 고개를 끄덕이는 터라, 야스히코는 씁쓸하게 웃을 수밖에 없었다.

오후가 되자 다케시가 과자를 들고 찾아왔다.

"지금 병원에 다녀왔어. 집중 치료실에 있어서 30분밖에 면회가 안 되는군. 이거, 별거 아니야."

"뭘 이런 걸 가져와. 우리 다 동네 친구인데."

"정말 고마웠어. 동네 사람들 친절이 그저 고마울 따름이야."

"이런……."

다케시는 후련하다는 표정으로 소파에 앉았다. 안에 있던 어머니도 나왔다.

"아버지가 파킨슨병도 앓고 있었나 봐. 검사를 했더니 여러 가지가 나왔어. 역시 힘들 것 같아. 의사가 수술은 어쩌겠느냐, 인공호흡은 할 거냐, 여러 가지로 묻는데 연명 치료는 하지 말라고 부탁했어. 어머니도 수긍하는 눈치고."

"잘했어. 누워 살면 목숨이 붙어 있어 봐야 뭐 하겠어."

"맞는 말이지. 누워 지내면 후사에 씨가 얼마나 고생이겠어."

어머니도 그렇게 말하면서 고개를 끄덕였다.

"축제 기간만이라도 넘겨주면 좋겠는데."

"하하. 아까도 똑같은 말을 하는 사람이 있었는데. 세가와 말이야."

"동네 사람들에게 누를 끼치고 싶지도 않고."

"거 참, 그런 말은 하지 말라니까. 아 참. 자네 가족이랑 게이코까지 내려오면 이불이 부족할 텐데. 우리 거라도 괜찮으면 사용해. 불단 있는 방도 비어 있으니까 우리 집에 묵어도 되고."

"그래, 그렇게 해. 게이코든 손자든 우리 집에 와서 자."

어머니도 그렇게 권했다.

"여름인데 뭘요. 대충 끼어 자면 됩니다."

"사양할 거 없어. 이불은 나중에 가즈마사에게 갖다 놓으라고 하마."

"감사합니다."

도쿄에서 생활한 지가 오래되어서 그런지, 다케시는 다소 예의를 차렸다. 새삼스럽게 보니 머리에 흰 것이 간간이 섞여 있고 볼살은 늘어져, 야스히코나 별반 다름없이 명실상부한 중년이었다.

밤에 미나가 도쿄에서 내려왔다. 의류 회사에 다니면서 늘 바쁘다고 야단하는 맏딸이다. 야스히코가 어떻게 지내느냐고 묻자, "잘 지내고 있어." 하면서 귀찮아할 뿐, 제대로 대답하지 않는다.

그런 미나도 어젯밤 얘기를 하자 안색이 흐려졌다.

"바바 할아버지, 어렸을 때 나랑 많이 놀아주셨는데."

"나중에 가즈마사가 이불 가지고 갈 거니까, 같이 가봐."

"응, 그럴게."

그 말에 순순히 대답하더니 저녁을 먹은 후 누이와 동생이 이불을 들고 집을 나섰다.

그러고는 통 돌아오지를 않는다. 휴대전화로 전화를 걸어보니, 다케시의 아이들이 도착했는데 반가운 마음에 어렸을 때 명절이면 같이 놀던 얘기를 하는 중이란다.

"할머니가 말 상대가 많아져 좋겠네."

교코가 배를 깎아 오며 말했다.

"그렇군. 걱정한다고 좋아지는 일도 아니니 북적거리는 게 오히려 좋을지도 모르지."

야스히코가 배를 한 조각 먹으면서 대답한다.

"할머니가 요즘 한동안 할아버지 뒷바라지하느라 힘들었는데 내심 안도하고 있는지도 모르겠네."

"그랬어?"

"그럼. 부인회 모임에 참가해서도 집에 혼자 있는 할아버지 걱정에 도중에 몇 번이나 보러 갔는걸."

"그러고 보니 동네 사람들끼리 가는 여행에도 참가하지 않았지."

"여행을 어떻게 가. 할아버지가 여행 갈 체력이 없다고, 가고 싶어도 꾹 참았다고."

"하기야 우리 어머니도, 아버지가 돌아가셔서 무거운 짐을 내린 것처럼 보였으니."

야스히코가 작은 소리로 중얼거렸다. 어머니는 안쪽에 있는 당신 방에서 텔레비전을 보고 있다.

"여든이 넘으면 이제 충분히 같이 살았다는 느낌이 들거야. 장례식 때도 잘 울지 않고."

"그렇기도 하겠지."

"당신, 내가 먼저 죽으면 어쩔 거야?"

교코가 배를 아삭 씹으면서 텔레비전을 향한 채 물었다.

"벌써부터 그런 소리 하지 마."

"자식들에게 짐 되지 않게 해. 가즈마사가 도마자와에 남으란 보장은 없으니까."

"알고 있어."

"그래서, 어쩔 건데?"

교코가 또 묻는다. 야스히코는 약간 화가 난다.

"난 혼자 살아도 아무 문제없어. 밥도 지을 수 있고 된장국도 끓일 수 있다고."

"몸이 불편해지면 어떻게 할 건데? 차도 몰 수 없고 일상생활이 곤란해지면?"

"그때는."

말이 막힌다.

"그때는?"

"또 말꼬리 잡는다."

"난 미리 정해놓는 게 좋다고 생각해요. 다들 노후는 생각하고 싶지 않으니까 전부 미루기만 하잖아, 애매하게."

교코가 이쪽으로 몸을 돌리고 말했다.

"일흔다섯이 되었는데 어느 쪽이 먼저 죽으면 남은 사람은 양로원에 들어간다든지."

"일흔다섯은 아직 일러. 다들 펄펄하다고."

"펄펄할 때 주변 정리를 하고 죽음을 맞아야죠."

"왜 갑자기 그런 소리를 하고 그래?"

"바바 할아버지네, 할머니 혼자 남으면 앞으로 어떻게 되나 싶어서. 그런 생각을 하니까 우리 앞날도 불안해지네."

"노인네 혼자 사는 집, 도마자와에는 수두룩하다고. 민생위원인 당신이 더 잘 알 거 아니야. 불안하다고 걱정한들 무슨 소용이 있겠어."

"그건 그렇지만, 냉정하게 마음의 준비를 하고 싶으니까 그렇죠. 최악의 사태를 상정하고 미리 생각해두면 허둥대지 않고 좋잖아요."

"그야 그렇지만……."

아내 말에 진 꼴로 야스히코는 입을 다문다. 당연히 교코 말이 옳지만, 다들 불안을 껴안은 채 어영부영 살고 있다.

미나에게 전화가 걸려와, 다 같이 축제 전야제 구경을 가겠다고 했다. 놀러 나가겠다는 걸 보면 다케시의 아이들도 그렇게 슬퍼지는 않는 듯하다.

젊어서 참 좋군, 하고 생각했다. 그들에게 노후는 먼 미래에 불과하다. 고요한 밤 동네, 저 멀리서 악기 소리가 떠들썩하게 울렸다.

3

축제는 시작되었는데 기하치의 병세에는 별 변화가 없었다. 계속 집중 치료실에 있는 탓에 가족은 아무것도 할 수 없었다. 하루 30분인 면회 시간이 끝나면, 남은 시간이 기다리고 있을 뿐이다.

주말 동안 이발소는 임시 휴업이라 야스히코는 다케시에게 축제에 같이 가자고 했다.

"집에 있어서 뭐 하겠어. 다들 사정을 아니까 아무도 뭐라 하지 않을 거야. 중학교 브라스 밴드가 연주회도 한다 그러고 가장 행렬도 있는 것 같으니까, 기분 전환도 할 겸 가보자고."

"그럼, 잠시 다녀올까."

다케시가 웃으면서 엉덩이를 들었다. 부인과 아이들은 옆 동네로 쇼핑을 하러 갔단다. 후사에는 기하치의 입원 소식을 들은 친척들이 여러 명 온다면서 집에 있겠다고 했다.

다 같이 차를 타고 광장으로 갔다. 사람들이 그런대로 북적거렸다. 파란 하늘 아래 남녀노소가 모여 있다. 청년단에서 기획한, 투어 캠프에 전국의 라이더들을 끌어모으겠다는 계획은 실패로 끝난 듯하다. 가즈마사는 물론 청년들은 몇 그룹밖에 오지 않았다고 속상해했다. 그래도 고향으로 내려온 젊은이들이 많아 동네가 활기를 되찾은 감은 있었다.

사람들은 저마다 다케시를 붙잡고 기하치 할아버지의 상태를 물었다.

"자네는 도쿄로 곧 돌아가지. 뒷일은 우리에게 맡겨. 다 같이 돌아가면서 자네 어머니를 병원에 모시고 갈 테니까."

다들 도움을 자청하고 나섰다. 그럴 때마다 다케시는 황송해했다.

마침 세가와도 다가왔다.

"다케시, 고생이 많았지? 오랜만에 마작이나 하려고 했는데 안 되겠군."

"그건 좀……. 사태가 언제 어떻게 급변할지 몰라서. 병원에서 연락이 오면 달려가야 하잖아."

"그래, 그래. 이런 말하기 뭐하지만, 오래 끌어서 고생하느니 편하게 가시게 하는 편이 남은 가족에게 좋을 거야."

"우리끼리니까 하는 말인데, 실은 나도 그랬으면 좋겠어. 안사람과 위에 녀석은 하는 일이 있지, 아래 놈도 학생이지만 아르바이트 빼먹고 왔거든. 내일까지는 있을 수 있지만, 그다음은 일단 도쿄로 돌아가야 돼."

다케시가 주위를 돌아보면서 조그맣게 말한다.

"어머니도 내심 오래 갈까 봐 걱정하는 것 같고."

"그래, 그 심정 잘 알아. 예순이나 일흔이면 몰라도 여든이 넘으면 누구나 그렇게 생각하지."

셋이서 포장마차 구역의 테이블에 앉아 다코야키를 먹으면서 그런 얘기를 나눴다.

"그래서, 오늘도 병원에 다녀왔나?"

세가와가 물었다.

"응, 갔다 왔지. 어머니가 부르면 어, 어, 하는 소리는 내는데 나는 너무 딱해서 볼 수가 없더라고. 아이들도 할아버지 모습에 충격을 받았는지 5분을 그 자리에 있지 못했어."

"아니, 의식이 있는 거야?"

"그게, 그날 밤에는 의식이 없어서 하루이틀 사이에 가시겠다 싶어서 각오를 하고 있었는데 날이 밝으니까 눈도 뜨지 손발도 움직이지, 내가 다 놀랐어. 의사도 고비를 넘겼을 가능성이 있다는 소견이었고. 그래 봐야 누워 지내는 건 다름없지만."

"그렇군……. 실은 전기공사 슈이치네 아버지도 똑같았어.

쓰러진 후로 링거 주사 맞으면서 1년이나 버티셨거든. 가족이 다들 얼마나 힘들어했는지 몰라."

"1년이나?"

다케시가 눈을 부릅뜬다.

"음. 그러고 보면 인간이 참 질긴가 봐. 배에 구멍을 뚫고 음식물을 넣는 위루형성술을 받으면 3년을 산다고 하니."

세가와가 불안을 부채질하듯이 말한다. 다케시는 충격을 받았는지 대꾸가 없었다.

"게다가 식물인간 상태에서도 증상이 안정되면 다른 병원으로 옮기라고 한다지. 슈이치도 병원 찾느라 고생이 말이 아니었어."

"그럴 수가. 그럼 계속 같은 병원에 입원해 있을 수 없다는 말이야?"

"그렇지. 종합병원은 기본적으로 치료를 필요로 하는 환자만 수용한다고. 죽을 때까지 치료해주는 병원은 따로 있으니까 그런 데로 옮기라는 거지."

"그거, 정말이야?"

다케시가 아니라고 말해달라는 듯이 야스히코를 본다. 야스히코는 진지한 표정으로 고개를 끄덕일 수밖에 없었다. 고령자가 많은 동네라 비슷한 예를 몇 번이나 보았다.

"그럼, 이 상태가 계속되면 어쩌지. 나는 도쿄로 돌아가야 하는데. 동생도 계약직이지만 센다이에서 사무 보는 일을 하고 있고, 어머니 혼자서 어떻게 할 수가 없잖아."

"민생위원이 여러 모로 돌봐줄 거야. 우리 마누라도 위원이라서 무슨 일이든 걷어붙이고 도울 거야."

야스히코가 말했다. 실제로 교코는 독거노인의 입원을 도운 적도 있었다.

"교코 씨에게 신세를 지자니 좀 그렇군."

"같은 동네 사람은 담당하지 않는 게 원칙이니까 아마 다른 위원이 하겠지. 게다가 신세라고 생각할 거 없어. 우리도 언젠가는 신세를 지게 될 텐데. 그러니 차례가 왔다고 생각해."

"지역에 큰 병원이 없다는 게 노인들에게는 간단한 일이 아니군."

다케시가 하늘을 올려다보며 한숨을 쉰다.

"할 수 없잖아. 날로 쇠락해가는 동네인데. 슈퍼와 편의점이 있는 것만도 고마운 일이지."

"그런데, 이 동네를 떠난 노인도 있나?"

"없지는 않지. 그래도 거의 홋카이도 안이야. 자식이 있는 도쿄로 갔다는 얘기는 들어본 적이 없으니까."

"우리 어머니, 도쿄에서 생활하는 건 무리겠지?"

"뭐? 다케시, 어머니를 모실 생각이야?"

"아니, 그런 건 아니고."

다케시가 이내 고개를 젓는다.

"옛날에 집 샀을 때 두 분 다 오셨는데, 당신들은 이런 데서 못 산다고 했어."

"다 그렇지. 나도 도시에 나가 살고 싶은 마음 없는데 뭐. 삿포로만 가도 눈이 핑핑 도는 걸."

세가와가 장난스럽게 고개를 이리저리 돌렸다.

"옛날 사람들은 어떻게 살았을까."

"그야 당연히 장남이 가문을 이어받고 부모를 보살폈지."

"그래, 그랬지."

세가와의 대답에 다케시가 맥없이 웃었다.

"아버지가 돌아가셔서 혼자 남아도, 앞으로 몇 년은 혼자 살 수 있으니까 걱정 안 해도 된다고, 어젯밤에 어머니가 동생과 내게 그렇게 말씀하시더라고."

"그럼, 그렇게 하는 수밖에 없지 않나."

"그래도 혹시 병에 걸리면 어떻게 해. 치매에 걸릴 가능성도 있고. 그렇게 되면 어쩌면 좋을지 방법이 없어."

"그때는 그때 가서 생각해. 지금 고민해봐야 답이 없는데."

야스히코는 그렇게 말하면서 어젯밤 아내와 나눈 대화를 떠올렸다. 이렇게 지내도 된다고는 자신도 생각지 않는다. 앞날에 대한 생각을 마냥 보류하고 있는 것은 생각하면 우울해지기 때문에 불과하다.

"아무튼 지금 우선은 어머니보다 아버지야. 오래 끌 경우,

어떻게 할 건지…….”

　“그래. 몇 번이나 오락가락해야 할 텐데, 교통비만 해도 만만치 않을 테고…….”

　“도쿄가 참 멀기는 하다.”

　셋이 한숨을 쉬었다. 부모를 편히 보내드리는 것도 쉬운 일이 아니다.

　밤에는 봉오도리 대회가 열렸지만, 야스히코는 잠시 얼굴만 내밀고는 춤도 다른 행사도 구경하지 않고, 세가와와 다니구치와 함께 늘 다니는 술집 다이코쿠에 갔다. 마을의 주역이 세대 교체되어 나설 일이 없어졌다. 실행위원 대부분이 20대와 30대다.

　다케시 집에는 친척이 모였는지 길에 차가 몇 대나 서 있었다. 같이 마시고 싶었지만 나오라고 하기가 꺼려졌다.

　“자리보전을 하는 건 싫지.”

　여주인이 담배를 피우면서 말한다. 술집에서도 화제는 온통 바바 할아버지 얘기뿐이었다. 지금 상태를 안타까워하기보다는 가족에게 미칠 영향을 걱정하고 있다.

　“아주머니가 병원에 다니는 것만도 큰일이겠어. 야마가타 중앙 병원은 택시로 가면 왕복에 8,000엔은 들 텐데. 버스도 있기야 하지만 하루에 몇 번밖에 다니지 않으니. 나 같으면 매일은 못 갈 거야.”

　“그래도 아주머니는 사람들 이목에 신경 쓰지 않겠어? 동네가 작다 보니 매일 다니지 않으면 말들이 많을 텐데."

세가와가 자조적으로 말한다.

"아줌마는 어쩔 거요?"

다니구치가 60대 여주인에게 물었다.

"그런 거 묻지 마. 나, 혼자 사는 몸이라고. 생각만 해도 울적해져."

여주인이 손을 흔들며 얼굴을 찡그린다.

"시간이 후딱 지나간다고. 지금부터 정해놓는 편이 좋지 않겠어."

야스히코가 그렇게 말했다. 자기도 모르게 아내에게 전염되고 말았다.

"일할 수 있을 때까지 일하다가 그다음에는 양로원에 들어가지 뭐. 그때까지는 돈 벌어서 착착 모아야 하니까 무코다 씨가 매일 같이 마시러 오면 되겠네."

"삿포로에 아들이 있다면서, 거기로 안 가고?"

"거길 왜 가. 절대 안 가지. 아는 사람 하나 없는 곳에 가서 뭘 어쩌겠다고."

"하긴 그렇군. 나도 마찬가지야. 이 나이 돼서 다른 데 가서는 못 살지."

"그러니까 공영 양로원 만들라고 민원 넣어봐요. 병원도 같이 있는."

"그럴 돈이 어디 있게. 도마자와는 재정이 파탄 난 동네라고.”

“지난번 면장 잘못이지. 그 무라이 할배. 20년이나 눌러앉아 탁상 행정이나 하고.”

전 면장의 험담을 늘어놓고 있는데 청년단 면면이 우르르 몰려 들어왔다.

“아아, 참패다, 참패. 라이더들은 안 오지 옆 동네 여자들도 안 오지. 포장마차도 적자. 기자재 대여료도 못 내게 생겼어.”

세가와의 아들 요이치로가 얼굴을 잔뜩 찡그리고 투덜거렸다.

“그러니까 내가 말했지. 안이하게 계획 세우지 말라고. 견적은 무조건 빡빡하게. 그게 철칙이야.”

세가와가 약을 올리듯이 말한다.

“어때서요. 아무것도 안 하는 것보다는 낫지. 젊은 사람들 뜻대로 하게 놔둬요.”

여주인이 젊은이들을 감쌌다.

“좋아, 내가 오늘은 서비스 한다.”

그러고는 닭튀김을 선뜻 만들어주었다.

청년단 면면은 어떻게든 될 거라는 식인지 테이블 자리에서 맥주를 병나발을 불기 시작했다.

“그런데 아버지. 바바 할아버지, 어떻게 됐어?”

가즈마사가 물었다.

“아직 살아 계시다. 여전히 예단은 할 수 없는 상태인 것 같지만.”

“흐음. 할아버지 돌아가시면 할머니는 어쩐데?”

“그야 그 집에서 혼자 사시겠지. 너희들이 나서서 도와 드려야겠구나.”

“우리 젊은 사람들은 부모가 나이 들면 어떻게 할 거야?”

여주인이 청년단 일행에게 묻자, 가즈마사는 야스히코의 얼굴을 힐끔 보고는 퉁명스럽게 대답했다.

“앞일을 어떻게 알겠어요.”

그건 그렇다. 야스히코도 스물세 살 때는, 부모가 일할 수 없게 되는 날을 상상조차 한 적이 없었다.

“그래도 언젠가는 올 거 아니야, 그날이.”

“몰라요.”

대답을 거부하는 것처럼 고개를 돌린다.

아버지 셋이 어깨를 으쓱한다. 젊은 사람들은 이내 술기운이 돌아, 좁은 술집에서 노래를 부르고 법석을 떨었다.

4

축제가 끝난 후에도 기하치의 병세에는 별 진전이 없었다. 친척은 모두 일상생활로 돌아가고, 다케시만 유급 휴가를 내서 고향에 남았다.

"의사가 오늘 밤일 수도 있고 열흘 후가 될 수도 있다고 하니까, 내가 도쿄에 가고 싶어도 갈 수가 있어야지."

다케시는 어머니를 데리고 병원에 다니는 것 외에는 할 일이 없었다. 그러니 야스히코의 이발소나 세가와의 주유소에 매일 들러 시간을 보냈다.

"그냥 돌아가도 되지 않겠어. 만에 하나 오래 끌게 되면 끝이 없다고. 아주머니가 아직 건강하시니까 혼자서도 괜찮을 것 같은데."

야스히코는 도쿄로 올라가라고 권했지만, 다케시는 결심이 서지 않는 눈치였다.

　"그래도 너무 죄송해서 말이야, 장남이라는 사람이 어머니 혼자 남겨두고 가버리는 게. 삿포로 정도만 돼도 바로 달려올 수 있지만, 도쿄는……. 밤에 상황이 급변한다 해도 아침이 되지 않으면 내려올 수가 없다고. 그게 겁이 나서 좀체 못 가겠어."

　"그렇게 말하면 아버지 돌아가실 때까지 여기 있어야 한다는 얘기라고. 회사도 가야 하는데 그럴 수가 있나 말이야."

　"그건 그렇지만. 나는 열여덟에 집 떠난 후로 계속 내 뜻대로만 살아서 거기에 대한 부담도 있다고. 야스히코 너처럼 가업을 이은 것도 아니고 부모를 살뜰하게 보살핀 것도 아니고. 그런 자식 된 도리를 하나도 못했기 때문에 죄책감이 있다고 할까……."

　"무슨 소리야. 쇼와 시대는 오래전에 끝났다고. 형제가 많으면야 장남이 가업을 잇는 게 도리겠지만 우리 세대부터는 어느 집이든 둘뿐이잖아. 그런데 집에 얽매인다는 건 불합리하지. 게다가 도마자와 같은 시골에서, 누가 고향에 남으라고 할 수 있겠어."

　"가즈마사는 이발소를 잇기로 했다면서?"

　"그 말을 어떻게 믿겠나. 언제 변할지 모르는데."

　야스히코는 피식거리면서 고개를 젓는다. 가즈마사는 여

전히 목공소 일을 열심히 하면서 이용학원 다닐 돈을 모으고 있다. 청년단 활동에도 열심이다. 이런 인구 적은 시골에서 활달하게 지내는 것만큼은 감탄스럽다.

"아무튼 회사에는 사정 얘기를 하고 앞으로 이틀이나 사흘은 더 있으려고. 그다음은, 미안하지만 야스히코가 우리 집에 간간이 들러줘."

"당연하지. 걱정할 거 없어. 여기도 사람은 있다고."

그때, 호랑이도 제 말하면 온다더니 마침 가즈마사가 들어왔다.

"할머니가 부탁한 서랍장 수리가 다 돼서 가져 왔어. 옛날 가구는 참 튼튼하더라고. 사장님도 감탄하던데. 아, 안녕하세요."

다케시를 보고는 꾸벅 인사한다.

"가즈마사. 바바 할아버지네가 여러모로 힘드니까 너도 좀 도와드려."

야스히코가 말했다.

"알아요. 시장 보는 거 정도는 내가 모시고 갈게요."

"미안해, 가즈마사. 아저씨가 이제 도쿄로 돌아가야 해서."

다케시가 머리를 숙이자 가즈마사는 잠시 생각하는 기색을 보이더니 이렇게 물었다.

"아저씨, 그 외에는 뭐 할 일 없어요?"

"아, 그게, 그러니까……."

갑작스러운 질문에 다케시가 당황한다.

"그래, 차를 타는 사람이 없어서 배터리가 나가지 않을까 그게 좀 걱정이군."

"그 정도야 문제없죠. 제가 사흘에 한 번쯤 가서 시동 걸게요."

가즈마사는 웃는 얼굴로 대답하고는 서랍장을 들쳐 메고 안쪽 방으로 사라졌다.

"듬직하게 자랐군."

다케시가 말한다.

"덩치만 컸지 머릿속은 아직 어린애야."

야스히코는 겸손을 떨었지만 물론 기분이 나쁘지는 않았다.

사흘 후, 다케시는 도쿄로 돌아갔다. 기하치의 상태가 나쁜 대로 안정적이어서 더 이상 머무는 것이 어려워졌기 때문이다.

"앞으로 1년은 각오해야 할지도 모르겠어."

다케시는 꽤나 난감한 기색이었다. 당분간은 주말마다 오겠다고 한다. 병원이 완전 간호제라 옆에 사람이 붙어 있어야 할 필요가 없고, 교통비만도 만만치 않으니 그러지 않아도 된다고 조언했지만, 힘없이 웃기만 할 뿐 말을 듣지 않았다.

그렇게 하지 않고는 마음이 놓이지 않는 것이다. 고향 떠난 장남에게는 야스히코가 잘 모르는 죄의식이 있는지도 모르겠다.

　기하치의 아내 후사에는 날마다 점심을 먹고는 오후 한 시 버스를 타고 병원에 갔다. 조그만 천 가방을 들고 이발소 앞을 종종 걸어가는 모습을 보면 야스히코는 가슴이 메었다. 차로 데려다주겠다는 말이 입에서 절로 나올 것 같은데 참는 것도 고역이었다. 어차피 단골손님밖에 오지 않으니, 문이 닫혀 있으면 다른 날 올 것이다. 그러나 역시 문을 마음대로 닫을 수는 없다.

　후사에는 돌아올 때는 택시를 이용했다. 도마자와로 들어오는 버스가 저녁때면 벌써 끊어지기 때문이다. 매일 드는 택시비도 녹록치 않을 것이다.

　한번은 폭우가 쏟아지는데 우산을 쓰고 나가는 모습을 보았다. 야스히코는 자기도 모르게 밖으로 나가 후사에에게 말을 건넸다.

　"할머니, 오늘은 안 가시는 게 좋겠어요."

　후사에는 "괜찮아, 괜찮아." 하면서 씩씩하게 손을 젓고는 할아버지 면회를 한 번도 빼먹으려 하지 않았다. 지금까지 바바 부부의 금슬이 어떤지 생각해본 적이 없는데, 이런 일이 벌어지고 보니 꽤 금슬이 좋았나 보다고 감동하지 않을 수 없었다.

다만 동년배인 어머니는 의외로 담담해서, 쓰러졌을 당시에는 딱하게 되었다고 동정하더니 일주일이 지나자 후사에게 그라운드 골프를 치러 가자고 해서 야스히코가 나무란 적도 있었다.

"어머니, 할머니가 지금 그런 정신이 어디 있겠어요."

그런데도 어머니는 전혀 개의치 않고 따분할 거라면서 날마다 바바 할아버지네 집을 찾아가 노래방이라도 가자고 채근을 했다.

다케시는 주말이 되면 정말 도쿄에서 혼자 내려왔다. 내려오면 제 손으로 운전하는 차에 어머니를 태우고 병원에 갔다가, 나간 길에 야마가타에서 대형 슈퍼마켓에 들러 식료품을 사다 챙기는 것이 일이었다.

그런데 후사에는 아들에게 매주 올 필요 없다고 하는 듯하다.

"그래, 그렇게 해. 한 달에 한 번으로 줄이라고."

야스히코도 그렇게 권했지만, 병원에서 기하치에게 다른 병원으로 옮겨줄 것을 요구하고 있는 터라, 새 병원도 찾아야 하니 내려오지 않을 수가 없었다.

"차로 한 시간 이내에 있는 병원이어야지, 안 그러면 어머니도 날마다 다닐 수가 없어. 그러니 후보가 적을 수밖에 없는데, 그것도 마땅한 곳이 없군. 사실은 독실을 사용하게 해드리고 싶은데 그러자니 한 달에 15만 엔 정도는 더 드는 비용을 내가 내기에 부담스럽고."

다케시는 매번 자신을 탓했다. 그럴 때마다 야스히코와 친구들은 "독실은 돈 많은 부자들이나 들어가는 곳이지. 우리 같은 사람에게는 무리라고. 게다가 오래 끌면 어떻게 하겠어." 하고 위로했지만, 그래도 계속 전전긍긍하니 보고 있기가 딱했다.

간병인이 있어도 무방하다는 병원이라는데 그다지 좋은 곳은 아닌 듯하다. 그래서 더욱 속이 상한 듯하다.

그 점에 대해서는 민생위원으로 있는 교코가 자세하게 알려 주었다.

"조성금 목적으로 그런 사업을 하는 곳도 많거든요. 정말 심한 병원도 있어요. 쓰레기 냄새가 나는 데도 있고 냉난방비를 아끼느라 겨울에 추운 곳도 있고. 요즘 같은 시대에 여기가 늙은 부모 갖다 버리는 곳인가, 그런 생각이 든 적도 있어요."

듣고 보니 그렇다. 자신의 부모가 그런 병원에 있다면 도쿄에 있으면서도 마음이 놓이지 않을 것이다. 다케시가 고민을 할 만하다.

옛 친구로서나 한동네 주민으로서나 가만히 지켜볼 수만은 없어, 야스히코는 세가와와 다니구치와 의논해 서포터를 자청하고 나섰다. 월, 수, 금 셋이서 교대로 후사에를 병원에 데리고 간다. 화, 목은 후사에 혼자 가든지 아니면 가지 않는다. 매일 갈 필요는 없다고 설득할 생각이었다.

우선 도쿄에 있는 다케시에게 전화를 걸어 그 뜻을 전했다. 다케시는 처음에는 그렇게까지 신세를 질 수는 없다고 거절했다.

"그럼 기름 값으로 한 번에 1,000엔씩 받기로 하지. 그럼 되겠지?"

그렇게 제안했는데도 한참을 망설이다가, 일단 한 달만 부탁하겠다면서 이쪽의 뜻을 받아들여 주었다. 다케시는 몇 번이나 미안하다, 고맙다고 말했다.

다케시는 연로한 어머니 혼자서 버스나 택시를 타는 것조차 안타까워했으니, 그렇게만 해도 어느 정도는 부담을 덜 것이다.

그런데 이 제안을 집에 가서 전하자 후사에가 전혀 뜻밖의 반응을 보였다.

"나는 혼자서도 얼마든지 다닐 수 있으니까 그렇게 안 해도 돼."

그것은 단순한 사양이 아니었다. 찡그린 얼굴로 딱 거절하는 모습이 오히려 괜한 간섭이라 여기는 것처럼 보이기까지 했다.

"정말 어떻게 할 수 없을 때는 내가 알아서 부탁할 거야. 그런 때만 차로 데려다줘. 하지만 그런 때가 아니면 나 혼자서도 아무렇지 않아. 혼자 다니는 게 마음도 편하고."

"그래도 할머니, 교통비가 만만치가 않을 텐데요."

"그런 건 걱정 마. 모아둔 돈도 조금 있고 부부 연금만 있어도 충분히 살 수 있으니까. 교통비가 드는 것도 지금 한때지. 다른 병원으로 옮기면 날마다 가지 않을 거야. 어차피 말도 못하고, 눈도 보이는지 어떤지 알 수가 없는데. 그러니 지금 이때뿐이야. 고마워, 야스히코. 그 마음만 받을게."

"지금 이때뿐이라면 우리들 말대로 해도 되잖아요. 다케시와 의논해서 일단 한 달은 그렇게 하기로 약속했는데요."

"아이구, 됐다니까 그러네. 혼자가 편해."

후사에는 몇 번이나 고개를 저으며 태도를 바꾸지 않았다.

억지로 강요할 수는 없어 일단 물러나왔다. 어머니에게 그 일을 전하자, "마음대로 하게 내버려 둬." 하고는 의미심장하게 웃었다.

"혼자서 가고 싶다는데, 괜한 걱정할 거 없다고."

그러고는 후사에가 돌아올 무렵이면 얼른 집에 쫓아가 매일 무슨 얘기를 쑥덕거렸다.

나이 든 사람은 나이 든 사람끼리 얘기가 통하는 것일까. 괜한 간섭이라면 삼가야겠다는 생각에 야스히코는 한동안 지켜보기로 했다. 나이 든 사람들은 옆에 누가 없으면 외로워할 것이라고 단정하는 것은 현역 세대의 오만한 착각일지도 모른다. 여든이 된 어머니도 매일 하는 일이 없는데도 재미나게 살고 있다.

기하치가 쓰러진 지 한 달이 지났을 때야 겨우 옮길 병원이 정해졌다. 야마가타 시 외곽에 있는 생긴 지 오래지 않은 새 재활병원이다. 4인실인데도 나름 규모가 있어 입원비가 조금 비싸기는 하지만, 다케시는 이 정도면 가족도 친척들도 안심할 수 있겠다 싶어 신청했는데 마침 입원 허가가 떨어졌다. 아버지를 옮길 곳이 정해지자 다케시는 웬만큼 안도하는 기색이었다.

　"아마 이번에 옮기는 병원이 아버지가 마지막 숨을 거둘 곳이 되겠지. 회복될 가망은 없으니 최대한 정결한 곳에서 떠나게 해드리고 싶잖나."

　다이코쿠에서 술을 마시면서 그렇게 말하는 다케시 표정이 한결 편해 보였다.

　"잘하고 있는 거야. 정말 감탄했어, 나. 도쿄에서 여기를 몇 번이나 오갔느냐고. 관리직에 있으면서 그러기 쉽지 않은데 참 대단해."

　야스히코가 칭찬하자, 다케시는 머쓱하게 웃고는 "주위 사람들이 얼마나 협조적인지 나도 놀랐어." 하며 어깨를 으쓱했다.

　"내가 평소 싫어하는 중역까지 아버지가 괜찮으시냐고 신경을 쓰면서 급거 담당을 바꿔주기도 하고 말이야. 그 중역 말이, 자기 아버지가 규슈의 고향집에서 쓰러졌을 때 혼이 난 경험이 있어서 회사 차원에서도 최대한 배려하고 싶다고 하는 거야. 그러니까 우리 윗세대는 다들 부모를 저 세상으로 떠나보낸 경험자들이니까, 남 일처럼 여겨지지가 않는 거지."

"그야 그렇겠지. 고생이라는 걸 아니 친절할 수도 있는 거 아니겠나."

세가와 열심히 맞장구를 치면서 말한다.

"그래서 우리도 가만히 두고만 볼 수가 없었던 거라고."

다니구치도 고개를 끄덕인다. 모두 옮길 병원이 결정되어 급한 불을 끄고 나니 안심이 되는 것이다. 앞으로 어떻게 될지는 알 수 없지만, 아무튼 레일에는 올라탔다.

"나는 다케시 어머니가 그렇게 담대할 줄은 몰랐어. 우리 어머니는 아버지가 암으로 입원했을 때 어쩔 줄을 모르고 우왕좌왕했는데."

세가와가 말했다. 그의 아버지는 10년 전쯤에 암으로 판정되어 1년 동안 입원해 있다가 돌아가셨다.

"그야, 세가와 자네 아버지는 일흔 조금 넘은 나이에도 일을 하셨으니 그렇지. 우리는 그렇지도 않았어. 노쇠해서 정신도 오락가락, 손자 이름도 잊어버릴 정도여서 가족 모두가 이제 돌아가셔도 별 아쉬움은 없겠다 했지."

다니구치가 말한다. 그 말에 반응해 다케시가 입을 열었다.

"실은 우리도 좀 그런 것 같아. 아버지가 쓰러질 당시에는 너무 놀라서 나나 어머니나 제정신이 아니었는데 시간이 지나고 나니까 좀 진정이 되면서, 여든이 넘었으니 그만하면 다 누리신 게 아닌가 하고 인정되는 부분도 생기더라고. 사실 내가 걱정하는 건 뒤에 남은 어머니지, 아버지는 때가 되어서 저승사자가 왔다, 뭐 그런 느낌이야.”

“그래서, 지금 어머니는 어떠신가? 내가 보기에는 의외로 기운이 왕성하신 것 같던데.”

“그게 말이야.”

다케시가 목소리를 낮췄다.

“그게, 아쉬워하는 기색이 없어. 얼마 전에도 5년 만에 극장에 갔다 왔다면서 좋아하시더라고.”

“뭐? 그래?”

“그렇다니까. 야마가타에 가서 혼자 쇼핑도 하고 레스토랑에서 스파게티도 먹고. 뭔지 모르겠지만 어머니 혼자서 즐기는 눈치야.”

“그래서 우리가 차로 데려다드린다고 하는데도 고집스럽게 거절하신 게군. 사양 안 하셔도 된다고 하는데도 혼자가 마음 편하다고 하시더니. 마음대로 돌아다니고 싶다는 뜻이었어.”

“그게 아무래도 그런 것 같아. 아버지 옮길 병원이 결정되면 도미코 아주머니와 같이 1박으로 여행 다녀와도 되겠느냐고 묻는 거야. 나야 물론 마음대로 하시라고 했는데.”

"허, 그런 거군."

"그러니까 그때는 나나 동생 둘 중에 하나는 집에 와 있으라는 거지. 만에 하나 그날 밤에 아버지가 돌아가시면 남들보기 안 좋다고 말이야."

"하하하."

셋이 다 엉겁결에 소리 내어 웃고 말았다.

"후사에 할머니가 해방되신 거네."

여주인이 끼어들었다.

"지난 몇 년 동안 바바 할아버지 기력이 쇠약해지셔서 할머니가 늘 옆에 있어야 했잖아. 여행도 한 번 못 갔지, 노인회모임에도 못 나갔지. 게다가 할아버지가 운전을 계속하니까사고라도 나면 어쩌나 노심초사. 그런 게 다 없어졌으니 무거운 짐을 내린 것처럼 후련해지지 않았겠냐고."

"그렇군. 음, 그래."

남자 넷이 너도나도 고개를 끄덕거렸다.

"충분히 사셨겠다, 추억도 많이 만들었겠다, 미련이 없으니 해방감이 더 크실 거야."

"음, 맞아."

몇 번이나 고개를 끄덕인다.

"여자 쪽이 평균 수명이 길다는 거, 하느님 조화 중에서는꽤 히트작 아니겠어. 여기 있는 댁들도 부인이 먼저 저세상으로 가면 어떻겠어? 어쩔 줄 모를걸."

남자 넷 모두 이번에는 대답할 말이 궁해졌다.

"나이를 먹으면 여자 쪽이 단연 강해지는 거, 난 좋은 일이라고 생각하는데. 주도권이 바뀌잖아. 그렇게 되면 여자는 무슨 생각하는지 알아? 지금까지 당한 거 다 갚으려고 할걸. 뭐, 실제로는 하지 않지만. 불쌍하니까. 그래도 남편이 자기를 의지할 수밖에 없으니까 정신적으로 우위에 서게 되잖아. 그러니까 때로 심술도 부리고 또 나름대로 즐기는 것도 좋은 일 아니겠어. 아아, 나도 이혼하지 말 걸 그랬나."

여주인이 혼자서 떠들어댔다. 남자들은 잠자코 술잔을 기울인다. 말을 되받고 싶지만 아무 말도 떠오르지 않았다.

야스히코는 자신의 노후를 생각하자 가슴이 아파왔다.

기하치는 아직 살아 있는데 모두들 이런 얘기만 하다니 너무하다.

도마자와의 밤은 여전히 고요하다.

다음 날, 다리가 불편해 이발소에 올 수 없는 노인을 위해 야스히코는 출장 이발에 나섰다. 인구가 적은 동네다 보니 이런 서비스도 하게 된다.

도구를 챙긴 가방을 들고 차에 올라탄다. 가는 길, 스포츠 센터 옆을 지나는데 그라운드 골프를 치는 동네 할머니들 모습이 보였다. 우리 어머니도 있을까 하고 속도를 줄이자, 한결 큰 소리로 뭐라 외치면서 무리의 중심이 되어 즐기고 있었다. 하아, 여자는 정말 강하다. 아버지도 하늘나라에서 쓴 웃음을 짓고 있을 것이다.

그러다 다시 속도를 높여 떠나려는데 한 할머니가 눈에 들어왔다. 머리에 스카프를 두르고 있어 얼굴은 확인할 수 없다. 그러나 겉모습으로 봐서는…….

그때, 커다랗게 외치는 소리가 날아들었다.

"다음은 후사에 씨 차례야."

야스히코는 하마터면 운전석에서 엉덩이가 미끄러질 뻔했다. 바바 할아버지도 아마 별 불만이 없을 것이다. 후사에 할머니가 집 안에만 박혀 있는 것은 아무도 바라지 않는다.

하늘에서 종달새가 재잘재잘 지저귀고 있었다.

중국에서 온 신부

1

도마자와에 중국인 신부가 왔다. 아스카 지구의 한 농가
로, 헤이룽장(黑龍江) 성이라는 중국 동북부의 농촌에서 서른
살의 처자가 시집을 온 것이다.

도마자와는 산간부에 있어서 경작지가 많지 않은 탓에 원
래는 농업이 주된 산업이 아니었다. 그런데 탄광촌으로 발전
했을 당시, 동네를 활성화하기 위해 농업 종사자들에게 이주
를 권장했기 때문에 한때는 나름의 규모를 유지했다. 그러나
폐광이 된 후부터는 인구의 감소와 더불어 농가의 수도 줄어
만 갔다. 지금은 아스파라거스 생산에 주력해 지역 특산품으
로 웬만큼 매출을 올리고 있다. 그런데도 여자와 농업을 이
어갈 후계자가 없는 문제점은 개선되지 않아, 면 차원에서

단체 소개팅을 개최하는 등 어떻게든 신붓감을 구하려 애쓰고 있지만 별 성과는 없다. 그런 차에 농가의 장남이 중국에 선을 보러 가서 중국인 신부를 데려온 것이다.

신랑은 마흔 살의 노무라 다이스케다. 야스히코는 어렸을 때부터 그를 잘 알고 있다. 무코다 이발소의 손님이기도 해서 지금도 한 달에 한 번꼴로 이발을 하러 와서는 두런두런 얘기를 나누다 간다. 그 소식을 제일 먼저 입수한 사람은 어머니 도미코였다.

"노무라 씨네 다이스케가 결혼을 했다는구나."

안쪽 방에서 가게로 나와서는 불쑥 그렇게 말해, 야스히코는 깜짝 놀랐다. 보름 전에도 이발을 하러 왔지만 그런 말은 일체 없었기 때문이다.

그때 마침 주유소의 세가와도 가게에 있었는데 그도 눈을 동그랗게 뜨며 놀랐다.

"어제도 우리 주유소에 기름을 넣으러 왔는데 그런 말 한마디도 없던데요."

"어머니, 다이스케가 대체 언제 결혼을 했단 말이에요?"

야스히코가 물었다.

"최근인 것 같아."

"상대는 누군데요?"

"그게 중국 여자라던데. 나이는 서른이고."

어머니가 목소리를 낮추고 속닥였다. 야스히코는 뭐라 대

112

꾸를 못 하고 세가와와 얼굴만 마주본다.

"정리가 좀 되면 인사하러 보낼 테니 잘 부탁한다고 노무라 씨가 그러던데. 그래도, 중국 여자라고 해서 놀랐다."

"거 요즘 흔히 있는 일입니다. 옆 동네 야마가타에도 중국인 신부가 몇 명 있어요."

세가와가 차를 홀짝홀짝 마시고는, 일부러 밝게 말했다.

"다들 신붓감이 없어 난리다 보니 중개업자가 중국에서 처자를 데려와서 농가의 장남과 맞선을 주선하고, 그래서 마음에 들면 결혼을 한다네요. 그렇게라도 하지 않으면 대가 끊길 판이니 어쩌겠습니까."

"다이스케는 처음에는 내켜 하지 않았대. 그런데 노무라 씨가 너도 이제 마흔이다, 신붓감 찾기가 더 힘들어질 것이다, 그러니 이제 우리를 안심하게 해달라. 그렇게 채근을 해서 겨우 만났다네. 그러고는 후다닥 결정한 것 같아."

"흐음."

야스히코는 심경이 복잡했다. 주변 사람의 결혼은 축하할 일인데, 상대가 중국 사람이라고 하니 무턱대고 기쁘지만은 않다. 편견 때문이 아니라 역시 이런 쇠락한 지역의 장남은 결혼하기도 쉽지가 않은가 싶으니 아들을 생각하면 암울해지는 것이다.

"그 신부가 일본말은 할 줄 안대요?"

야스히코가 물었다.

"글쎄, 그건 모르겠네. 그래도 그쪽이 말을 전혀 모르는데 맺어질 수가 있나. 다이스케는 중국말을 한마디도 모를 테고 이웃에도 그런 사람이 없는데."

"그런 국제결혼은, 일상 회화 정도는 배워서 온다는 얘기를 들었는데."

세가와가 말했다.

"그런 거야?"

"상대 쪽이야 일본 남자와 결혼하고 싶어서, 그래서 업자에게 등록하고 일본까지 남자를 만나러 오는 거잖아. 그쪽이 더 열심이라는 거지. 그래서요 아주머니, 그 신부 생긴 건 어떻답니까?"

"글쎄, 본 적이 없으니 알 수가 있나."

"예쁘게 생긴 처자가 여기까지 오지는 않았겠죠."

"이 사람이, 그렇게 말하면 못 쓰지. 결혼은 당사자들 일인데."

야스히코가 나무랐다. 세가와도 장남이 아직 결혼하지 않았으니 남의 일이 아닐 것이다.

"식은 안 올린대요?"

야스히코가 어머니에게 물었다.

"글쎄, 어떨지. 그런 얘기는 못 들었어. 신혼여행은 하와이로 간다던데."

"아, 그래요. 그거 잘됐네요."

야스히코는 다소 안심이 되었다. 식도 올리지 않고 신혼여행도 가지 않는다고 하면 실리만 차린다는 인상을 주게 된다.

"그래도 식을 올리는 편이 좋지 않겠어?"

세가와가 한마디 했다.

"그거야 그렇지만 개인의 자유잖아. 요란한 걸 싫어하는 사람도 있을 테고."

"아니 내 말은 그게 아니라, 식을 올리는 편이 품이 덜 든다는 거지. 동네 사람들 다 모아놓고 피로연을 하면 개별적으로 인사 안 해도 되잖아."

"그것도 그렇군."

야스히코는 고개를 끄덕였다. 맞는 말이다.

"말 많은 노인네들도 있는데 피로연도 하지 않는다고 하면 어떻겠나."

"나는 그런 말 안 해."

어머니가 당치 않다는 듯이 말했다.

"아주머니야 다르죠. 다른 사람들을 말하는 겁니다. 그런데 야스히코. 다이스케가 아직 청년단이던가?"

세가와는 알면서도 물었다.

"벌써 은퇴했지. 아무리 독신이어도 그렇지, 서른다섯이 넘었는데 청년단에 어떻게 남아 있겠느냐고 하면서 그만뒀잖아."

"그럼 우리 아들이나 가즈마사가 말해도 소용없겠군."

"나이 차이가 그렇게나 나는데 무슨 말을 해. 세대가 다른데. 나이가 비슷한 사람이 아마 건축 사무소 후쿠다 정도일걸."

"아아, 후쿠다. 그럼 후쿠다에게 말해볼까. 피로연이든 축하 파티든 하는 편이 좋으니까 그대들이 추진하라고."

"괜히 나서는 거 아니야? 다이스케 본인의 의견을 존중해야 하잖아."

야스히코는 걱정스럽게 말했다. 요즘 다이스케는 사람들과의 접촉을 꺼리는 기색이었다. 본인이 싫어한다면 축하도 고통이지 않을까.

"그럼 그것까지 후쿠다에게 물어보라고 하지 뭐."

세가와가 소파에서 일어나 기지개를 켜면서 말했다.

"그런데 다이스케는 옛날부터 잘 아는 사이인데 왜 아무 말이 없나 모르겠군. 말을 해주면야 이쪽도 축의금 봉투를 준비할 텐데. 그럼 신혼여행 비용 정도는 나오지 않겠어."

"쑥스러운 거겠지. 젊었을 때라면 몰라도 벌써 마흔인데."

"게다가 신부는 중국 사람이고."

"참 나, 또 그런 소리. 앞으로는 우리 동네 주민이야. 어느 나라 사람이면 어때서 그래."

"그렇긴 하지만."

세가와는 그런 말을 남기고 모자를 머리에 쓱 올려놓고 이발소에서 나가, 경트럭의 엔진 소리를 울리면서 돌아갔다.

"나도 노무라 씨에게 물어보마. 피로연은 어떻게 할 건지."

어머니도 신경이 쓰이는 눈치였다.

"그쪽에서 어떻게 생각할지 모르는데 괜히 나서지 않는 게 좋지 않겠어요."

"나서지 않는 게 더 이상하지."

"그것도 그렇군요."

야스히코가 고개를 끄덕인다. 시골은 정말 그렇다. 관습을 따라야 편하지 거스르면 오히려 성가시다.

어머니가 안쪽 방으로 들어가자 가게에는 야스히코 혼자 남았다. 아내 교코는 민생위원 일로 외출했다. 라디오에서는 옛날 가요가 흐르고 있다.

오늘은 앞으로 손님이 한 명 더 올까 말까 할 것이다. 이런 동네의 이발소는 단골밖에 없으니 뻔히 내다보인다.

그건 그렇고 다이스케가 벌써 마흔인가. 그러니 나도 늙을 만하지, 하면서 야스히코는 거울에 비친 자신을 보면서 한숨을 쉬었다.

다이스케에 대해서는 간혹 마음이 쓰였다. 중학생 시절부터 이발을 하러 오는 단골이다. 나이 차가 있어 같이 어울려 노는 일은 없었지만, 이발을 하러 올 때마다 얘기도 많이 나누고 농담도 자주 했다. 애당초 다이스케는 명랑한 성격이었다. 동네 행사에도 적극적으로 참가했고 노인들도 살뜰하게 보살폈다. 그런데 서른을 두셋 넘긴 후부터 갑자기 말수가 적어지고 사람들과의 교류도 피하게 되었다. 이유는 어렴풋이 알고 있었다. 한 해 한 해 나이는 들어가는데 신붓감을 찾지 못해 운신하기가 껄끄러워진 것이다.

결정적인 사건도 있었던 것 같다. 야스히코가 전해 들은 얘기는 이렇다. 다이스케가 농협에서 일하는 여사무원을 좋아하게 되었다. 청혼을 하라고 주위에서 부추겨, 당사자도 그럴 마음으로 프러포즈를 했는데 상대는 생각할 시간을 달라고 했다. 다이스케는 그 대답을 긍정적으로 착각하고 모두에게 떠벌렸다. 그런데 여사무원은 바로 거절하는 것을 실례라고 생각했을 뿐이었다. 결국 미안하지만 농가에는 시집가고 싶지 않다는 이유로 거절당했다. 체면을 완전히 구긴 다이스케는 한동안 모습을 감췄다. 그러더니 말이 없어지고 모임에도 얼굴을 보이지 않았다.

야스히코까지 전해 들었을 정도이니, 다이스케와 동년배 남자들은 다 알고 있었을 것이다. 작은 동네라 소문을 피할 수 없다. 착실한 남자였던 만큼 야스히코는 그 사정이 딱해서 그 후로는 결혼에 관해서는 입도 뻥긋하지 않았다.

다이스케는 매일 밭에서 일만 할 뿐이지 밖에도 잘 나다니지 않는다. 농협 직원 중에 술친구가 있는지 읍내 술집에서 간혹 마주치지만 큰 소리로 떠들거나 누구를 놀리는 일도 없다.

야스히코는 그리도 명랑하던 다이스케가 결혼을 못 했다는 부담감 때문에 그렇게 변할 수 있는지, 그 점이 딱했다. 그래서 결혼 소식이 더없이 반가웠는데 상대가 일본 사람이 아니라는 점이 아무래도 걸렸다.

편견은 없다고 생각한다. 그러나 '그렇게까지 해서' 하는 생각이 없는 것도 아니다.

창밖을 내다본다. 가을 하늘은 한없이 높아 끝이 없는 것 같다. 홋카이도는 지금부터 기온이 갑자기 내려가기 시작해 겨울로 들어간다. 다이스케의 신부는 이 적막한 곳에서 겨울을 잘 견뎌낼 수 있을까. 야스히코는 남의 집안일인데도 그런 걱정을 하고 있다.

그날 밤, 아내 교코에게 다이스케 결혼 얘기를 하자 처음에는 반색하면서 잘됐다고 하더니, 상대가 중국 사람이라는 것을 알자 "그래." 하면서 표정이 어두워졌다. 예상했던 반응이었다.

"그래도 새로 지은 별채가 이제야 쓸모가 생긴 셈이네."

교코는 자신의 반응에 변명하듯 그렇게 덧붙였다.

노무라 집안에서는 10년 전에 벌써 며느리를 맞기 위해 별채를 새로 지었다. 별채에는 부엌과 욕실도 따로 있다. 그렇게 해서 실질적인 두 세대 주택이 되었다. 그런데 새집으로 들어올 신부가 없는 채 세월만 흘러 지금은 다이스케가 그저 잠만 자는 장소가 되고 말았다.

　"노무라 씨도 이제 안심이겠네. 시집오는 여자가 없다고 그렇게 상심하더니."

　"그것도 다이스케에게는 스트레스가 되었을 거야. 그렇게 사방에다 떠벌리고 다녔으니. 농가의 장남은 아내를 맞아서 아들을 낳아 대를 잇는 것이 의무나 다름없는데 말이야."

　"우리 가즈마사는 어떻게 되려나."

　"우리는 농가가 아니잖아. 이발소는 언제 접어도 상관없어. 신붓감이 없으면 삿포로든 도쿄든 어디든 가서 찾으면 되지."

　"그야 그렇지만."

　그때 가즈마사가 돌아왔다.

　"아, 배고파 죽겠다."

　잠꼬대를 하듯 중얼거리면서 거실을 그냥 지나쳐 부엌으로 간다.

　"얘, 가즈마사. 노무라 씨네 다이스케가 드디어 결혼한대."

　교코가 소식을 전했다.

　"알고 있어."

　가즈마사는 제 손으로 밥을 뜨면서 말했다.

　"얼마 전에 신부도 봤고. 할인 마트에서 다이스케 씨랑 쇼핑하던데."

　"그랬어. 그래, 어떻더냐?"

야스히코가 물었다.

"어떻냐니……."

"얘기는 해봤어?"

"아니. 나도 인사하고 그쪽에서도 인사하고, 그걸로 끝이었는데. 그리고 회사에 돌아가서 사장님에게 다이스케 씨가 여자랑 같이 있더라, 그랬더니 중국에서 온 신부라고 가르쳐준 게 다야."

"어떤 사람이든?"

교코도 일어나 부엌으로 갔다. 아들을 위해 된장국을 불에 올려놓고 조림은 전자레인지에 데운다.

"그냥 보통 여자지."

"얘는, 예쁘다든지 말랐다든지 인상이 어떻다든지, 그런 게 있을 거 아니니."

"그렇게 자세히 보지 않았는걸 뭐. 아주 잠깐이었는데."

"다이스케는 어때 보였어?"

"몰라. 그냥 인사만 했을 뿐이라니까."

가즈마사는 귀찮아하면서 밥을 먹기 시작했다. 아직 스물네 살밖에 안 된 가즈마사는 관심사가 아닐 것이다. 먼저 알고서도 부모에게는 한마디도 하지 않았을 정도다.

"청년단에서는 뭐라고 하더냐?"

야스히코가 물었다.

"이미 은퇴한 사람이지만 어떻게 축하하는 게 좋겠느냐는 얘기는 나왔어.”

“그렇구나. 축하를 하지 않을 수는 없지.”

“단원은 각자 1만 엔씩 봉투 준비하는 게 관례야.”

“음, 그 정도는 내야지.”

“나는 싫은데. 신세 진 적도 없는 사람에게 1만 엔을 왜 내?”

“가즈마사, 청년단에서 축하하는 자리를 마련하면 어떻겠냐?”

“뭐? 우리가?”

야스히코의 제안에 가즈마사는 이내 얼굴을 찡그렸다.

“우리가 무슨 관계가 있다고. 괜한 간섭이라고 싫어할 텐데.”

“그럴까.”

“그렇지. 나이도 나이지만, 신부가 중국 사람이라…….”

가즈마사는 순식간에 한 공기를 먹어치우고 빈 공기를 내밀었다.

“가즈마사. 너 만약 결혼 상대를 못 찾으면 중국 여자라도 괜찮겠니?”

교코가 밥을 뜨면서 물었다.

“몰라. 그런 먼 앞일을 어떻게 알아.”

“훌쩍 지나가. 20대는.”

“모른다니까.”

가즈마사가 짜증스럽다는 듯 대답하고는 밥을 떠 넣었다.

도마자와의 밤은 여전히 고요하다. 달리는 자동차 소리 조차 들리지 않는다. 수풀 여기저기에서 방울벌레가 울 뿐 이다.

2

다이스케의 결혼 소식은 작은 마을에 순식간에 퍼졌다. 노인들은 마주치면 "다이스케 군이 결혼을 했다면서." 하는 말로 인사를 나눴다. 목격담도 여기저기에서 들려왔다.

"우리 아들이 야마가타 자동차 학원에서 본 중국 여자가 그 사람인가 봐."

"우체국에 나타나서 화장실 휴지를 잔뜩 중국으로 보내는 중국 여자가 있었다던데."

그러나 말을 나눴다는 사람은 없었다. 같은 아스카 지구에 사는 주민들조차 아직 제대로 소개를 받지 못한 모양이었다.

"대체 어떻게 된 거야."

세가와가 여느 때처럼 가게에 기름을 배달하는 길에 와서

124

이상하다는 듯이 말했다.

"이대로 소개도 않고 넘어갈 생각인가. 그러면 신부가 가엾잖아. 친구도 만들기 힘들 텐데."

과연 옳은 말이다.

"쑥스러워서 그러는 거 아니겠나. 다이스케 군이 결혼에 대해서는 꽤나 예민하게 구는 것 같던데."

"그래도 그렇지. 시간이 흐르면 흐를수록 피로연을 하기도 어려워진다고. 집에만 그냥 꼭 틀어박혀 살 수는 없잖아."

그러고 있는데 어머니가 차와 다과를 들고 나타났다. 안에서 둘이 하는 얘기를 들은 모양이다.

"신혼여행 다녀와서 모두에게 소개하겠다고 했다네. 노무라 씨가 그랬어."

"그럼 된 거 아닌가?"

"언제 간다는데요, 신혼여행은?"

세가와는 여전히 탐탁지 않은 투다.

"건축 사무소 후쿠다에게는 말해봤어? 축하 파티, 다 같이 열어주면 어떻겠느냐고."

"말했죠. 그런데 후쿠다도 요즘에는 전혀 교류가 없었답니다. 그래서 어쩌면 좋을지 모르겠다던데."

"동창생이 답답하게들 왜 그래."

"답답한 건 다이스케죠. 지난 칠팔 년 동안 동창회에도 얼굴을 내밀지 않았대요. 마을 골프 대회에도 참가하지 않았고 축제 때도 신사에서 기도만 올리고는 바로 가버리고."

"그러니까 그건, 어디를 가든 결혼은 언제 하느냐, 신붓감은 찾았느냐고 다들 물어대니까, 그래서 다이스케가 속이 상해서 그런 거래. 세가와 자네도 툭하면 물었잖아."

야스히코가 비난조로 말했다. 세가와는 옛날부터 간섭이 많아 탈이다.

"나는 걱정이 돼서 물은 거지. 실제로 야마가타 사는 아는 사람에게 부탁해서 사람을 소개한 적도 있다고. 물론 성사는 안 되었지만, 그래도 다이스케 아버지는 고맙다고 했어."

"거절당했잖아. 나이가 많아서 싫다고. 그런 일 하나하나가 상처가 돼서 쌓인다고."

"그럼 어쩌라는 거야."

세가와가 입을 삐죽거리고 있는데 손님이 들어왔다. 총무성에서 내려온 면사무소의 사사키였다.

"안녕하세요. 틈이 나서 왔습니다. 평일은 기다리지 않아도 될 것 같아서요."

"주말에도 안 기다립니다."

세가와가 비아냥거린다.

"세가와, 자네는 어째 늘 말투가 그 모양이야."

어머니가 그렇게 한마디 하고는 방으로 돌아갔다.

사사키를 의자로 안내하고 바로 이발을 시작했다.

"아 참, 사사키 씨, 아스카에 사는 다이스케 군이 결혼을 했는데 면에서 혹시 축하금 안 나오나?"

세가와가 물었다.

"아, 결혼하신 분이 있다더군요. 축하금 얘기는 들었는데 혼인 신고를 하면서 신청했으면 나올 겁니다."

사사키가 대답했다. 도마자와에서는 결혼을 하면 면에서 축하금 조로 3만 엔을 지급한다.

"상대가 중국에서 온 사람이라면서요. 도마자와에서는 처음 있는 일이니까 동네 차원에서도 환영해야죠."

"그렇지, 그래야지. 나도 그렇게 생각했어. 환영 행사라도 하면 좋겠는데."

세가와가 그거 보라는 듯이 끼어들었다.

"중국이나 필리핀 사람과 국제결혼을 하는 일이 앞으로 점점 늘어날 테니 보조할 방법을 생각은 하고 있습니다."

"암, 그래야지. 그러니까 신부에게 무슨 불편한 사항은 없는지 면 차원에서 물어보면 어떻겠나?"

"그렇군요. 주민과와 의논해보겠습니다."

"보라고, 야스히코. 사사키 씨도 마음을 쓰고 있잖아. 그냥 가만히 있을 수는 없다고."

"아무튼 말이 앞선다니까, 자네는."

야스히코가 나무랐다.

"그런데 사사키 씨, 과소지에서는 국제결혼이 많습니까?"

세가와가 물었다.

"많은가 봅니다. 농업, 어업을 하는 가정은 어디나 후계 문제로 골치를 앓고 있으니까요. 신부가 부족한 현상을 외국에서 데려와 해소하려는 것은 자연스러운 결과겠죠."

"어떤 과정을 거쳐서 데려오나 모르겠군."

야스히코도 물었다. 보통 맞선을 보는 것과는 다를 거라는 상상은 쉬 가지만, 그래도 궁금했다.

"중국과 일본에 중개업자가 있고, 거기에 등록하면 우선 신부 후보 사진이 온다는군요. 그중에서 몇 사람을 고르고 그다음 현지에 가서 당사자를 만나 마음에 들면 서로의 조건을 맞춰보고, 그래서 좋으면 결혼을 하게 될 겁니다."

"돈은 어느 정도 든대?"

"제가 들은 얘기로는 총 200만 엔 정도라던데요."

"200만이라."

세가와가 한숨을 푹 내쉬면서 사사키를 쳐다보았다. 그 금액에는 신부의 친정 몫도 포함되어 있을 것이다. 그렇다면 인신매매라는 말이 떠오르지 않을 수 없다.

"그런데 중국 사람은 다른 나라의 이런 시골로 시집오는데 거부감이 있지 않을까?"

"아니죠. 중국은 넓은 나라잖아요. 내륙에 가면 전기 수도도 없는 곳이 아직 많아요. 병원이나 학교 같은 인프라가 전혀 없는 곳도 있고요. 그런 곳에 비하면 도마자와는 천국이죠. 그러니 일본어학교까지 다니면서 일본으로 시집을 오려고 애를 쓰는 거죠."

"흠, 그렇군. 다이스케 신부도 북쪽 추운 곳에서 왔다고 하니, 수세식 화장실도 없는 곳이겠군."

세가와가 이해가 간다는 듯이 고개를 끄덕인다.

"옛날에 도마자와에 혼담 촉진 실행위원회라는 것이 있었다면서요?"

사사키가 화제를 바꿨다.

"맞아, 그런 게 있었지."

세가와가 손뼉을 친다. 야스히코도 기억이 났다. 아마 5년 전까지만 해도 존재했을 것이다. 자치회 회장이 발기인이 되어 독신자의 결혼 상대를 찾아 주려고 이래저래 고생을 많이 했다. 그러나 결국은 흐지부지 없어지고 말았다.

"그 위원회를 부활시켜 보는 건 어떻겠습니까? 면에서도 전적으로 협력하죠."

"좋은 생각이잖아. 우리 아들도 좀 어떻게 해줬으면 좋겠어. 안 그런가, 야스히코."

"음, 그렇긴 한데……."

그러고 보니 당시 실행위원도 다이스케에게 이런저런 혼담을 들이밀었다. 야스히코도 이발사 조합을 통해 알아봐 줄 수 없냐 하는 부탁을 받고 실행위원에게 한 명을 소개한 적이 있다. 그 후에 어떻게 되었는지는 모르지만, 성사되었다는 뒷얘기는 없었다. 다이스케가 말이 없어진 것은 바로 그

즈음이었다.

"요즘 젊은 사람들은 그런 간섭을 싫어한다잖아."

"자네는 반대인가?"

"반대하는 건 아니지만 마을 장남들에게 불필요한 스트레스를 주는 게 아닐까 하는……."

"그렇다고 마냥 내버려둘 수는 없지 않나. 여자의 수가 압도적으로 부족한데. 다들 고등학교 졸업하면 삿포로로 도쿄로 가버려서 장남들밖에 남아 있지 않은데 어떻게 하겠어. 그야 각자가 알아서 찾아오면 이상적이겠지. 그러나 이 도마자와에 있는 한 새로운 만남은 있을 수가 없다고."

"그렇지만, 그래도 당사자들의 의사를 가장 존중해야 한다는 말이야."

"이런 일은 주위에서 좀 억지스럽다 할 정도로 해야지, 안 그러면 힘들다고."

그렇게 옥신각신하고 있는데 사사키가 끼어들었다.

"알겠습니다. 제가 청년단 사람들에게 물어보죠. 다 있는 데서 물어보면 속을 비치기 어려울 테니까 개별적으로 물어보겠습니다. 그런 일을 추진하는 게 고마운지 성가신지."

"그래. 사사키 씨에게는 속을 털어놓기 쉽겠지."

"음. 우리가 말하면 젊은 사람들이 귀찮아할 뿐이니."

세가와가 일어나 돌아가려 한다. 창문 쪽으로 몸을 돌리는 참에 차 한 대가 지나갔다.

"아, 아, 아."

세가와가 소리를 질렀다.

"지금 저 차. 다이스케 옆자리에 여자가 앉아 있는데, 저 사람인가 본데."

야스히코도 얼른 돌아보았지만, 이미 차는 저 멀리 지나간 후였다.

"뭐야, 그냥 지나가는 거야. 잠깐 들러서 신부를 소개하면 얼마나 좋아."

세가와가 투덜거린다.

"왜 그러는데요?"

사사키가 물었다.

"그게, 그러니까 중국 여자를 아내로 맞은 다이스케가 우리를 피하는 것 같아서 말이야."

"세가와, 그런 게 괜한 말이라니까. 그보다, 신부는 어땠어?"

"옆얼굴밖에 못 봤지만 그냥 보통이었어. 눈이 째진 것도 아니고 입이 삐뚤어진 것도 아니고."

"남의 집 며느리에게 그게 할 소리야."

야스히코는 인상을 찌푸리며 비난했다. 다이스케가 걱정스러웠다. 그냥 지나갔다는 것은 정말 피한다는 뜻이다. 이 조그만 동네에서 인사도 하지 않은 채 지낼 생각인가.

"차로 따라가서 보고 올까?"

"이런 사람하곤. 그만둬."

세가와는 입을 쑥 내밀고 돌아갔다.

그날 밤, 가즈마사가 다이스케의 결혼에 대한 청년단 분위기를 전해주었다.

"청년단에서 얘기가 나왔는데, 윗사람들은 다이스케 씨가 잘해준 일도 많고 중국인 부인과도 사이좋게 지내고 싶다고, 그래서 축하 자리를 마련하는 방향으로 다이스케 씨와 얘기를 해보겠대."

"잘됐구나. 젊은 사람이 나서서 하면 다이스케도 거절할 수 없을 거야."

"그런데 윗사람 말이, 다이스케 씨는 아주 까다로운 사람이라서 말을 들어줄지 모르겠다던데."

"아니야, 그건 네가 몰라서 그래. 다이스케는 옛날에는 아주 명랑하고 말도 많이 하는 젊은이였어. 우리 이발소에 와서도 오늘은 이런 일이 있었다, 저런 일이 있었다, 귀가 따가울 정도였다고."

"헉. 지금 분위기랑은 전혀 다르네."

가즈마사는 의외라는 표정이다. 스물네 살인 가즈마사에게 마흔 살의 다이스케는 한참 손윗사람이니 제대로 접해본 적도 없을 것이다. 애당초 관심조차 없을지 모른다.

"아 맞다. 다이스케 씨 부인이 슈퍼마켓에서 비누랑 샴푸,

뭐 그런 것들을 산더미처럼 사서 배편으로 중국에 보냈다고 우체국 마쓰 아저씨가 그러던데. 그 여자 위장결혼 아니냐고. 일본에 물건 사러 온 거 아니냐고."

"가즈마사, 함부로 그런 소리 말거라. 그냥 여행을 와서도 쇼핑은 할 수 있는 거잖아."

야스히코는 가즈마사를 혼냈다. 다만, 결혼했다는 말도 하지 않고 상대를 소개도 하지 않으니 그런 무책임한 소문이 나도는 것이라는 생각은 들었다.

"너희들 청년단이 제대로 축하해주도록 해."

"그럴 거라니까."

"그런데 너는 몇 살쯤에 결혼할 생각이냐?"

이참에 물어보았다.

"뜬금없이 그건 또 무슨 소리. 아직 생각해본 적도 없는데."

"20대는 금방 지나간다."

"엄마도 똑같은 소리 하던데. 난 이용학원에 다녀서 이발사가 되려는 사람이라고요. 결혼은 까마득하게 먼 일이야."

"삿포로에서 이용학원 다니는 동안 찾아봐. 이쪽에 돌아와서 찾으려면 늦다."

"에이, 몰라. 그런 거."

가즈마사는 단박에 짜증을 부리면서 자기 방으로 사라져 버렸다.

당연히 먼 일이지만, 야스히코는 아들의 결혼 문제가 늘 마음에 걸렸다. 이발소를 맡기려 하지 않은 것도 젊은 사람이 이런 시골에 살다가 신붓감조차 찾지 못한다면 딱해서 볼 수가 없기 때문이었다.

그때 교코가 민생위원 모임에서 돌아왔다. 모임이라고 해야 식사를 하고 수다를 떠는 게 전부인 듯하지만.

아내는 윗도리를 벗고 소파에 앉자마자 한숨과 함께 말을 꺼냈다.

"여보, 시라카와 지구 사는 야기 씨 알죠? 낙농업 하는 사람."

"아, 알지."

"그 야기 씨가, 우리 딸을 자기네 장남에게 줄 수 없냐고 하던데."

"뭐? 안 돼. 턱도 없는 소리."

야스히코는 반사적으로 대답했다. 화가 치밀었다. 딸인 미나는 고등학교를 졸업하고 도쿄에 있는 복식 전문학교로 진학, 지금은 의류 회사에 다니고 있다. 본인은 그대로 도쿄에서 살 생각이고 야스히코도 그걸 막을 생각이 없다.

"또 그렇게 단정한다. 미나 결혼은 미나가 결정할 일이잖아요."

교코가 눈을 부라리며 말을 되받았다.

"그럼 당신은 좋다는 말이야? 자기 딸이 도마자와에서 젖소나 키우는 집으로 시집가도?"

"젖소나 키우는 집이라니, 그런 말은 실례지."

"설마, 기대를 품을 만한 말을 한 건 아니겠지."

"안 했어. 일단 딸에게 물어보겠다고만 대답했지."

"그런 말이 기대를 품게 하는 거라고. 아니다, 우리 딸은 앞으로도 도쿄에서 살 거다, 그렇게 그 자리에서 딱 잘라 대답해야지."

"미나도 여기로 돌아올 마음은 없겠지만."

"그럼 거절해."

"내일 미나에게 문자 보낼게. 이런 얘기가 나왔었다고."

"문자 보내봐야, 귀찮아만 할 텐데."

교코는 아마 딸과 문자를 주고받을 구실이 필요한 것이리라. 때로는 두 달이나 문자 한 통 없는 때도 있다.

"미나도 벌써 스물여섯인데 생각이 조금은 달라졌을 수도 있잖아요."

"당신은 미나가 돌아오면 좋겠어?"

"아니, 그런 건 아니야."

"거짓말 하고 있네. 가즈마사가 돌아왔을 때 그렇게 좋아해놓고."

"3년 전에 우리 도쿄에 한 번 갔잖아. 이용조합 단체 여행으로. 그때 미나 사는 아파트에 들렀다가 그 좁은 방 꼴을 보니까 얼마나 안쓰럽든지. 여기 있으면 훨씬 더 넓은 집에서 살 수 있는데."

그때는 정말 기분이 착잡했다. 미나는 오지 않아도 된다고 하는데, 억지로 쳐들어갔다. 햇볕 하나 들지 않는 좁은 방이었다.

"그렇다고 야기 씨네로 보낼 수는 없지. 미나가 낙농가의 며느리 구실을 어떻게 하겠어. 고생만 할 텐데."

"그 집, 앞으로 관광 낙농을 시작할 거래요. 유제품 판매도 하고 승마 스쿨도 개설하고. 다각 경영을 고려하고 있나 봐."

"그럼 더욱이 안 되지. 그런 사업이 어디 뜻대로 잘되겠냐 말이야."

"당신은 만사에 늘 부정적이라니까."

교코는 일어나 목욕이나 하겠다면서 거실에서 나갔다.

자기도 모르게 감정적으로 군 야스히코는 혼자 민망해했다. 딸의 행복한 결혼을 바라지만 이런 혼담이 들어오면 이내 반대하고 만다. 그러나 반대로 아들의 결혼을 생각하면 누워서 침을 뱉는 격이 아닌가.

어쩌다 이런 곳에서 태어났는지. 젊은 시절부터 몇 번이나 속으로 중얼거렸던 말이다.

야스히코는 소파에 누웠다. 오늘밤도 밖에서는 방울벌레가 구성지게 울어대고 있다.

3

　다이스케는 여전히 중국인 아내를 소개하려 하지 않았다. 마트와 우체국 정도만 드나드는 듯하다. 며칠 전에는 교코도 마트에서 부부를 보았다고 한다. 카트에 종이 기저귀가 산더미처럼 실려 있어 혹시 애 딸린 여자인가 했다가, 중국으로 보내려는가 보다고 다시 생각했다고 한다. 생필품이 조악한 중국에서 일본 제품은 온갖 것들이 다 환영받는다.

　다이스케는 교코를 보자 가볍게 고개만 끄덕이고는 황망하게 그 자리를 떠났다고 한다.

　"왠지 피하는 느낌이어서 말을 걸 수가 없었어."

　교코는 그렇게 말했다.

　어머니 말이 다이스케의 부모들도 난감해하고 있단다.

"친척을 불러서 식을 올리려고 했는데 본인이 싫다고 했다네. 그래서 결국 신부를 데리고 가까운 친척들에게만 집집이 돌아다니면서 소개를 했다는데. 그렇게 힘든 일을 굳이……. 우리만 해도 시니어 서클 모임에 잠깐 얼굴을 내비치고, "우리 집사람입니다." 하고 소개만 하면 끝나는 일인데, 그걸 안 한다는 게."

그 심정이 이해는 갔다. 다이스케는 가만히 내버려두기를 원하는 것이다.

"이웃들에게는 어머니가 며느리를 데리고 가서 인사를 시켰다는데, 그때도 다이스케는 같이 가지 않았다는구나. 다른 어른이 인사 하나 못하다니 어떻게 된 일이냐고 노무라 씨도 속상해하더라."

"하와이로 신혼여행 간다는 건 어떻게 됐대요?"

"수확이 끝나면 보낼 거래. 그러니까 좀 더 있어야겠지."

"신부는 어떻게 지내고요? 고향을 그리워한다거나 말 상대가 없어서 외로워한다거나, 그런 일은 없대요?"

"그게 글쎄, 전혀 없대."

어머니가 얼굴 앞에다 손을 와이퍼처럼 흔들었다.

"한두 마디 하는 일본말로 쇼핑도 척척 하고, 자동차 운전 교습소에서도 모르는 게 있으면 교관을 붙들고 뭐든 질문하고, 게다가 집에서는 매일 밤 맥주를 마시면서 AKB의 노래를 부른다더라."

“그거 다행입니다.”

야스히코는 씁쓸하게 웃었지만 한편으로는 안심이 되기도 했다. 새 신부가 밝은 사람인 듯하다. 그렇다면 다이스케만 마음을 열면, 모든 것이 원만하게 해결될 것이다.

그런 때, 다이코쿠에서 농협 직원과 마주쳤다. 다이스케와는 같은 연배라서 간혹 같이 술도 마시는 이모토라는 남자다. 마침 세가와도 술집에 있어, 때는 이때다 하고 말을 건넸다.

“여, 이모토 군. 다이스케 군이 결혼을 했다는데 농협에서는 왜 잠자코 있는지 모르겠군. 원래 같으면 제일 먼저 나서서 일을 벌였을 텐데.”

세가와의 비난에 이모토는 면목 없다는 듯이 머리를 긁적거렸다.

“농협 차원에서야 축하를 하고 싶죠. 중국에서 온 신부도 빈틈없이 지원하고 싶고. 그런데 다이스케가 싫답니다. 처음에는 쑥스러워서 그런가 보다 했는데, 일정과 장소를 몇 군데 추려서 얘기했더니 버럭 성을 내면서 멋대로 그런 짓 하지 말라고 하니, 정말 싫어서 그런가 했죠. 그래서 우리도 당분간은 그냥 내버려두는 편이 좋지 않겠나 하고…….”

“왜 화를 낸 거야. 이유를 모르겠군. 당연히 축하할 일이잖아.”

세가와가 분개하며 말했다.

"글쎄요. 우리는 그 사람을 오래 봐와서 그런지 그 심정이 이해가 되기도 한달까……. 다이스케가 결혼 때문에 여러 가지로 상처도 많이 받았고……."

"농협 여자 직원에게 거절당한 얘기 말인가?"

"아세요?"

"이렇게 조그만 동네에서 어떻게 모르겠어. 다이스케 군이 초등학교 5학년 때 밤에 자다가 오줌을 쌌다는 얘기도 다들 알고 있는데."

"그런 일도 있었는데, 제 손으로 신부를 찾았으면 몰라도 중국까지 가서, 이렇게 말하면 안 되는 거지만, 돈을 내고 찾아왔다고 할까. 그래서 자존심이 상한 것 같습니다. 다이스케 그 사람이 옛날부터 체면을 중시하는 면도 있었고."

"우리는 그런 거 몰라. 나이 차도 많고."

"사실은 튀는 거 좋아하는 사람입니다. 학생회장도 했고 농가 사람들 중에서도 리더 격이었고, 청년단 시절에도 솔선해서 행사를 진두지휘했잖아요."

이모토가 한숨을 섞어가면서 말한다. 다 맞는 말이다. 야스히코는 다이스케를 명랑하고 활달하고 멋도 낼 줄 알고 늘 사람들을 웃기는 리더 스타일로 알고 있다. 그런데 언제부터인가 그늘이 있는 인간으로 변하고 말았다.

"자존심이 센 만큼 무슨 일에 부딪쳐서 좌절하면 상처도 그만큼 깊다고 할까……."

"아니 처자에게 한 번 차였다고 해서, 그깟 일로. 나 같은 사람은 몇 번을 차였는지 모르는데."

"세가와 씨. 그렇게 눈치 없는 말 하는 거 아니지."

여주인이 카운터 너머에서 나무랐다.

"다이스케 씨는 세가와 씨와 달라서 섬세하다고."

"그래. 세가와 자네 집에도 아직 결혼 안 한 요이치로가 있는데, 남 일이 아니잖아."

야스히코도 한마디 했다.

"뭐, 그야 그렇지만……."

세가와가 어깨를 으쓱한다.

이제야 야스히코는 다이스케의 심정을 족히 이해할 것 같았다. 요컨대 지난 몇 년 동안 다이스케는 자존심을 지킬 수 없었던 것이다. 젊은 리더로 활발하게 지냈는데 결혼 상대를 찾지 못해 자존심이 상했고, 주위의 압박 때문에 어쩔 수 없이 돈을 지불하고 신붓감을 주선받아 중국까지 가서 데리고 왔다. 그로서는 내키지 않는 일이었는데 그런 걸 가지고 축하를 받으면 더욱이 곤혹스럽다.

그러나, 그렇다고 해서 이대로 지낼 수는 없다. 마음을 열지 않으면 다이스케 자신이 점점 더 외로워질 뿐이다.

"말들이 나와서 궁금해졌는데, 다이스케 씨를 찬 여자는 지금 뭐하고 있대?"

여주인이 물었다.

"화학비료 회사 영업사원과 결혼해서 삿포로에서 살고 있어요. 축제 때는 아이 데리고 돌아오는데 다이스케는 얼굴을 마주치기가 싫은지 절대 안 옵니다."

이모토가 그렇게 대답한다.

"그렇게 됐구나. 다이스케 씨가 괴롭기도 하겠네."

야스히코는 그에게 연민을 보였다. 조그만 동네에서는 이런 일을 피할 수 없다.

"차라리 다 같이 쳐들어가면 어때. 결혼했다는데 신부를 소개해달라고 말이야. 한 번이면 되잖아. 그러면 끝나는 일인데."

세가와가 오징어를 질겅거리면서 말한다.

농담으로 한 말이겠지만, 정말 그렇게 하는 게 좋을 듯한 기분도 들었다.

그다음 날, 아스카 지구에 갈 일이 생겼다. 손님인 노인을 집까지 모셔다 드리기 위해서다. 도마자와에는 이제 차를 운전하지 않는 노인들이 몇 명 있다. 그들은 이발소에 올 때는 순회 버스를 이용하지만, 돌아갈 때는 시간이 맞지 않는 경우가 많아 그럴 때는 야스히코가 직접 차로 모셔다 드린다. 허리가 굽은 노인이 버스 정거장에서 버스를 기다리는 모습을 보고 있기가 너무 딱해 그런 서비스를 하는 것이다.

손님을 태우고 농로를 달리는데 비닐하우스가 줄지은 아스파라거스 밭에서 다이스케가 혼자 일하고 있었다. 요즘은 친구들과 있는 모습을 본 적이 없다. 얘기 상대는 있나 싶어 걱정이 된다. 그렇게 봐서 그런지 뒷모습이 쓸쓸해 보였다.

"다이스케 군은 요즘 어떻게 지내요?"

노인에게 물어봤다.

"아아, 요즘 해가 짧아졌어."

그때야 노인이 귀가 잘 들리지 않는다는 생각이 나서 대화를 포기했다.

노인을 모셔다 드리고 돌아오는 길, 이번에는 좀 더 다이스케에게 접근했다. 경트럭에 농기구를 싣고 있는데 바로 옆을 지나간 것이다.

주행하면서 다이스케와 눈이 마주쳤다. 야스히코가 미소를 건네자 다이스케도 하얀 이를 내보이고는 꾸벅 머리를 숙였다. 원래가 순박한 남자다. 절대 까다로운 인간이 아니다. 심성도 곱다. 다이스케가 중학생 때, 어르신의 짐을 들고 같이 신사 계단을 올라가던 광경은 지금도 눈에 선하다.

액셀에서 발을 떼고 브레이크를 밟으려 했다. 차를 세우고 얘기를 좀 나눠볼까. 결혼했다면서, 축하해. 마을 사람 모두가 축하 파티를 하고 싶어 하는데.

그러나 용기가 나지 않았다. 싫다는 표정을 지으면 다음에 손님으로 이발소에 왔을 때 어색해진다. 아니 그보다 지금은 그냥 가만히 두자는 기분이 강했다. 시골의 나쁜 점은 사생활이 없다는 점이다. 아무 생각 없는 선의가 오히려 부담이 된다.

서쪽으로 기운 햇살이 도마자와의 전원을 물들이고 있었다. 홋카이도에는 가을이 빨리 온다. 이제 보름만 지나면 산이 붉게 물들면서 겨울 기운이 감돌게 된다.

그렇다. 이번 겨울을 다이스케는 새 가족과 함께 지내게 된다. 어떤 과정이 있었는지는 알 수 없지만 그것은 더 없이 기쁜 일이다.

야스히코는 갓길에 일단 차를 세웠다. 백미러를 통해 작아진 다이스케의 모습을 확인한다. 천천히 유턴해서 비닐하우스로 돌아갔다.

무슨 일인가 하고 다이스케가 돌아보았다. 야스히코는 차에서 내렸다. 주위에는 아무도 없다. 하늘에서는 종달새가 지저귀고 있다.

"다이스케, 올 아스파라거스 수확은 어때?"

웃으면서 말을 건네고 다가갔다.

"뭐 그런대로 괜찮아요. 날씨가 좋았으니까."

다이스케가 괭이를 짐칸에 실으면서 대답한다.

"다음에 좀 살게. 좀 굽어서 출하할 수 없는 거라도 괜찮으니까."

"무슨 말씀을요. 좋은 거 골라서 가져갈게요."

정작 얘기를 나눠보니 여느 때의 다이스케와 똑같았다.

다만 일을 계속하면서 야스히코와 얼굴은 마주 보려 하지 않았다.

"그런데 말이야, 저……."

용기를 내어 말을 꺼냈다.

"다이스케, 결혼했다면서. 축하해."

다이스케가 순간적으로 얼굴을 붉혔다.

"아, 네. 감사합니다."

여전히 얼굴은 마주하지 않은 채 대답한다.

"선물이라도 하고 싶은데 뭐 필요한 거 없어? 냉장고나 세탁기는 힘들겠지만 그릇 정도는. 넥타이도 좋고."

"아닙니다……. 매고 갈 데도 없는 걸요."

"알겠어. 그럼 내가 생각해볼게."

"괜찮습니다. 그런 거 안 하셔도."

"괜찮기는. 우리 소중한 단골인데. 아 그렇지. 다음에 무료로 이발해주면 되겠군."

"말씀만으로도 감사합니다."

다이스케가 경트럭에 올라타려 한다.

"아, 잠깐……."

말을 꺼낸 김에 말해보기로 했다. 자신이 하지 않아도 누군가는 할 것이다.

"청년단도 그렇고, 농협에서도 다이스케의 결혼 축하연을 하고 싶어 하던데. 다이스케, 하면 안 되겠나."

"전……, 사양하겠습니다."

잠시 생각하고는 한마디로 대답했다.

"그래도 새 신부가 어떤 사람인지 궁금하고, 자리를 마련해서 모두에게 소개하면 앞으로 동네에 적응하기도 쉽지 않겠나."

"그건, 시간을 두고……."

"시간을 두면 점점 더 부담스러워져. 그야 쑥스럽겠지만, 좀 참고 신부를 소개하면 좋잖아."

야스히코의 제안에 다이스케는 아무 말이 없다. 몇 초 생각하더니, 처음으로 이쪽을 돌아보았다.

"다들 뭐라고 하나요. 속이 좁다, 고집을 부린다, 그러나요?"

"아니. 그런 말은 아무도 안 해. 다이스케 군이 요즘 아무와도 만나려 하지 않으니 어떻게 된 일이냐고……."

"어떻게 되고 그런 건 없습니다."

다이스케의 표정이 흐려졌다.

"그래……. 어, 이거 미안하군. 내가 괜한 소리를 했나 봐."

야스히코는 사과했다. 역시 쓸데없는 간섭을 했는지도 모르겠다. 아무리 동네가 작다 해도 교제를 강요하는 것은 이쪽의 억지다.

발길을 돌리려는데, "저……." 하고 다이스케가 말했다.

"저, 제가 생각해도 이상합니다. 사람들 앞에 나서면 숨이 답답해질 때가 있어서……."

"저런."

"네. 갑자기 얼굴이 화끈거리면서 땀이 쏟아지고."

"미안해. 몰랐어."

다이스케의 갑작스러운 고백에 야스히코는 당황했다.

"아무에게도 그런 말을 안 해서."

"알았어. 나도 말 않을게."

"아니요. 아닙니다. 사정을 알면서도 가만히 내버려두는 게 편하니까."

억지로라도 미소를 지으려는 건지 입술 끝이 올라간다.

"아니지, 그냥 내버려두는 것도 능사는 아닐 것 같은데……."

야스히코는 고개를 저었다.

"도마자와 사람들 모두 다이스케를 가족처럼 여기고 있다고."

한참이나 침묵이 흘렀다. 오후 다섯 시를 알리는 사이렌 소리가 바람을 타고 들려왔다. 다이스케가 한숨과 함께 입을 열었다.

"제가 지난 몇 년 사이에, 왜 그런지 사람들을 피하게 되었어요. 결국 신붓감을 찾지 못해서, 그게 원인이었겠지만……. 젊었을 때는 결혼 같은 거 되는 대로 하면 된다고 여유를 부렸는데, 실제로 서른이 지나면서, 주위 사람들은 하나둘 결혼을 하는데 저만 혼자 남으니까 왠지 저 자신이 한심한 것 같고, 그래서 좀 초조해졌다고 할까…… 아버지가 하도 채근을 해서 할 수 없이 결혼상담소 같은 곳을 몇 군데 다녀봤는데, 중국인과 맞선을 보는 투어에 참가해보지 않겠느냐고 권하기에…… 중국에는 일본으로 시집오고 싶어 하는 젊은 여자들이 많으니까 그중에서 고르면 된다고 해서…… 처음에는 속임수가 아닐까 경계했는데, 오비히로에 있는 아는 농가에서 중국인 신부를 맞았는데, 부부가 잘 지내고 있다는 말을 듣고 그럼 한 번 가볼까 싶어서, 그래서 겁은 나지만 중국까지 선을 보러 갔더랬어요. 그리고 다롄(大連) 공항에 도착했는데 중국 사람들이 마중 나와서 봉고 버스로 안내를 하는데, 저처럼 선을 보기 위해 온 일본 사람들이 많이 타는 거예요. 그걸 보니까 기분이 더 암담해지는 게……"

다이스케가 자조하듯이 웃는다. 야스히코는 그의 심정을 감안해 잠자코 고개만 끄덕거렸다.

"그래서 호텔에 마련된 맞선 자리로 가서 마치 단체 손님에게 방을 배당하는 것처럼 여자가 배당되었는데…… 물론, 출국하기 전에 사진과 이력서를 보고 세 사람을 골라 그 사람들과 면담을 하는 거였지만요. 그래도 시간이 정해져 있어서 차분하게 얘기를 나눌 수도 없었어요. 시간이 되면 '다음 사람 들어오세요.' 그러지, 옆에서는 다른 사람이 또 면담을 하고 있지. 난방을 너무 틀어놔서 땀은 쉴 새 없이 흐르지, 괜히 화가 치밀더라고요. 뭐가 뭔지 모르는 채 면담이 끝나니까 누가 좋으냐고 묻는데 대답할 말이 있어야죠. 그쪽에도 선택할 권리는 있을 텐데 말이에요. 그래도 큰돈을 내고 간 이상 빈손으로 돌아올 수는 없으니까, 세 사람 중에서 가장 일을 잘하게 생긴 여자를 골라 다시 면담 신청을 했어요. 그래서 한 달 후에 다시 다롄에 가서 만나 얘기하고 이 정도면 되지 않았나 싶어서……. 솔직히 피곤했어요. 어떻게 되든 상관없다는 건 아니지만, 빨리 끝내서 털어버리고 싶은 마음이 더 강해서……. 저 지금, 굉장히 부끄러운 얘기를 하고 있습니다. 정말 무슨 소리를 하고 있는 건지. 무코다 씨, 평소에는 별 관계없으니까 농협 사람들보다는 얘기하기가 쉬워서……."

다이스케가 정신없이 눈을 깜박거렸다.

"그래, 괜찮아. 얘기해. 아무에게도 말 안 할 테니. 우리 마누라에게도. 믿어도 괜찮아."

야스히코는 진지하게 말했다. 무슨 말을 듣든 자기 가슴에 묻자고 생각했다.

"아, 감사합니다. 그래서 다시 조건을 확인하고. 중국 쪽에서도 일본까지 왔는데 생각했던 것과 다르면 곤란하니까. 수입은 얼마인지, 1년에 며칠을 쉴 수 있는지. 신혼여행을 하와이로 가는 것도 조건의 하나였습니다. 우리 쪽에서도 상대의

149

건강 진단서를 요구하니까 피차 마찬가지인 거지만…… 그래도 일본 사람은 잘 믿어주더군요. 적어도 한국이나 러시아보다는 희망자의 자릿수가 다른 것 같았어요. 그렇게 해서 얘기는 마무리가 되었는데 저로서는 패배감 같은 게 마음속에 있어서 말이죠. 자신의 한심함에 염증이 났다고 할까. 그래서 사람들 앞에 나서기가 싫은 겁니다. 노무라 씨네 다이스케가 중국에서 며느리를 데리고 왔다고 하면서 뒤에서 조롱하는 사람들도 개중에는 있지 않을까 싶은 생각에……."

"없어. 그렇게 말하는 사람 없다고."

야스히코는 단박에 부정했다. 있다면 한 대 쥐어박을 생각이다.

"옛날부터 잘 아는 가족이나 다름없는 사람인데, 왜 그렇게 생각하겠어. 우리 이발소에 오는 손님들도 다 잘됐다고 하는데."

"정말 그런가요?"

"그럼. 더 당당하게 굴어도 돼."

말이 설교조가 되고 말았다.

"다이스케, 아직 싫다 할지도 모르겠지만 피로연을 열어. 조촐하게 해도 괜찮아. 그리고 신부를 소개하라고. 그러면 끝나는 일이야. 딱 두 시간이면 전부 끝난다고."

"음……."

다이스케는 고개 숙인 채 대답이 없었다. 말이 지나쳤나

하고 야스히코는 불안해진다.

"그야 뭐, 억지로 하라 할 수는 없지만……."

"그럼, 할까요. 아버지나 어머니나, 인사는 어떻게 할 거냐고 자꾸 그러는데."

"그래. 잘 생각했어. 하자고, 응?"

"그럼, 조촐하게 하는 걸로. 농협의 이모토와 의논해보겠습니다."

"이모토 군. 좋지. 좋은 사람이야. 나도 얘기할게."

야스히코는 안도했다. 다이스케가 조금은 마음을 연 느낌이다. 저녁 해를 등지고 있는 다이스케가 멋진 사내로 보였다. 하기야 웃는 얼굴은 여전히 어색하지만.

4

　다이스케가 피로연을 연다는 소식은 가즈마사가 전해주었다.

　"청년단과 농협 유지가 공동으로, 중국에서 온 새 신부를 환영하는 자리를 마련하기로 했대."

　다이스케는 자신이 주역이 되는 피로연에는 여전히 난색을 표했다고 한다. 그러면 부인을 환영하는 자리로 하면 어떻겠느냐는 제안하자 결국 고개를 끄덕였다고 한다.

　"그게 사실은 내가 교섭을 하러 갔어."

　가즈마사가 뜻밖의 말을 했다.

　"단장도 그렇고 농협 사람들도 다이스케 씨와 별 관계없는 젊은 사람이 좋을 거다, 자기들은 선후배 관계가 있어서 아무래도 조심스럽다, 그러잖아. 그래서 나랑 요이치로랑 청년단 젊은 사람들이 다이스케 씨 집에 다녀왔어. 사전 약속 없이."

"너, 존댓말 할 줄 알지?"

야스히코가 물었다.

"아버지는. 중간에 얘기 끊지 말라고. 그래서 물어봤더니 부인이 차를 끓여서 나오잖아. 차라리 잘됐다 싶어서 부인에게 얘기했어."

"호오, 그랬더니?"

"아주 좋아하더라고. 나, 일본의 웨딩드레스 입고 싶을게요, 그러더라."

"그랬어?"

야스히코는 놀랐다. 다이스케의 부인이 어떤 사람인지 지금까지 생각해본 적도 없었다. 중국의 한적한 시골에서 왔다는 정보로 소박하고 조용한 사람일 거라고 착각하고 있었다.

"중국은 붉은색이 축하하는 색이어서 하얀 드레스가 별로 없기 때문에 꼭 입어보고 싶대."

"잘됐구나."

"말도 많이 하고 재미있는 사람이던데. 다이스케 씨가 이제 됐으니까 안에 들어가 있으라고 해도 혼자만 따돌리는 거 좋지 않다고 하고. 게다가 술을 좋아하는지 일본 맥주 정말 좋다, 이렇게 맛있는 맥주 태어나서 처음 마셔본다, 그러더라."

"정말 그렇게 말했어?"

야스히코는 의심의 눈초리로 물었다.

"그렇다니까. 내가 왜 거짓말을 해."

가즈마사가 눈을 부라리며 말한다.

"그래서 우리도 신이 나서 부인이랑 한참을 떠들었다고. 그러다 술까지 나와서 결국 세 시간이나 머물렀어. 그리고 부인 이름은 코란이래. 한자로는 어떻게 쓰는지 잘 모르겠지만."

야스히코는 예상 밖으로 일이 쉽게 풀려 놀라울 따름이었다. 그렇게나 거리가 멀었던 다이스케에게 젊은이들은 아주 쉽게 다가갔다. 그리고 부인과도 손쉽게 터놓고 대화를 나누었다.

"그러고 돌아와서 단장과 농협의 이모토 씨에게 보고했더니, 그럼 부인을 주역으로 하자고 얘기가 모아져서 그걸 다시 다이스케 씨에게 전하러 갔더니, 또 코란 씨가 나오더라고. 그러고는 하겠다, 하겠다, 기쁜 일이다, 그러고. 그래서 다이스케 씨도 떠밀리는 식으로 어쩔 수 없이 승낙했어. 그래서 다다음 주 일요일 낮에 면민회관 회의실을 빌려서 하기로 결정했어."

"흠, 네가 수고가 많았구나."

야스히코는 갑자기 가즈마사가 듬직해 보였다. 모르는 사이에 어른이 되어가고 있다.

"수고는 무슨 수고. 그냥 메신저 역할인데."

아버지는 내심 감탄하고 있는데 본인은 전혀 부담스러워하는 눈치가 없다. 역시 다이스케의 속내 따위는 젊은 사람들의 상상 밖일 것이다.

"그렇게 됐으니까 아버지도 참석해."

"그럼 당연히 가봐야지. 아, 다이스케에게 이발 거저 해줄 테니까 전날 들르라고 전해라."

"알았어."

가즈마사는 기분 좋게 휘파람을 불면서 자기 방으로 돌아간다. 그 뒷모습을 보면서 야스히코는 흐뭇했다. 우리 아들이 의외로 듬직하군. 저 정도면 제 손으로 신붓감을 구해 오겠어.

다이스케 일도, 앞날을 생각하면 역시 피로연을 하는 편이 좋다. 그리고 방울벌레 소리에 맞춰 야스히코도 휘파람을 불었다.

다이스케가 피로연을 한다는 소식이 순식간에 온 동네로 퍼졌다. 즐길 거리가 많지 않은 탓에 다들 무슨 이유로든 모이고 싶어 한다. 무코다 이발소에 오는 손님도 다들 참석할 요량으로 이 화제에 열을 올렸다. 주최하는 농협과 청년단 측이 자유롭게 참가하는 대신 회비제로 진행하기로 했기 때문에 관계없는 어르신들까지 '나도 가겠다'고 나섰다.

게다가 면의 여관 조합도 합세했다. 최근에 홋카이도는 중국인 여행객들에게 인기가 많은데 삿포로는 숙박비가 비싸기 때문에 버스로 두 시간 정도 걸리는 도마자와의 호텔에 숙박하는 경우가 늘었다. 그 호텔 쪽에서 중국인 스태프가 필요하다고 다이스케의 아내에게 관심을 보인 것이다.

사장 이하 종업원 몇 명이 참가 의사를 밝혔다.

그렇게 되자 면사무소에서도 국제결혼의 성공 사례로 내외에 어필하고 싶다고 나서서, 사사키가 주빈으로 축하 인사를 하게 되었다.

야스히코는 또 걱정스러워졌다.

"어이, 가즈마사. 괜찮겠냐, 일을 이렇게 크게 벌여서. 다이스케는 조촐한 자리를 원할 텐데."

"그런 말은 나한테 해봐야 소용없지. 우리는 조촐하게 하려고 했는데 면사무소와 상공회 윗사람들이 나와서 이래라저래라 지시를 하다 보니까 일이 커진 건데. 그래도 잘됐잖아. 몇 명 안 모여서 썰렁한 것보다는 훨씬 좋지."

가즈마사는 참 태평하다. 교코까지 이참에 원피스를 새로 맞추겠다고 한다.

"이런 일이라도 있지 않으면 어디 단장할 일이 있어야지."

어느 가정이나 비슷할 것이다. 동네 전체가 들떠 있는 분위기다.

피로연 전날, 다이스케가 이발을 하러 왔다. 피로연에 대해 언급하지 않을 수 없었다.

"드디어 내일이군."

야스히코가 그렇게 말하자 다이스케는 불안해하는 표정으로 기운 없이 대답했다.

"다들 오는 모양이던데요."

"글쎄, 어떨지. 우리야 물론 가겠지만 다른 사람들은 잘 모르겠어."

야스히코는 시치미를 뗐다. 떠들썩한 모임이 될 거라는 걸 알면 다이스케가 기가 죽을 것 같아서였다.

"면민 회관 소회의실에서 하겠다더니 저도 모르게 더 큰 쪽으로 변경되었고. 무코다 씨, 몇 명이나 오는지 혹시 알아요?"

"글쎄, 난 들은 얘기가 없는데. 몇 명이나 오면 어떻겠어. 다들 아는 것 같던데."

"저로서는 조용히 끝내고 싶어서 그러죠."

"두 시간만 참으면 돼. 사람들은 술 마실 구실이 필요할 뿐이니까, 끝나면 그대로 가버려도 된다고."

"그래도……."

다이스케가 또 정신없이 눈을 깜박거렸다. 증상이 거의 틱 장애라도 해도 좋을 수준이었다.

피로연 당일인 일요일은 날씨가 맑고 쾌청했다. 공기가 싸늘해서 아침에는 난방이 필요할 정도였다.

무코다 이발소는 오전에만 영업을 했다. 야스히코도 피로연에서는 동네 사람들과 술을 마시고 싶었다.

야스히코는 일단 양복을 입었다. 교코가 삿포로까지 나가 나이에 어울리지 않게 밝은 투피스를 사는 김에 분홍색 넥타이도 사온 터라, 내키지 않았지만 그 넥타이를 맸다.

가즈마사도 몇 년 만에 정장을 차려 입었다. 어머니는 기모노로 단장했다. 요컨대 모두가 화사하게 차려입을 빌미가 필요했던 것이다.

정오가 되기 전에 피로연 회장인 면민 회관에 도착했다.

벌써 많은 사람들이 모여 있어 폭죽이라도 터트릴 분위기였다. 테니스 코트만 한 회장에는 테이블과 의자가 놓여 있고, 벽을 따라 요리가 뷔페식으로 준비되어 있었다. 그리고 정면에 설치된 무대에는 '노무라 다이스케 씨와 코란 씨의 결혼을 축하합니다'라고 적힌 현수막이 걸려 있다.

야스히코는 어째 영 불안했다. 다이스케가 싫어할 게 뻔히 보였다.

"어이, 이거 너무 거창한 거 아니야?"

음향기기를 준비하고 있는 가즈마사에게 물었다.

"윗사람들이 그렇게 하라는데 뭐. 우리는 몰라."

가즈마사는 무슨 불만이냐는 표정이다.

"다이스케, 봤어?"

"봤지. 조금 전까지 여기 있었는데. 지금은 대기실에 있지 않을까."

야스히코는 걱정스러워 복도 끝에 있는 대기실에 갔다. 그런데 이 자리를 준비한 이모토를 비롯한 몇 명이 심각한 표정을 짓고 있었다.

"이모토, 왜 그래? 신랑은?"

"아, 무코다 씨. 다이스케가 없어졌어요."

"뭐?"

"화장실에 간다고 나가더니 그대로 사라졌습니다."

"어떻게 된 거야."

"모르겠어요. 회장에 와서 모인 사람들을 보더니 얘기가 다르지 않느냐고 인상을 막 찡그려서, 우리는 다 같이 축하하려는 거니까 자리를 지켜달라고 했는데 아무 말이 없더라고요. 그리고 화장실에 간다더니 사라졌습니다."

"찾아는 봤나?"

"그럼요. 회관 안은 다 찾아봤습니다."

그때 청년단의 한 젊은이가 뛰어왔다.

"다이스케 씨 차가 없습니다."

그 자리에 있던 모두가 새파래졌다.

"새 신부는 어쩌고 있나?"

야스히코가 물었다.

"신부는 다른 대기실에 있어요. 사람들 앞에서 일본 노래 부를 거라고 연습하고 있습니다."

"어쩌죠? 신랑이 도망쳤다는 게 알려지면 큰일인데."

"아무튼 지역을 나눠서 찾아봐야지. 농협 사람들은 신랑 집과 그 주변. 청년단 쪽은 버스길을 따라 국도까지. 참석자들에게는 아무 말 말고. 신부에게도. 여기 있는 우리끼리 찾아야지. 가즈마사는 여기서 대기해. 연락병이다."

야스히코가 지시를 내리자 다들 뿔뿔이 흩어졌다. 텅 빈 대기실 의자에 앉는다. 역시 괜한 일을 벌인 것인가. 다이스케의 행동이 어이없기는 하지만 딱한 마음이 더 컸다. 다이스케는 정신적으로 지쳐 있는 것이다. 그것은 공동체 사회의 인간관계에 대한 거부증이다. 도시 같으면 이런 간섭 없이 살아갈 수 있다. 그러나 시골에서는 선택의 여지가 없다.

그때 세가와가 나타났다.

"어이, 무슨 일 있는 거야? 신랑은 왜 안 보여?"

"아, 아니야. 아무 일도."

"숨길 거 없어. 젊은 사람들이 허둥지둥 뛰어나가던데. 신랑이 사라졌나?"

무서운 얼굴로 다그쳐 묻는다. 세가와에게는 숨길 수 없겠다는 생각에 야스히코는 솔직하게 대답했다.

"허 참, 어리석은 사람 같으니. 학교에 안 가겠다는 중학생도 아니고, 뭐야. 마흔이나 된 사내가 대체 무슨 생각인 거냐고."

"그렇게 몰아세우지 마. 보통 사람에게는 아무 일도 아닌 것이 그 사람에게는 큰일이라고."

"나도 찾으러 가봐야겠군."

"어디로 갈 건데?"

"그야 뻔하지, 하우스 아니겠나. 그 사람은 어렸을 때부터 부모에게 야단을 맞으면 하우스로 도망쳤어."

세가와가 발길을 돌린다.

"그럼, 나도 같이 가세."

야스히코도 뒤따랐다.

복도로 나온 참에 교코와 마주쳤다.

"여보, 다이스케 씨는요? 신부는 준비가 다 끝났는데."

그렇게 말하는 교코에게서 향수 냄새가 솔솔 풍겼다.

"아, 음, 그게 옷을 갈아입는다고 잠시 돌아갔어. 셔츠를 더럽혔거든. 내가 가서 좀 보고 올 테니까 사람들더러 잠시만 기다리라고 해."

야스히코는 얼른 거짓말을 하고, 세가와와 둘이 허둥지둥 회관을 빠져 나왔다. 입구에서는 아이들이 모여 재잘재잘 놀고 있었다.

세가와가 운전하는 경트럭을 타고 농로를 달려 노무라 씨네 밭까지 갔다. 아닌 게 아니라 다이스케의 차가 비닐하우스 뒤에 서 있었다. 트렁크만 보이는 것이 그야말로 숨어 있는 것 같아, 야스히코는 다이스케가 애처롭게 느껴졌다.

"저 보라니까, 내 말이 맞지."

세가와가 씩씩거리며 말했다.

"세가와, 성내지 말라고. 다이스케는 지금 정신적으로 약한 상태야. 그러니 살살 얼러서 데려가야지."

야스히코가 세가와를 달랬다. 세가와는 떨떠름한 표정으로 차를 세우더니 문을 확 열고 성큼성큼 걸어 하우스 안으로 들어갔다. 야스히코는 따라온 것을 후회했다. 솔직히 이 자리에 있고 싶지 않았다. 꼭지가 돌아간 불알친구의 모습을, 자신은 보고 싶지 않았다.

"어이, 다이스케. 안에 있나?"

세가와가 소리를 지르자, 무성한 이파리 사이에서 다이스케가 얼굴을 쑥 내밀었다.

"이런 데서 뭐하고 있는 거야? 다들 기다리고 있는데."

"갑자기 아스파라거스가 마음에 걸려서요. 오늘 아침에 기온이 뚝 떨어져서."

다이스케는 어색한 미소를 띠고 말했다. 그 궁색한 변명이 오히려 안쓰럽게 들린다.

"싫겠지만 잠시만 자리를 지켜줘. 이렇게 많이 모였다는 건 다이스케를 다들 좋아한다는 얘기라고."

다이스케가 또 이파리 뒤로 숨었다. 대답이 없다. 세가와는 고개를 좌우로 돌리면서 잠시 기다렸다가 다시 말을 이었다.

"나도 도시에 살면 좋겠다고 생각한 적 있어. 도마자와는 프라이버시나 개인의 삶이 없는 곳이니까 말이야. 다들 어렸을 때부터 알고 지내는 사이다 보니 뭘 해도 다 알려지고. 게다가 한 번 잘못하면 평생 얘깃거리가 되고. 그러니 숙명이다 여기고 체념하는 수밖에 없다고. 다이스케, 농사 그만둘 건가? 그럴 수 없겠지. 도마자와를 떠날 건가? 그럴 수 없겠지. 그럼 훌훌 털어버리자고. 모두가 한 연못 안에서 똑같은 물을 먹고 살고 있어. 그게 도마자와야. 그러니까 어울려. 자기를 버리고 그냥 어울리라고. 그럼 편히 살 수 있어."

그 순간 바로 앞 아스파라거스 수풀에서 다이스케가 불쑥 나타났다.

"으악, 깜짝이야! 놀랐잖나."

세가와가 뒤로 주춤 물러났다.

"죄송합니다. 가겠습니다."

다이스케가 조용히 말했다.

"잠시 마음을 좀 진정시키고 싶었어요."

"그래, 잘 생각했어. 그만 가자고."

다이스케의 어깨를 툭 치는 세가와의 입가가 쫙 벌어진다. 야스히코는 다소 어안이 벙벙했다. 두 사람의 격한 감정이 부딪치면 어쩌나 혼자 조마조마한 셈이다.

아무튼 일이 원만하게 수습될 것 같다. 야스히코는 안도하고 휴대전화로 가즈마사에게 전화를 걸었다.

　　"다이스케 씨를 찾았어. 곧 갈 거다."

　　"아, 다행이다. 찾으러 나간 사람들에게도 연락할게."

　　"사람들은 어쩌고 있냐? 시작 안 한다고 화들 내지 않아?"

　　"아니, 벌써 먹고 마시고 야단인데. 노래방도 시작하고. 아줌마들 노래하고 있어."

　　그러고 보니 전화기 속에서 노랫소리가 들린다.

　　"신부는?"

　　"코란 씨도 같이 노래하고 있는데."

　　"뭐?"

　　"그러니까 그런 사람이라고 말했잖아. 벌써 동네 사람들이랑 친해졌다고."

　　몸에서 힘이 쭉 빠졌다. 중국에서 온 다이스케의 신부는 상당히 털털한 여자인 듯하다.

　　회관으로 돌아와 보니, 정말 다 같이 노래 대회를 벌이고 있었다. 호텔 사장과 면사무소의 사사키도 벌건 얼굴로 손뼉을 치고 있다. 신부는 젊은 사람들과 함께 흥겹게 춤을 추고 있었다.

　　"왜 이렇게 늦었어, 신랑."

　　들어온 다이스케를 보자마자 남자들의 질책이 쏟아졌다.

물론 진심이 아니다.

"자, 빨리 인사하라고."

"그래. 그래야 시동을 걸지."

노래방 소리가 그쳤다. 다이스케가 단상으로 올라갔다. 회장에 모인 사람들 시선이 일제히 그리로 쏠린다. 야스히코는 부모라도 된 것처럼 가슴이 두근거렸다. 가즈마사가 마이크를 건넨다.

"에, 저, 오, 오늘은……."

다이스케가 말을 우물거렸다.

"어이, 안 들려."

누군가가 소리를 지른다.

"시끄럽게 구니까 그렇지. 조용히 해!"

세가와가 호통을 쳤다.

그 바람에 회장이 잠잠해졌다.

"저, 오늘은 바쁘신 중에, 이, 이렇게 참석해주셔서, 저, 정말 감사합니다."

다이스케가 목소리를 약간 떨었다. 야스히코는 자신이야말로 이 자리에서 도망치고 싶었다.

"이번에, 저, 저 노무라 다이스케는, 시시, 신부 코란과 결혼하게 되어서……."

여자들에게 등 떠밀린 신부가 단상으로 올라와 다이스케와 나란히 섰다.

"오홋! 두 사람 잘 어울려요!"

청년단 누군가가 외쳤다. 와글와글 웃는 소리와 박수가 터진다.

"그래서, 저, 음, 앞으로 잘 부탁드리겠습니다."

다이스케가 머리를 숙였다.

"뭐야, 그게 끝인가?"

한 어르신이 불만스럽게 말한다.

"저 정도면 됐죠. 길게 듣고 싶으세요?"

세가와가 그렇게 말을 받자, 회장이 폭소에 싸였다.

"저, 그럼 몇 마디 더……."

다이스케가 다시 마이크 든 손을 올렸다.

"저는 마흔이 되도록 신붓감을 찾지 못해서 여러분에게 걱정을 끼쳤습니다. 그러나 오늘, 이렇게 아내를 맞게 되었습니다. 다 아시겠지만, 아내는 중국에서 왔습니다. 아무것도 모르는 다른 나라로 시집을 가겠다고 결단을 내린 그녀의 용기를, 저는 무엇보다 존경합니다. 그리고 저 역시 아내의 결단에 답할 수 있도록, 저, 그……."

"행복하게 해주겠다, 그 말이지!"

세가와가 외쳤다.

"네, 행복하게 해주겠습니다."

환영회장에 박수갈채가 쏟아지고, 야스히코는 코끝이 찡해졌다.

조그만 술집

1

면사무소 뒤에 있는 옛날 영화관 옆 공터에 조그만 술집이 새로 문을 열었다. 인구가 점차 줄고 있는 도마자와에서 새 가게가 생기는 것은 아주 드문 일이다. 무코다 야스히코가 기억을 더듬어보니 10여 년 만의 사건인 듯했다.

가게를 연 사람은 미하시 사나에라는 마흔두 살의 여자로, 야스히코는 그 이름을 들었을 때 아아 미하시 씨네 딸 사나에로군, 하고 이내 정체를 알 수 있었다. 아마 자신보다 한 열 살쯤 아래이고 고등학교를 졸업하자 바로 도시로 나가 삿포로에서 취직했을 것이다. 그 후로는 어떻게 지냈는지 모른다. 고향으로 내려온 것을 보지도 못했고 미하시 씨네와는 별 교류가 없는 탓에 얘기도 듣지 못해, 지금까지 신경 쓴

적이 없었다. 그런데 갑자기 고향으로 내려와 가게를 연 것이다.

"거 왜 미하시 씨네 주인이 돌아가셔서 부인 혼자 남았잖아. 그래서 어머니 때문에 돌아온 것 같아."

소식을 가져온 것은 주유소의 세가와였다.

"들리는 말이 삿포로에서 결혼했는데 바로 이혼하고 그다음부터는 혼자 살았다는 것 같아. 오빠도 있는데 오빠는 센다이로 나가서 거기서 가정을 꾸렸고. 부인이 도마자와를 떠나고 싶지 않다고 해서, 그래서 딸 쪽이 돌아왔다는군."

무코다 이발소 소파에서 제 손으로 차를 따라 마시면서 세가와는 말했다.

"흐음. 그래도 술집을 열었다는 건 의외군. 이렇게 사람도 없는 동네에서 가게가 잘되겠나."

야스히코가 말했다. 자신들의 단골 다이코쿠도 손님이 없어서 일주일에 사흘밖에 문을 열지 않는다.

"그거야 알 수 없지. 그쪽 경험이 있는 거 아니겠어. 사나에가."

"그런가?"

"아무것도 모르는 초짜가 느닷없이 술집을 시작할 수는 없잖나. 삿포로에서 회사를 다녔다면 여기 와서도 사무직을 찾았겠지."

세가와의 말에 야스히코는 그도 그렇다고 생각했다. 그러니까 사나에는 삿포로에서 물장사를 했다는 뜻일 것이다.

"그래서, 자네는 가 봤나?"

"아니, 나는 아직. 우리 아들놈은 가봤다던데. 원래 장사하던 곳을 빌려 술집을 차려 그런지, 안은 원래 가게 그대로래. 왜 거기 전에는 미도리라는 가게였잖아. 그러다 망해서 5년 동안 방치되어 있었는데 카운터도 의자도 있는 걸 그대로 사용하고 있대. 그래도 여주인이 꽤 미인인 모양이던데. 스물네 살 젊은 놈이야 마흔 넘은 여자에게 별 관심이 없겠지만, 그래도 다이코쿠 할망구에 비하면 마른 가지와 동백꽃만큼이나 차이가 날 걸. 아하하하."

야스히코는 여고생 시절의 사나에를 기억해보려 했다.

비교적 얌전하고 수수했다는 인상밖에 없다.

"다이코쿠 여주인 마음이 편치 않을 거야. 경쟁자가 생긴 셈이니."

세가와가 흥미롭다는 듯이 어깨를 흔들면서 말했다.

"지금까지 손님 상대로 되게 비싸게 굴었으니, 조금은 안달이 나는 것도 나쁘지 않겠지."

"뭐 그야 그렇지만."

"자네, 오늘 밤 같이 가보지 않으려나, 그 사나에 가게. 미하시 씨가 옛날부터 우리 주유소 손님이었고 석유 배달도 하고 있으니까 인사도 할 겸."

"그러지 뭐."

야스히코는 승낙했다. 아무것도 없는 동네에 변화가 있다는 것은 좋은 일이다. 게다가 여주인이 미인이라고 하니 가보지 않을 수 없다.

그날 밤 저녁을 먹은 뒤 세가와와 둘이 '사나에'라는 이름의 조그만 술집에 갔다. 열 명 정도 앉을 수 있는 카운터 자리는 벌써 손님들이 다 차지하고 있었다. 면사무소가 가까워서 그런지 퇴근길 직원들이 대부분인 듯하다. 얼굴을 아는 이도 몇 명 있는데 노래를 부르며 흥이 돋아 있다.

"뭐야, 자네들. 벌써 단골이 된 건가. 좀 반반한 여자가 있다 싶으면 이렇다니까. 어머니에게 찌를 수도 있어."

세가와가 농담을 하자 젊은 면사무소 직원이 "우리가 테이블 자리로 옮기겠습니다." 하고는 카운터 자리를 비워주었다.

"어서 오세요."

여주인이 살갑게 인사했다. 야스히코가 아는 사나에와는 전혀 다른 사람 같아 보였다. 화장을 한 탓도 있겠지만 옛날 모습이 없다. 그리고 언뜻 봐도 물장사 하는 여자다 싶다. 적어도 최근에 이런 장사를 시작한 분위기는 아니다.

실내를 돌아보니 아닌 게 아니라 인테리어가 낡기는 했지만 청소를 깔끔하게 해서 그런지 느낌은 나쁘지 않았다. 새로 바른 벽지가 빨갛다. 여주인의 취향인 것이리라.

"미하시 씨네 사나에 맞아? 내가 누군지 알겠어?"

세가와가 사나에가 건네준 물수건으로 얼굴을 닦으면서 말했다.

"죄송하네요. 여러분 뵙는 게 몇십 년 만이라 누구신지 잘 모르겠어요."

사나에는 정말 미안하다는 듯이 대답했다.

"그야 모르는 게 당연하지. 우리도 길에서 스쳐 지났으면 사나에 씨인지 몰랐을 거야."

야스히코가 옆에서 거들었다.

"나는 주유소의 세가와. 이쪽은 이발소의 야스히코."

세가와가 그렇게 말하고는 턱으로 가리키자 사나에가 두 손을 입에 대고 눈을 커다랗게 뜨더니, 요란스럽게 말했다.

"어머나. 세가와 씨와 무코다 씨예요?"

"우리 둘 다 명실상부한 50대 아저씨인데 알아보겠어?"

"글쎄요. 옛 모습이 남아 있는 것 같기도 하고. 내가 고등학생 때 두 분 다 결혼해서 가업을 이은 것으로 아는데."

"아, 그랬지. 사나에 씨와 우리는 세대가 달라서 얘기를 나눈 적도 별로 없었지만."

야스히코가 대답했다.

"그래도 오빠가 이발하는 동안 무코다 씨 이발소에서 만화 읽었던 기억나요."

"그래, 그랬지. 초등학교 꼬마 시절에 늘 오빠 꽁무니를 따라 다녔잖아."

옛날 얘기를 하다 보니 금방 거리가 좁혀졌다. 하기야 나이 차가 많은 탓에 같이 논 기억은 없어, 동네 영화관 얘기나 옛날에는 가을 축제 때면 가마 나르기 시합이 있었다는 둥 단편 같은 얘기밖에 나눌 수 없었지만.

앞으로도 종종 드나들 것 같아서 두 사람은 병술을 샀다. 사나에는 몸을 배배 꼬며 좋아한다.

다시 보니, 사나에는 딱히 특출 난 미인이라고 할 정도는 아니었다. 생긴 게 고전적이고 눈도 가늘다. 그런데도 어딘가 모르게 요염하고 남자가 좋아할 만한 인상은 있었다.

도마자와에는 없는 타입의 여자였다. 온몸에서 여자의 인생을 살아왔다는, 그런 분위기가 풍겼다.

"그런데 사나에 씨, 삿포로에서는 무슨 일을 했지?"

갑자기 그런 건 왜 물어, 하면서 야스히코는 눈살을 찌푸렸다. 세가와는 좀 뻔뻔한 구석이 있다. 타인에게 말하고 싶지 않은 과거가 있을지도 모르는데.

"지금이랑 똑같아요. 물장사."

그런데 사나에는 스스럼없이 밝게 대답했다.

"처음에는 회사에 다녔는데, 결혼해서 일단 일을 그만두었고 그다음에 이혼했거든요. 아직 젊은 나이다 싶어서 용기를 내 도쿄에 갔죠."

"오호. 도쿄에 갔었다고?"

세가와가 허풍스럽게 놀랐다.

"네. 10년 정도 도쿄에 살았어요. 아카사카에 있는 클럽에서 호스티스로 일을 시작했는데 클럽에서 알게 된 선배가 마침 삿포로 출신이라 고향에 내려가 스스키노에 가게를 연다고, 같이 가지 않겠느냐고 해서 따라서 돌아왔죠. 그리고 선배를 도와서 일했어요."

"흠, 그랬군. 어쩐지 익숙하다 했지. 아카사카라. 대단하군. 가본 적은 없지만."

세가와가 한숨을 섞어가며 감탄한다.

야스히코는 아카사카라는 말을 들으니 사나에가 더더욱 세련되게 보였다. 사나에는 도쿄의 최고 요지에서 일류 손님을 상대하다 온 여자다.

"사나에 씨, 다나카 유코와 비슷하게 생겼네."

세가와가 그렇게 말했다. 그러고 보니 닮은 것도 같다.

"어머나, 내가요? 어쩌나."

사나에는 두 손으로 볼을 감싸고 기뻐한다.

"누굽니까? 다나카 유코가?"

면사무소 젊은 직원이 옆에서 물었다.

"이런, 다나카 유코도 모르나. 유명한 여배우인데. 아, 그렇지. 사와다 겐지의 부인이야."

"사와다 겐지는 또 누군데요?"

농담으로 그렇게 말하는 것 같지는 않다. 야스히코와 세가와, 그리고 사나에는 서로의 얼굴을 보며, 그러니 우리가 나이를 먹은 거지 하면서 웃었다.

"마이크 이리 좀 줘 봐. 나도 한 곡 부르게."

세가와가 싱글거리며 마이크를 잡더니, 사와다 겐지의 노래를 불렀다. 젊은 사람들이 와와 하면서 박수를 보냈다. 야스히코도 옆에서 같이 노래를 불렀다.

그 후에도 손님들이 줄줄이 들어왔다. 새로 문을 연 가게라 호기심에 오는 이도 있겠지만 꽤 장사가 잘되는 분위기다. 오래 눌러 있자니 미안해서 야스히코와 세가와는 두 시간쯤 있다가 나왔다.

부른 택시가 도착하자, 사나에가 일부러 카운터 안에서 나와 문밖까지 배웅해주었다. 다이코쿠 여주인은 절대 그러지 않는데 역시 프로답다.

"감사합니다. 또 찾아주세요."

손을 무릎 위에 가지런히 모으고 머리를 깊이 숙인다. 그 몸매를 보니 무척이나 가녀리고, 허리도 껴안으면 부러질 듯 가늘었다.

아니, 나잇살이나 먹어서 이 무슨 생각이람. 야스히코는 술 취한 자신을 향해 혀를 끌끌 찼다. 그러나 생각해보면 도마자와에 여자 냄새나는 술집이 생긴 것 자체가 오랜만의 쾌거가 아닌가. 모두가 들뜰 만도 하다.

"사나에 씨가 꽤 괜찮은 마담이던 걸."

세가와는 아주 혼이 쏙 빠진 눈치다.

집에 돌아와 아내 교코에게 사나에의 가게 얘기를 했더니, 교코는 이내 표정이 흐려지더니 "미인이라고 돈 갖다 부으면 안 돼요." 하고 못을 박았다.

"뭐야, 당신. 질투하는 거야?"

야스히코는 그렇게 말하면서 피식 웃었다.

"그럴 리가 있나, 착각하기는. 그쪽은 장사로 하는 일이니까 생글생글 대할 텐데 그걸 진짜로 받아들이지 말라는 얘기지."

"당신이 사나에를 알든가?"

"알죠. 내가 여기로 시집왔을 때 사나에는 머리 땋은 중학생이었잖아요. 부인회에서 바자회 할 때면 엄마 따라와서 늘 거들기도 했고."

"그랬어? 여기로 온 후에 봤어?"

"그럼요. 지난주에 야마가타 중앙병원에 정기 검진 받으러 갔을 때 미하시 씨 부인이랑 같이 있던데. 왜 그 부인, 무릎이 안 좋잖아요. 그래서 그때 잠깐 인사도 나눴고."

"많이 변했더군."

"그러게요. 부인이랑 같이 있지 않았으면 몰라봤을 거야."

"그래도 참 효심이 깊은 딸이군. 어머니 보살피려고 이렇게 한적한 동네로 돌아왔으니."

야스히코가 감탄스럽다는 듯이 말하자 교코는 잠시 뜸을 들이다 그 말을 되받아치듯 대답했다.

"무슨 사정이 있는 거겠지."

"그건 또 무슨 말이야?"

"사정이 있어 보이던걸. 안 그러면 왜 돌아오겠어요, 이런 곳에. 여태 외지 생활을 했는데 부모 보살핀다는 이유로 돌아오진 않지."

야스히코는 교코의 지적에 무릎을 쳤다. 듣고 보니 그렇다. 이런 촌 동네에 묻히기에는 아까운 미색이다. 여자 나이 마흔둘, 미묘한 나이지만 50대인 야스히코 눈에는 한창 무르익은 때다.

"당신, 사나에에 대해서 무슨 소리 들은 거 있어?"

"아니요, 못 들었는데. 남 일인데 괜히 파고들지 않는 게 좋아요."

입을 오므리고 슬며시 턱을 내민다.

"하기야, 그렇군."

좁은 동네이기에 더욱이 신경 쓸 필요가 있다. 야스히코도 동네 사람들의 인간관계에 대해 가슴에 묻고 있는 것이 몇 가지나 있다.

그날 밤, 사나에가 꿈에 나타났다. 아내 얘기를 들어서 그런지, 사나에가 꿈속에서 빚보증을 서줄 수 없겠느냐고 부탁하면서 몸으로 밀고 들어왔다. 기분이 달짝지근해지고, 나쁜 꿈은 아니었는데.

2

　사나에의 술집은 날마다 북적거리는 듯했다. 아들인 가즈마사도 청년단 사람들끼리 우르르 몰려갔는데 자리가 꽉 차서 겨우 비집고 들어갔다고 한다.

　"사사키 씨도 있던데. 서던 올 스타즈 노래 부르고 있었어."

　어째 면사무소 직원들의 단골 술집이 된 모양이다.

　야스히코는 참고삼아 젊은이들의 의견을 물어보았다.

　"너희들 보기에는 사나에 씨가 어떻던?"

　"어떻기는, 뭐가?"

　"섹시하다든지 아줌마 같다든지."

　"아줌마 같지는 않지. 다이코쿠 아줌마에 비하면 하늘과 땅 차인데."

"그건 그렇지만……. 너, 그런 말 밖에서는 하지 말아라."

"그럼 안 하지. 그 정도 상식은 있다고. 그래도 20대 여자 한 명 더 있으면 좋겠던데. 도마자와의 술집에는 젊은 여자가 한 명도 없잖아. 다들 아줌마."

가즈마사는 사나에 개인에 대해서는 별 관심이 없는 듯 보였다. 세가와가 말했듯이 20대 젊은이들 눈에 마흔 넘은 여자는 아예 여자로 보이지가 않는 모양이다.

"그런데 사사키 씨까지 손님으로 드나들고 있다니, 거 참. 사나에가 이 동네 제일가는 인기 가게로구나."

야스히코가 감탄하면서 혼자 중얼거리자, 가즈마사가 말했다.

"세가와 아저씨도 있었어. 늦은 시간에 나타나서 구석에서 혼자 술 마시던데."

"요이치로가 아니고 아버지가?"

"응. 사나에 씨와 반갑게 얘기도 하고."

야스히코는 어이쿠야 싶었다. 평소 같으면 마시러 갈 때 같이 가자고 자신에게 연락을 할 텐데 혼자서 가다니.

"아차차. 사나에에 있었다는 거, 아버지에게 말하지 말라고 했는데."

가즈마사가 당황해서 얼굴을 찡그린다.

"알았어. 안 들은 걸로 하마."

"부탁할게."

숨기고 싶어 한다는 것은 세가와가 민망해한다는 뜻이다. 나잇살이나 먹은 사람이 여자에게 열을 올리고 있으니.

그날은 전기공사 가게 다니구치 슈이치가 손님으로 이발소를 찾았다.

"어, 슈이치. 요즘 경기 어때?"

"알면서 뭘 물어. 좋을 것도 나쁠 것도 없지. 도마자와에 아무 변화 없어라."

다니구치가 하이쿠라도 읊듯이 말한다.

"하하, 그렇지. 그런데 새로 생긴 술집에는 가봤어?"

"음, 한번은 가봤나……. 그건 왜 물어?"

"하하. 빨리도 다녀왔군. 아니 도마자와에 미인 마담이 왔다고 평판이 자자하기에."

"이 좁은 동네에 새 가게가 생겼는데 안 가볼 수가 없지."

다니구치가 약간 어색한 표정으로 대답했다.

"그 사나에란 사람, 전부터 아는 사이야? 미하시 씨네와는 교류가 없었잖아?"

"아니, 모르는 사이지. 그래도 마담은 웃으면서 모르는 사람이 좋다고 하던데. 동창생들이 손님으로 오면 어떻게 대해야 좋을지 모르겠다고."

"그야 그렇겠지."

이발을 시작한다. 안에서 교코가 나와 인사를 했다. 뜨거운 스팀 타월을 꺼내 다니구치에게 건넨다.

"오전에 부인회 모임에서 아쓰코 씨와 같이 있었는데."

교코가 말했다. 아쓰코란 다니구치의 아내다.

"다니구치 씨, 요즘 맨날 마시러 다닌다면서요? 아쓰코 씨가 엄청 투덜거리던데. 우리 서방이 매일 밤 마시러 나간다고."

가족들이 서로 다 아는 사이라, 교코는 가볍게 농을 했다.

"다니구치 씨도 사나에에 다니는 거죠? 사나에가 생긴 후로 도마자와 남자들이 밤이 되면 다들 술렁거린다고, 부인네들이 하나같이 화를 내던데."

"아니 가끔 가는 걸 가지고."

다니구치가 당황한 표정으로 말을 받았다. 야스히코는 웃음을 참는다. 조금 전에는 한 번 갔다더니, 사실은 몇 번이나 간 것이다.

"세가와 씨 부인도 그러던데요 뭐. 술값도 술값이지만 택시 값이 엄청나서 앞으로는 걸어 다니라고 해야겠다고."

"그래 맞아. 세가와야말로 단골이지. 매일 밤 드나들던데."

"그걸 알면, 자네도 매일 밤 다닌다는 얘기 아닌가."

야스히코가 놀리자 다니구치는 발끈하며 변명했다.

"아니, 들은 얘기가 그렇다는 거지."

"면사무소 사람이 와서, 다들 돈을 쓰면 경제가 돌아가니까 동네로서는 좋은 일이라고 하기는 했지만. 그래도 부인네들은 마음이 편치 않다고요. 자기 남편이 술집 여자에게 정신이 팔려 있으면 누가 좋겠어요."

"나는 그렇지 않다니까 그러네. 어차피 밤에는 할 일도 없지, 집에서 텔레비전이나 보느니 잠시 나가서 누구랑 얘기나 하자는 거라고."

다니구치가 어째 필요 이상 둘러대고 있다. 교코가 안으로 들어가자 이번에는 세가와가 사나에에서 어쩌는지를 폭로하기 시작했다.

"정신이 팔린 건 세가와라고. 카운터 끝자리를 거의 자기 자리처럼 정해놓고 앉아서, 마담을 불러 속닥거린다니까. 그거 보기 안 좋아. 세가와 그 사람은 옛날부터 그런 구석이 있다니까. 무슨 일이 있다 하면 비밀스럽게 얘기하고 싶어 하고 말이야."

"뭘 그렇게 비밀스럽게 얘기하겠어. 노랫소리가 시끄러우니까 그러는 거겠지."

"아니라니까 그러네. 마담에게 마음이 있는 거야. 위스키를 뭐로 사뒀는지 알아? 다케쓰루라고. 가게에서 제일 비싼 술을 사놓고 관심을 끌려는 게 뻔히 보인다니까."

"다케쓰루를? 돈 좀 썼겠군."

"그렇지? 다이코쿠에서는 블랙 니카밖에 마시지 않던 주제에, 사나에에서는 난 데 없이 다케쓰루. 다들 어처구니없어 했다고. 세가와 부인이 투덜거리는 건 당연한 일이야."

다니구치가 점점 열을 올린다. 야스히코는 웃음이 나왔다.

마음이 있는 건 피차 마찬가지 아닌가, 하는 말이 나올 뻔했는데 꾹 참고 기분을 맞춰주었다.

"내가 보기에는 면사무소 관광과장도 한심해. 여관 조합 사람들 불러내가지고 마담 앞에서 자기 칭찬하게 하고는 뭐라도 된 것처럼 굴고 말이야."

"관광과장이라면, 사쿠라이 씨 말인가?"

"그래. 가보면 맨날 있다니까. 게다가 술값을 조합에서 내는 것 같더라고. 그거 뇌물 아닌가?"

"글쎄, 잘 모르겠군."

야스히코는 어깨를 으쓱했다. 아무래도 도마자와 남자들이 몇 명이나 사나에에게 열을 올리고 있는 듯하다. 그것도 하나같이 같은 중학교 출신에 처자식이 있는 몸이다.

한편으로 일말의 불안이 느껴졌다. 혹시 이 작은 동네에서 남자들이 사나에를 둘러싸고 몸싸움을 벌이는 것은 아닐까 하고. 야스히코가 아는 한, 도마자와에서 그런 염문이 퍼진 적은 한 번도 없었다. 외지 사람이 들어오는 일이 별로 없으니 관심을 가질 상대가 없었다는 이유도 있지만.

"나는 사쿠라이가 가장 위험하다고 생각해. 옛날에 관광호텔 여종업원에게 손을 댄 전과도 있고 말이야."

다니구치가 불쾌하다는 듯이 말한다.

"자네 그거, 스키장이 있었던 20년 전 일이야."

"사람의 본성이 어디 변하던가. 다음에 가서 그 사람이 마

184

담에게 말 걸 때 목소리를 들어보라고. 어린애가 응석 부리는 목소리야. 듣는 이쪽이 다 부끄럽다고."

다니구치는 그런 후에도 사쿠라이 험담을 계속 늘어놓았다. 야스히코가 씁쓸하게 웃으면서 듣고 있자니, 너무 열을 올렸나 싶었는지 "뭐 나하고는 관계없는 일이지만." 하고 무관심을 가장하면서도 코를 벌렁거리며 말했다.

그런데 평소 같으면 머리와 수염만 깎는 사람이 이날은 어인 일로 얼굴 팩을 주문했다.

"가끔은 자네도 돈 벌게 해줘야지."

다니구치로서는 처음 경험하는 얼굴 관리였다.

야스히코는 같은 나이의 50대 사내가 왠지 귀엽게 느껴졌다.

다니구치가 이발을 마치고 돌아가자 교대하듯이 세가와가 나타났다. 이쪽은 이발이 아니라 마실을 온 것이다. 손님이 없어 차를 끓여 말 상대가 되어주었다.

"뒷산에 혼자 사는 할아버지가 겨우 공영 주택에 들어갔다는군. 덕분에 지역버스 노선이 짧아져서 기름 값을 줄일 수 있게 되었다고 다들 좋아하더라고."

"허, 그랬군. 면사무소도 그렇고 민생위원들도 한시름 놓았겠어."

그런 동네 얘기를 나누다, 세가와 본인의 입에서 사나에 일을 듣고 싶어진 야스히코는 은근슬쩍 말을 꺼냈다.

"그런데 세가와 자네, 매일 밤 사나에에 간다면서?"

그러자 세가와의 안색이 싹 바뀌더니, "누가 그런 소리를 해?" 하고 말투가 강해졌다.

"자네 부인이 부인회 모임에서 투덜거렸다고 하던데. 그리고 슈이치도 그렇게 말하고."

"슈이치 그놈이? 하하. 무슨 소리, 매일 밤 다니는 건 슈이치 그놈이지."

다니구치의 이름을 듣자 세가와가 콧방귀를 끼었다.

"야스히코, 자네는 모르나? 슈이치 그놈이 조명 카달로그를 들고 가서 공사를 싸게 해줄 테니까 실내를 좀 더 무드 있게 하면 좋지 않겠느냐고, 그런 소리를 했다고. 그런 조명이 시골 술집에 무슨 필요가 있다는 말인지. 이제 막 가게 문 연 사람에게 괜한 돈은 왜 쓰게 하느냐 말이야. 슈이치 그놈이 마담의 환심을 사고 싶은 마음에 그런 소리를 꺼낸 게지."

"호오, 그랬어. 그래도 일 열심히 하는 건 좋은 일이잖나."

맞장구는 칠 수 없어, 야스히코는 입으로만 다니구치를 감쌌다.

"그게 일 때문이 아니라니까."

"음, 뭐, 그럴 수도 있겠지만."

"그보다 내가 걱정되는 건 슈이치 그놈이 자전거 타고 술 마시러 가는 거라고. 택시 값이 아깝기야 하겠지만, 자전거도 술 마시고 타면 엄연한 음주 운전인데 그걸 모를 리가 없잖아. 게다가 아직 눈이 남아 있는데 20분이나 걸리는 거리를 자전거 낑낑 타고 술을 마시러 가다니. 경찰에 신고할까 싶은 심정이라고."

"그건 안 되지. 설마 술에 취해서 자전거 타는 것도 아닐 테고."

"술을 마신 건 마신 거지."

세가와의 말투가 점차 날카로워진다. 다니구치는 골프를 할 때나 노래방에 갈 때나 늘 어울려 노는 불알친구인데 이렇게 험담을 늘어놓고 있다. 야스히코는 사나에 얘기를 꺼낸 것이 괜히 후회스러웠다.

아마 도모자와의 남정네들 중 몇 명은 사나에 마담 때문에 안달을 하고 있을 것이다. 게다가 그런 일에 면역성이 없으니 어떻게 대처할지를 모른다. 중학생의 연심과 그리 다르지 않다.

역시 인구가 적다 보니 볼 수 있는 인간의 모습들이다. 야스히코로서는 잠자코 그냥 보는 수밖에 없다.

쉬는 날, 일요 목수 교실에서 필요한 재료가 있어 야스히코는 혼자 이웃 동네 대형 잡화점을 찾았다. 합판과 나사, 못 등등을 카트에 담고 계산대로 가려는데 통로 저쪽에 사나에가 있었다. 수납 케이스를 고르는지 진열 선반을 올려다보고 있다.

밤과 달리 엷게 화장하고 있었다. 머리도 뒤로 묶었을 뿐이다. 어딘가 모르게 울적해 보였다. 곤란한 일이 있거나 근심스러운 일이 있는 듯한. 사나에는 무슨 사정이 있어 도마자와로 돌아왔을까.

그 옆얼굴을 바라보고 있자니 야스히코까지 가슴이 먹먹해졌다. 이성을 의식하다니 대체 얼마만인가. 되짚어보려고 해도 기억의 실마리조차 없다. 세상이 좁다는 것은 이런 때를 두고 하는 말인가.

말을 걸까 말까 망설이고 있는데 선반 뒤에서 미하시 부인이 나타났다. 어머니와 함께 쇼핑을 나온 모양이다. 어느 걸로 할까 둘이 의논하고 있다. 어머니를 극진히 모시는 모습도 야무져 보였다.

모녀의 그림 같은 풍경에 야스히코는 말을 걸기조차 아깝다는 심정으로 한참을 망연히 바라보기만 했다.

3

일요일 오후에 면민회관에서 민요 콘서트가 있었다. 초대된 민요 가수 여러 명이 무대를 꾸미는, 면사무소와 여관 조합 주최의 연례행사다. 표를 사는 사람이 대부분 노인이라 콘서트 자체가 마을 노인을 위한 위문 공연 같은 면이 있다. 야스히코의 어머니 도미코도 해마다 즐기고 있는 터라 야스히코는 오후에 임시 휴업을 하고 함께 가기로 했다. 예년까지는 차에 태워 면민회관까지 모셔다 드리고 끝나면 다시 가서 모셔 오기만 했는데, 올해는 야스히코 자신도 당일 표를 사서 콘서트장에 들어가기로 한 것이다. 마음 한구석에 사나에도 어머니를 모시고 오지 않을까 하는 기대감이 있었기 때문이다. 가게에서 보는 사나에도 좋지만 낮에 보는 사나에는 훨씬 더 좋다.

면민회관에 도착했는데 입구에 세가와가 있었다. 두리번거리며 사방을 살피고 있다.

"여, 세가와도 어머니 모셔다 드리러 왔나?"

그렇게 말을 걸자 세가와는 왠지 어색한 미소를 짓고는, "아니, 올해는 나도 볼까 해서." 하며 표를 팔랑팔랑 흔들어 보였다.

"그럼 나도 당일 표를 사서 볼까나. 어차피 두 시간 후에 다시 와야 하니까."

야스히코는 어머니를 먼저 들여보낸 다음, 지금 생각하니 그렇다는 식으로 말했다.

"뭐? 가게는 어쩌고?"

"마누라에게 문자 보내서 임시 휴업하겠다고 하지 뭐. 예약 손님도 없으니."

"아니지. 문득 생각나서 오는 손님도 있을 수 있는데 가게를 비우면 쓰나."

세가와는 야스히코가 걸림돌이라도 되는 것처럼 쫓아 보내려 했다. 태도도 어딘가 모르게 서먹하다. 그때 다니구치가 어머니를 모시고 왔다.

야스히코, 세가와와 눈이 마주치자 떨떠름한 표정을 지으며 다가와 뭐라고 묻지도 않았는데 이런 변명을 했다.

"아직 눈이 남아 있어 위험해서 내가 모시고 왔어."

"그래. 그럼 돌아가는 길에는 내가 집까지 모셔다 드리면 되겠군. 나는 끝까지 있을 거라서."

야스히코가 말한다.

"아, 실은 예매권이 있어서 나도 보기로 했어. 어머니가 잘못해서 한 장을 더 샀거든. 가끔은 민요를 듣는 것도 좋지 않겠나 싶은 생각도 들고. 아하하하."

그런 말을 하면서도 가만히 있지를 못하고 주위를 두리번거린다. 누구나 똑같은 생각을 하고 있는 듯하다.

공연 시작까지는 아직 여유가 있어, 셋이 흡연 장소로 이동해 담배를 피웠다. 대화는 그다지 흥이 돋지 않았다. 셋이 모두 입구에 나타나는 사람들에 신경을 쓰면서 힐금힐금 그쪽을 쳐다보았다.

그렇다 보니 야스히코는 그들과 같이 취급되고 싶지 않은 기분이 들었다. 자신은 그저 사나에를 볼 수 있으면 충분하다는 기분으로 왔을 뿐이다. 그들만큼의 흑심은 없다고 생각한다.

5분쯤 지나자 사나에가 어머니와 함께 나타났다. 헛걸음하지는 않은 것에 안도한다. 사나에는 별스럽게 치장하지 않은 평소 모습 그대로였다. 하얀 다운재킷에 청바지와 부츠, 단순한 차림새다. 그런데도 동네 사람들 사이에서 눈에 띄었다. 아우라를 발한다고 하면 허풍이겠지만 그냥 있는 모습만도 화사하다.

셋이 그쪽으로 시선을 돌렸지만 서로를 견제하는 탓인지 아무도 자리를 뜨지 않았다. 사나에는 아는 사람을 찾아 인사하는 어머니 옆에 서 있다.

"미하시 씨 부인, 무릎 상태가 괜찮은가 보군. 지팡이를 짚지 않을 걸 보니."

야스히코가 사나에가 아니라 어머니 쪽 얘기를 했다.

"적외선 치료기를 사서 집에서 치료를 한다나 봐."

다니구치가 말했다.

"흠, 그래."

그렇게 대꾸는 했지만 다니구치가 그걸 어떻게 아는지 불쾌했다. 세가와도 비슷한 표정이었다.

"이제 안으로 들어가 볼까."

더 이상 그들과 함께 있고 싶지 않아 야스히코는 혼자 콘서트장으로 들어갔다. 전석이 자유석이라 어머니는 친구들과 앞쪽에 앉아 있었다. 야스히코는 뒤쪽 끝자리에 앉았다.

애당초 무대를 보고 싶은 것은 아니었다. 보나마나 도중에 잠이 들 것이다.

잠시 후, 사나에가 어머니와 같이 들어왔다. 야스히코의 시선을 알아차리고 웃는 얼굴로 가볍게 인사한다. 야스히코도 웃는 얼굴로 인사에 답했다. 마음이 따스해졌다. 이 정도만 해도 오늘의 목적은 이룬 셈이다.

사나에는 다섯 줄 정도 앞 한가운데 자리에 어머니와 나란히 앉았다. 마침 비스듬한 각도에서 표정의 일부를 훔쳐볼수 있는 자리다. 두 시간을 따분하지 않게 보낼 수 있을 것 같았다.

세가와를 찾으니 야스히코와는 반대쪽 뒷자리에 앉아 있었다. 저 사람도 비스듬한 각도에서 사나에의 모습을 훔쳐볼 요량인가, 정말 천박한 사내로군. 야스히코는 자기 속셈은 뒷전으로 하고 그렇게 생각했다. 그리고 다니구치는 야스히코 바로 뒷줄에 앉아 있었다.

"왜 거기 앉은 거야. 신경 쓰이게."

야스히코가 돌아보며 투덜거리자 "어디 앉든 무슨 상관이야." 하며 항변하고는 움직이지 않았다. 이제 사나에를 볼 수 없게 되었다. 고개를 그쪽으로 돌리면 다니구치에게 들킬 수밖에 없기 때문이다.

아무리 그래도 한심하기 짝이 없군. 야스히코는 스스로를 훈계했다. 이런 식으로 겨룬다고 뭐가 어떻게 되는 것도 아니다. 각기 처자식이 있는 평범한 50대 사내다.

할 수 없이 의자에 몸을 푹 기대고 눈을 감았다. 사나에에 대해서는 이제 그만 생각하자고 다짐한다. 세가와나 다니구치 수준으로 떨어지고 싶지 않다.

야스히코는 공연 중 절반은 꾸벅꾸벅 졸았지만 눈을 뜨면 절로 눈길이 사나에의 옆얼굴로 돌아갔다. 볼의 부드러운 라인에 넋을 잃는다. 그러고는 이내 뒤에 다니구치가 있다는 생각에 다시 눈을 감았다.

　공연이 끝나자 로비에서 손님에게 단술이 제공되었다. 어머니가 할머니들끼리 수다를 떨기 시작해 할 수 없이 옆에 서서 기다리고 있자니, 바로 근처에서 면사무소 관광과장 사쿠라이가 사나에에게 말을 걸었다.

　"사나에 씨, 어땠어? 즐거웠는지 모르겠군."

　흐음, 다니구치가 말한 대로 코맹맹이 목소리였다. 이쪽까지 불쾌해진다. 훼방을 놓고 싶은지 다니구치가 옆에서 끼어들었다.

　"여, 관광과장님. 차로 온 사람들이 많은데 단술밖에 없다니 어떻게 된 거야. 자네는 어릴 때부터 눈치가 없더니 커피를 줘야지."

　사뭇 조롱하는 말투다. 사쿠라이는 얼굴색이 싹 바뀌더니 "관내에 자판기도 있는데 뭘 그래. 커피 정도는 제 돈으로 사먹어야지. 하기야 다니구치 씨는 옛날부터 짠돌이였으니까." 하고 질쏘냐 말을 받아쳤다.

　"누가 짠돌이라고 그래. 자네 집 신축 때 축하금으로 봉투에 만 엔이나 넣었는데. 자네는 5,000엔이었잖아."

　"또 그 소리. 다니구치 씨네 집은 증축이었으니까 그 정도만 한 건데. 참 끈질깁니다, 다니구치 씨도."

　두 사람의 어른스럽지 못한 말씨름이 시작된다. 야스히코는 한심해서 어머니를 채근해 집에 돌아가기로 했다.

"아, 무코다 씨."

그때 사나에가 이름을 불렀다.

"어. 왜?"

돌아보니 눈앞에 사나에의 모습이 있었다.

"저, 죄송한 부탁인데요, 이발용 가위 무코다 씨가 좀 싸게 사줄 수 있을까요?"

"그야 살 수 있는데 가위는 왜?"

"어머니 머리를 제가 잘라드리려고요. 미용실에 갈 정도도 아닌데 절약이 될 것 같아서. 그런데 이 동네에는 파는 데가 없잖아요."

"아, 그렇군. 그 정도야 문제없지."

부탁을 받으니 갑자기 행복해진다. 애써 여기 온 보람이 있었다.

"죄송해요. 제일 싼 거면 돼요."

"알았어. 머리 숱는 가위랑 두 개 세트로 주문해주지."

"야스히코, 그 정도는 선물을 해야지."

옆에서 세가와가 나서서 괜한 말을 보탰다.

"아니에요, 괜찮아요. 제가 살 거예요."

사나에가 얼른 고개를 젓는다.

"사양할 거 없어. 무코다 이발소는 경쟁 상대가 없어서 폭리를 취하고 있다고."

세가와가 손을 팔랑팔랑 흔들면서 놀리듯 말한다. 야스히코는 불끈 화가 났다.

"무슨 말도 안 되는 소리야. 조합에 들어 있어서 이발 요금은 어디나 똑같다고."

"담합을 했으니 그렇지. 세상은 어디나 경쟁인데. 안 그런가?"

"그렇다면 자네 주유소 기름 값은 어떻고. 야마가타 주유소가 더 싸잖아."

"거기까지 가는 기름 값을 생각해야지."

"그러니까 그걸 빌미로 폭리를 취하고 있는 건 자네 쪽이란 말이지."

야스히코도 말씨름을 하게 되었다. 거의 어린애 수준이다. 사나에가 난감한 표정을 짓고는 슬며시 그 자리를 떠났다.

로비에서 나가는 사나에와 어머니의 뒷모습을 바라보았다. 날씬한 몸매의 사나에는 역시나 분위기 자체가 달랐다. 남자들이 군침을 삼키는 것도 무리는 아니겠다고 새삼스럽게 생각했다.

그런 사나에를 바라보면서 야스히코는 한 가지 사실을 알아차렸다. 동네 여자들 누구도 사나에에게 말을 걸지 않았다. 면민회관에는 어르신뿐만 아니라 30대와 40대 여자들도 모여 있는데, 사나에에게는 아무도 다가가지 않았다. 적어도 야스히코에게는 그렇게 보였다. 말을 걸기가 껄끄러운 것인가, 아니면 다들 멀리하는 것인가. 동네 여자들이, 무슨 사연이 있는지는 모르겠지만 불쑥 고향으로 돌아온 묘령의 여자를 환영하지 않는다는 뜻인가.

야스히코는 문득 사나에의 고독을 상상했다. 그녀에게는 과연 친구가 있을까.

집에 돌아와서도 마음에 걸려 교코에게 물어보았다.

"미하시 씨네 사나에 씨는 부인회에 안 들었나?"

"당연히 안 들었죠. 독신은 애당초 한 명도 안 들었는걸."

교코는 텔레비전을 보면서 고개를 끄덕였다.

"그런 규정이 있는 거야?"

"규정은 없지만 부인회는 다들 결혼해서 주부가 되면 들어오는 게 관례니까."

교코가 귤을 오물거리면서 대답한다.

"먼저 들어오라고 말해보는 게 어떻겠어. 그 사람, 오늘 여자들과는 아무 말을 안 하던데. 따돌리는 건 좋지 않아."

"그렇지……."

야스히코 말을 부정할 줄만 알았는데 이쪽으로 몸을 돌린 교코의 표정이 흐렸다.

"나도 그래야 한다고 생각은 하는데."

"왜? 반대하는 사람이 있는 거야?"

"응, 실은."

"누군데?"

"음."

교코가 아랫입술을 내밀고 웅얼거린다.

"이름은 말하고 싶지 않지만 몇 명 있어요. 물장사하는 사람은 싫다면서."

"그건 편견이지. 이 조그만 동네에서, 태어난 고향으로 돌아온 사람을 물장사한다는 이유로 받아들이지 않아서야."

야스히코는 그런 의견이 있다는 사실에 놀라 분개했다.

"그래도, 사나에 씨 본인이 들어오고 싶다고 하면 몰라도 입회 신청도 없는데……."

"그런 일은 이쪽에서 먼저 말을 해야지. 자기가 먼저 들어가고 싶다고 말하기는 어렵잖아."

"그렇긴 하지."

"그리고, 대체 어떤 사람들이 반대를 하는 거야? 설마 세가와나 다니구치 부인이 그러는 건 아니겠지?"

"그 사람들은 아니죠. 사나에 씨 또래의 젊은 사람들이 그러지."

"뭐야 그건. 나이가 비슷하면 친해지기가 가장 쉬울 텐데."

"난 그 심정이 이해가 가기도 해."

교코가 어깨를 으쓱하고는 한숨을 섞어 말했다.

"자기 남편이 그 여자에게 넋이 나가 있는 게 마음에 들지 않는 거지. 밤이면 밤마다 마담 보러 술집에 드나드니 경계

하고 싶은 기분, 이해가 가."

그런 말을 듣고 보니 야스히코도 조금은 이해가 갔다. 요컨대 바람을 피울까 봐 두려운 것이다. 그러나 어느 정도 규모가 있는 동네라면 몰라도 도마자와에서 그런 일이 생긴다는 것은 생각하기 어렵다. 과거에는 기혼자끼리 불륜 소동을 벌인 일이 있었지만 조그만 동네라 숨길 수가 없어 둘 다 동네를 떠났다. 이런 동네에서는 외도가 불장난으로 끝나지 않는다. 그건 다들 알고 있는 일이다.

"걱정이 지나친 거 아니야?"

야스히코가 물었다.

"내 생각도 그래요. 하지만 실제로 남편이 들떠 있는 걸 보면 속이 편치는 않겠죠."

"당신, 사사키 씨가 부임해 왔을 때 일은 다 잊은 거야?

우리 동네에 도쿄의 젊은 엘리트 관리가 왔다고 얼마나 야단이었어. 게다가 키도 크지, 잘생겼지. 처자식이 있는데도 동네 여자들 전부 넋이 나갔었잖아. 당신도 밸런타인데이에 초콜릿 주지 않았던가?"

야스히코는 기억이 났다. 사사키가 이 도마자와에 왔을 때 여자들이 갑자기 술렁거리기 시작하더니 무슨 일이든 빌미를 만들어 면사무소를 찾아가서는 민원실 제일 끝에 앉아 있는 사사키 씨를 힐금힐금 훔쳐보곤 했다.

"그때는 남자들이 그랬어. 세가와는 자치회장이면서, 사사키가 마음에 들지 않는다고 모임에 부르지도 않았다고."

"사사키 씨 같은 남자가 우리 동네에 없었으니까 여자들이 다들 호들갑을 떤 거죠."

교코가 살짝 얼굴을 붉히며 변명했다.

"그렇다면 사나에 씨도 마찬가지지."

"음…… 그럴지도 모르겠네."

교코가 조금은 납득이 가는지 응응 하면서 고개를 끄덕거렸다. 야스히코도 퍼즐 한 조각을 끼워 맞춘 기분이었다. 도마자와는 들고 나는 사람이 많지 않은 동네이기 때문에, 새로 들어오는 사람을 과도하게 의식하게 되는 것이다.

"때를 봐서 사나에 씨에게 부인회에 들어오라고 얘기해. 좋아할 거야."

"알았어요. 좀 두고 봐서. 지금은 한창 소문이 많은 때라, 다들 속 좁게 구니까."

"무슨 소문인데?"

"삿포로에서 여러 가지 일이 많지 않았겠느냐, 그런 얘기. 남자에게서 도망쳐 왔을 거라느니, 빚 때문에 도망친 거라느니. 우리 동네 사람이 아닌 남자가 사나에 씨를 찾아온 거, 본 사람이 있대요. 물론 무책임한 소문이니까 악의도 섞여 있을 거라고 생각하지만."

"당신네들, 좀 더 친절하게 할 수 없나? 사나에 씨가 무슨 잘못을 했다고 그래."

"그래요, 알았어요."

교코는 반성하는 투였다. 야스히코 역시 사나에에 대한 마음이 동정으로 변했다. 침을 흘려대는 세가와와 다니구치 같은 남자가 있으니 안 되는 것이다. 하기야 그 생각도 자기 속내는 뒷전으로 한 것뿐이지만.

이발 가위가 도착해, 야스히코는 사나에의 가게에 직접 가져다주기로 했다. 가는 김에 한잔할 생각이었다. 생각해보니 사나에 가게에 가기는 이번이 겨우 두 번째다. 세가와와 다니구치가 밤마다 다닌다는 소리를 듣고는 발길이 멀어졌다.

저녁 일곱 시쯤 가니 아직 아무도 없어 첫 손님이었다. 가게에 단둘이 있다고 생각하자 가슴이 조금 두근거렸다. 화장한 사나에는 역시 섹시했다.

가위를 건네고, 그 값을 받았다. 선물로 빗을 건네자 "첫잔은 제가 낼게요." 하면서 작은 사이즈 맥주병을 땄다.

"사나에 씨도 한잔하지 그래."

"그럼, 저도 마실게요."

둘이서 건배했다. 또 기분이 달콤해진다.

"도마자와 생활에는 좀 적응을 했어? 따분하지?"

"아니요. 그렇지 않아요. 사람들이 많이 찾아주셔서 재미있게 하고 있어요."

"뭐 곤란한 일은 없고?"

"아니요. 딱히."

그때 가게 문이 열렸다. 마흔 정도 되어 보이는 남자가 얼굴을 들이민다.

"아, 그냥 갈게."

그러고는 이내 문을 닫는다. 얼핏 봤을 뿐이지만, 꽤 잘생긴 남자였다.

사나에는 "잠깐, 실례할게요." 하더니 카운터에서 나와 남자를 쫓아갔다.

아하, 저 사람이 '사나에를 찾아왔다는 남자'인가. 인상으로 봐서 친척이나 일과 관련된 사람은 아닌 듯했다. 평범하게 생각하면, 남녀 사이로 보였다. 야스히코는 갑작스러운 일에 머리가 잘 돌아가지 않았지만, 별다른 충격은 없었다.

사나에에게 남자가 있다 한들 전혀 이상할 게 없다. 사나에는 5분 정도 지나 돌아왔다.

"죄송해요." 하고는 맥주를 덧따른다.

"지금 그 사람, 누구야?"

묻지 않는 게 오히려 부자연스럽다는 생각에, 야스히코가 물었다.

"좀 아는 사람이에요."

사나에는 눈을 마주치지 않고 대답한다. 그것으로 충분했다.

야스히코는 내심 안도하는 마음도 있었다. 이제 자신의 망상은 안개처럼 사라질 것이다. 조금은 사연이 있을 법한 관계일지 몰라도, 남자가 있다면 이상한 생각도 일지 않는다.

잠시 사나에와 마주하고 술을 마시고 있는데 세가와가 나타났다.

"오호, 자네, 남들 눈 피해가면서 무슨 짓이야."

커다란 목소리로 비난하듯이 말한다.

"부탁받은 가위를 주러 온 거야."

야스히코는 피식 웃으면서 대답했다.

"사나에 씨, 조심해. 이 사람이 실은 아주 음흉하다고. 아무도 없는 데서 인격이 바뀌기로 유명해. 엉덩이 만지지 않던가?"

"아유, 농담 마세요."

사나에가 손을 입에 대고 깔깔 웃는다.

그때, 이번에는 다니구치가 회사 종업원을 데리고 나타났다. 야스히코와 세가와를 보더니 "또 이 사람들이군." 하며 얼굴을 찡그리고는 테이블에 자리를 잡았다. 갑자기 가게 안이 시끌시끌해졌다.

야스히코는 사나에에게 남자가 있는 듯하다는 말은 당분간 하지 않기로 했다. 어차피 이루어지지 않을 연심이다. 그런 꿈이라도 꾸지 않으면 도마자와의 겨울은 너무 길고 따분하다.

술집 사나에는 오늘 밤도 북적북적하다.

4

야스히코가 사나에의 가게에 간 날로부터 열흘쯤 지났을 때, 도마자와 마을에 사건이 생겼다. 전기공사 가게 다니구치가 싸움을 했다는 것이다. 상대는 농협에 근무하는 40대 중반의 직원이었다. 먼저 손찌검을 한 쪽은 다니구치였고 상대는 넘어지면서 이마에 멍이 들었다고 한다.

처음 그 소식을 들었을 때, 야스히코는 사람을 잘못 본 게 아닐까 싶어 금방은 믿지 않았다. 다니구치는 입은 거칠지만 심성이 고와 싸움 따위는 한 적이 없는 사람이기 때문이다.

"어떻게 된 일이야? 무슨 일이 있었는데?"

야스히코가 세가와에게 묻자, 그는 자신이 아는 정보를 가르쳐주었다.

"소방단 모임에서 다섯 명 정도가 같이 밥을 먹고 그다음에 다이코쿠에서 한잔하면서 단원끼리 말다툼이 벌어졌다는데, 다니구치가 한 대 친 모양이야."

"믿을 수가 없군. 그 친구가 사람을 때리다니."

"나도 그래. 어지간한 일이 있지 않고서야."

"그래서, 얼마나 다쳤는데?"

"아스카에 사는 무라타라는 남자야. 나이가 열 살이나 아래라서 우리는 잘 모르는데, 아주 평범한 사람이라는군. 그런데 다니구치가 통 사과를 하지 않아서 화가 안 풀린 나머지 진단서를 떼서 경찰에 신고를 하겠다고 야단이라네. 그래서 옥신각신하고 있는 거지. 경찰도 난감할 거야. 이렇게 조그만 동네에서 그런 일이 벌어졌으니. 어떻게든 화해를 시키려고 설득은 하고 있다는데."

"다니구치 그 사람답지 않군."

"그러게 말이야. 경찰 앞에서, 치료비는 지불하겠지만 머리를 숙일 수 없다고 하니 일이 골치 아프게 된 거지."

"원인이 뭔데? 그걸 알아야 중재라도 할 수 있을 거 아냐."

"그렇지. 그런데 둘 다 말을 안 해."

"같이 있던 사람들은 뭐라고 하는데?"

"그게 다들 모른다는 거야. 나는 알면서도 말을 하지 않는 거라고 생각돼."

"알리고 싶지 않다는 뜻인가?"

"그렇겠지. 내가 물어봐야 소용없으니까, 자네가 한 번 물어봐. 이런 일에는 자네가 적임자잖나. 뭐, 칭찬은 아니고. 자네는 입이 무겁고 남의 험담을 안 하니까. 부서장도 그렇게 말했어. 무코다 씨에게 부탁할 수 없겠느냐고. 그러니 부탁해."

"알았어. 물어보지 뭐."

경찰까지 부탁을 한다니 거절할 수는 없었다.

"나는 아무래도 사나에 씨 일 때문이 아닌가 싶은데."

세가와가 마음에 걸리는 말을 덧붙였다.

"다이코쿠 여주인이 얼핏 들었다는군. 다투는 중에 사나에란 이름이 나왔다고."

"흐음."

야스히코는 상상해보았다. 두 사람 다 사나에에게 마음이 있어서 맞서다 보니 싸움이 벌어진 게 아닐까. 그렇다면 남에게는 말할 수 없고 같이 있던 사람들에게도 입단속을 하지 않을 수 없을 것이다.

아무튼, 먼저 손찌검을 한 다니구치를 설득하는 수밖에 없다고 생각했다. 우선은 만나서 얘기를 들어볼 일이다.

이발소를 쉬는 날에 다니구치의 집을 겸한 가게를 찾아가보니, 다니구치는 눈가가 시퍼런 얼굴로 전표 정리를 하고

206

있었다. 그 모습이 어째 좀 우습다.

"자네는 아직 젊은가 보군. 한바탕 했다면서?"

야스히코가 웃으면서 옆구리를 찔러보았지만, 다니구치는 퉁명스러운 표정으로 쓱 쳐다보기만 할 뿐 대답은 하지 않았다.

"왜 싸웠는데? 실은 중재에 나서달라는 부탁을 받았어. 경찰도 일이 원만하게 해결되었으면 하는 거지. 비밀로 하라고 하면 입 꽉 다물게."

"내 입으로는 말하고 싶지 않으니까 농협에 가서 무라타란 작자에게나 물어. 그놈이 대답하면 되는 일이잖아."

다니구치는 딱 잘라 말한다. 그 말은 즉 원인은 분명하다는 것이리라.

"내가 무라타라는 사람을 잘 모르잖아. 고집부리지 말고 털어놓아 봐."

"됐어."

"같은 소방단이잖나. 빨리 화해를 하지 않으면 주위 사람들도 난처하다고."

"내가 알 바 아니지."

다니구치는 완강했다.

"얼핏 들었는데 혹시 사나에 씨 때문인가?"

야스히코가 넌지시 그렇게 말하자 다니구치는 안색이 달라지더니 "몰라. 나는 아무 말도 안 할 거야." 하고 언성을 높이고는 고개를 돌려버렸다.

　더 이상 캐묻는 것은 위험하다. 어쩔 수 없어 야스히코는 일단 물러나기로 했다.

　그리고 그 길로 피해자인 무라타가 아니라, 그 자리에 있었다는 젊은 소방단원을 찾아가 보기로 했다. 건축 사무소를 이어받을 아들이고 이발소 손님이라 어렸을 때부터 잘 아는 젊은이다. 사정을 설명하고 상해 사건으로 만들 수는 없으니 화해를 할 수 있도록 도와달라고 부탁했다. 젊은 단원은 처음에는 양쪽에게 괜한 원한을 사고 싶지 않다는 태도로 말을 흐렸지만, 야스히코가 간곡하게 머리를 숙이자 결국은 굽히고 싸운 이유를 말해주었다.

　"그날 밤에 미팅이 끝나고 처음에는 사나에에 갔어요. 그런데 들어갈 자리가 없어서 할 수 없이 다이코쿠에 가서 마시기 시작했는데 사나에 마담 얘기가 나왔거든요. 무라타 씨가 사나에 마담은 중고등학교 시절에 한 학년 아래였는데 그때도 벌써 남자 마음을 끄는 데 능숙했다는 말을 시작해서…… 사나에 마담의 첫 남자가 같은 학년 축구부였다느니 그런 얘기를 계속하니까, 부단장님이 점점 불쾌해하면서……"

　부단장이란 다니구치를 말하는 것이다.

　"그러다 마지막에는 사나에 마담이 삿포로에 있을 때 스스키노에 있는 성매매 업소에서 일했다더라, 아는 사람 중에

208

거기 손님으로 갔다 온 사람이 있다, 그런 얘기까지 해서, 우리 젊은 사람들이 무책임하게 그런 얘기에 흥이 올라서 그럼 우리도 어떻게 해볼 수 있지 않을까, 그래도 마흔 넘은 아줌마라 그게 서지 않을지도 모르지, 그렇게 농담을 주고받았는데 부단장님 얼굴이 점점 벌게지더니 '야, 무라타, 그런 엉터리 같은 소리 하면 가만 두지 않을 거야.' 하고 소리를 버럭 질렀어요. 그랬더니 무라타 씨가 처음에는 어리둥절해했는데 부단장님이 머리를 한 대 치니까, 무슨 짓이냐고 하면서 벌떡 일어나서, 그래서 치고 박고 싸우게 된 겁니다……."

야스히코는 상황을 파악하자 긴 한숨이 나왔다. 그런 일이라면 다니구치가 화를 내는 것도 당연하다. 그리고 자신도 화가 났다. 만약 자신이 그 자리에 있었더라도 다니구치와 똑같이 행동했을지도 모른다. 세가와가 있었더라도 틀림없이 펀치가 나갔을 것이다.

다니구치가 왜 싸웠는지 얘기하지 않는 것도 이해가 갔다. 입에 담기조차 더럽고 소문이 불거지는 것도 두려웠을 것이다.

"자네들, 싸움도 싸움이지만 그런 말을 하면서 사나에 마담에게 미안하지 않나? 근거 없는 얘기잖아."

화가 난 야스히코가 훈계했다. 이렇게 얼토당토않은 소문은 야스히코 자신도 믿고 싶지 않다. 확인해보고 싶지도 않고 사나에에게 전할 마음도 없다.

"죄송합니다. 반성하고 있어요."

젊은 단원은 잔뜩 풀이 죽어 있었다.

싸운 이유를 알았으니 야스히코는 부서장을 만나러 갔다. 조그만 동네의 경찰이다 보니 모두 얼굴을 아는 사이다. 사나에 이름은 언급하지 않고, 젊은 사람이 다니구치 친구를 모욕한 바람에 싸움으로 번졌다고 전했다. 물론 그렇다고 부상을 입힌 죄를 면할 수 있는 것은 아니다. 그 점에 대해서는 다니구치가 깊이 반성하고 있다고, 좀 더 시간을 두고 무라타에게 사과할 것이라고 멋대로 얘기를 지어 보고했다.

"그럼 사과 건은 아무쪼록 잘 부탁드립니다. 우리 쪽에서는 엄중하게 주의를 주는 것으로 일을 처리하겠습니다."

부서장은 안도한 기색이었다.

야스히코는 시간에 맡기기로 했다. 지금까지도 동네 사람들끼리 으르렁거린 일이 몇 번이나 있었다. 그럴 때마다 시간이 해결해주었다. 피차 머리가 식어 이성을 되찾으면 태도를 굽힌다. 포기하는 면도 없지 않다. 얼굴을 마주치지 않고는 생활할 수 없으니 적당한 선에서 타협하는 수밖에 없다. 맞은 무라타도 진짜로 상해 신고를 할 리는 없으니 시간이 지나면 용서할 것이다.

부서장에게는 숨겼지만 세가와에게는 사실대로 전했다.

다니구치의 명예를 위해서이기도 했다. 사나에 마담 쟁탈

전 때문에 싸움이 벌어졌다고 소문나면 불쌍한 데다, 다니구치의 행동은 그야말로 남자다움에서 비롯된 것이기 때문이다.

"무라타 그놈이 나빴군. 용서할 수 없지, 그런 소문을 흥밋거리로 떠벌리는 놈은."

세가와도 소문에 대해서 제일 먼저 화를 버럭 냈다.

"야스히코. 설마 자네 사나에 씨에게 확인한 거 아니지?"

"그런 짓을 왜 하겠나. 거짓말이 뻔한데. 내 평생 가슴에 묻을 거야."

"아, 그래. 그래야지. 나도 그러지."

이발소 소파에서 차를 마시면서 둘은 서로를 보며 고개를 끄덕였다.

"그런데, 다니구치 그 사람 가슴앓이하는 게 심상치가 않군. 슬슬 정신을 차리라고 해야지 안 그러면 위험하겠어."

세가와가 어깨를 들썩거리며 껄껄 웃고는 말했다.

"그건 세가와 자네도 피차 마찬가지 아닌가?"

"나? 나는 다르지. 애써 고향으로 돌아왔는데 조금은 힘을 보태줘야겠다 싶어서, 그래서 드나들 뿐이야."

세가와가 핏대를 올리며 부정한다. 야스히코가 웃고 있자, 집게손가락으로 코밑을 긁적거리면서 일부는 인정하듯이 이렇게 말했다.

"뭐 조금은 반한 것도 있지만. 그래 봐야 일시적인 오락이지. 인구 적은 동네에서 늘 똑같은 얼굴끼리 지내다 보니 많은 것들을 잊어버려. 여자에게 반하는 감정도 그렇지. 사나에 씨가 와서 잊어가는 감정을 들쑤신 것은 다들 마찬가지야. 다니구치 그 사람도, 사쿠라이 과장도. 물론 이쪽이야 나이도 먹을 대로 먹었으니 새삼스럽게 아내와 헤어지고 젊은 여자에게 달려갈 수야 없지. 애당초 그렇게 그쪽 마음에 들 수도 없고 말이야. 그런 것까지 다 알면서 어쩌다 몇 년에 한 번, 외부에서 자극이 들어오니까 다들 넋을 잃고 한동안 행복한 시간을 보내다 다시 일상으로 돌아가는 거지. 그런 거 아니겠어."

세가와가 먼 곳을 보듯 아련한 눈길로 담담하게 얘기한다. 야스히코는 이 불알친구가 의외로 냉철해서 안심했다. 이것이 연륜이라는 것일 게다.

그리고 세가와 말에도 수긍이 갔다.

"자네에게는 말하는데 사나에 씨, 남자가 있는 것 같았어."

야스히코가 말했다.

"그렇군."

"음, 전에 한 번 봤어. 마흔 줄로 보이던데 꽤 잘생겼더라고. 뭐 하는 사람인지는 모르겠지만 괜찮은 사람 같았어."

"흠, 그렇겠지. 그만 한 여자에게 남자가 없을 리 없지."

그리고 세가와는 잠시 아무 말 없이 한숨만 내쉬더니, 일어나면서 "역시, 사연이 있는 여자라는 거겠지." 하고 말했다.

"자네, 그 얘기는 다니구치에게나 사쿠라이 과장에게나 당분간 말 않는 게 좋을 거야."

세가와가 점퍼를 걸치고 모자를 쓰면서 돌아갈 준비를 했다.

"그건 또 무슨 소리야?"

"좀 더 가슴앓이를 하게 놔두라고. 언제 다시 그런 날이 올지 알 수 없잖아."

"그렇게 말해놓고 자네, 두 사람을 구경하면서 즐기려는 속셈 아닌가?"

"하하. 그것도 나쁘지 않겠는데."

세가와는 왠지 쓸쓸하게 웃으면서 돌아갔다. 물방울이 얼어붙어 부연 유리창 너머로 뒷모습을 바라본다.

야스히코는 찻잔을 치우고 안채에 들어가 쉬기로 했다. 예약하고 오는 손님이 대부분이라, 불쑥 문을 열고 들어오는 사람은 거의 없다. 그러니 오늘도 더 이상 손님은 없을 것이다.

연료를 절약하기 위해 난방도 껐다. 가게 안이 한층 고요해졌다.

붉은 눈

1

  겨울의 도마자와에 영화 현지 촬영진이 오게 되었다. 면
사무소의 지역진흥과가 주체가 되어 오랜 시간에 걸쳐 텔레
비전 드라마와 영화의 현지 촬영 유치 활동을 펼친 결과, 드
디어 도마자와가 영화의 무대로 결정된 것이다. 영화 제작사
규모가 크지는 않아서 감독의 이름도 모르지만, 주연 여배우
가 오하라 료코라는 것을 알자 온 동네가 들썩거렸다. 오하
라 료코하면 NHK 대하드라마의 주연을 맡은 적도 있는 거
물급 여배우다. 나이는 30대 후반으로 지금이 한창 때다. 연
예계에서 멀어진 무코다 야스히코도 오하라 료코는 알고 있
고 팬이기도 했다. 특히 시원한 맥주와 함께 남편을 기다리
는 텔레비전 광고는 늘 흐뭇하게 바라보곤 했다. 그 여배우

를 포함한 촬영진이 이렇게 한적한 동네로 오는 것이다.

　유치에 성공한 지역진흥과장 후지와라는 기세등등해서, 동네 사람과 마주쳤다 하면 붙잡고 자랑을 늘어놓았다. 이 날도 이발을 하러 와서는 야스히코를 상대로 묻지도 않았는데 이번 유치 활동이 얼마나 힘들었는지를 구구절절 늘어놓았다.

　"무코다 씨, 좀 들어보세요. 아이고, 영화감독이란 사람이 얼마나 사소한 걸 가지고 까다롭게 구는지. 역사가 너무 현대식이라 마음에 안 든다, 낡은 역사는 없느냐 하지 뭡니까. 요즘 세상에 낡은 역사가 어디 있겠어요. 할 수 없이 옛날 탄광 자리의 화물차 조차장으로 데리고 갔더니 여길 사용하면 되겠다고 금방 기분이 풀어지더라고요. 만사가 그랬다니까요. 산을 배경으로 찍을 텐데 전선이 거치적거린다, 언덕 위에 오두막이 있어 그림이 좋지 않은데 철거할 수 없겠느냐. 아무튼 멋대로 지껄여대는데, 그런 거 들어주는 것만 해도 진이 빠지더라고요. 게다가 숙소 확보에서 도시락 공급처까지, 그런 부수적인 것까지 전부 내가 빈틈없이 갖춰서 겨우 현지 촬영이 결정된 겁니다."

　"그거 고생이 많았군."

　후지와라는 옛날부터 허풍이 심했지만 야스히코는 장단을 맞춰주었다. 공로가 큰 것만은 사실이다.

　"그래서, 그쪽은 촬영지에 맞춰 시나리오까지 고쳐 썼다

218

고요. 촬영지 물색하고, 밑그림을 그리고, 그런 것 하나하나에도 참여하라 하고. 게다가 사투리 지도도 내 역할이라니까요. 매일 밤 야근하느라 죽을 맛이었습니다."

"호오, 후지와라 씨가 거의 스태프로군."

"그렇다니까요. 사실인 게 기획서에 내 이름이 협력 프로듀서로 올라 있어요. 나야 뭐 돈 안 받고 일만 죽어라 하고 있지만."

후지와라는 그렇게 투덜거렸지만 싫지만은 않은 내색이었다.

"그런데 영화가 엄청난 경제 효과가 있더라고요. 총 60명의 스태프가 두 주 동안 숙소를 빌려 머물게 되니 여관 조합의 조합장이 고마워서 눈물을 다 흘리더라니까요. 게다가 매일 밤 술을 마실 테니 그쪽도 기대할 수 있을 겁니다. 다이코쿠와 사나에만 돈을 벌게 할 수는 없다고, 버스 정류장 앞에 있는 카페 여주인이 촬영 기간 동안 밤에는 술을 팔겠다, 보건소 허가를 받지 않았지만 다들 눈감아 달라. 그렇게 자기 좋은 말을 해대니. 아하하."

"돈벌이가 될 만한 일이 오랜만이다 보니 다들 떡고물이라도 차지하고 싶은 거겠지. 우리 이발소야 아무 관계가 없지만. 그런데 영화가 어떤 영화야? 서스펜스 같다는 말은 들었는데."

야스히코가 묻자, 후지와라는 이내 대답을 못하고 주춤거

219

렸다.

"음, 뭐 서스펜스라고 하면 서스펜스일 수도 있겠군요. 아무튼, 한마디로 얘기할 수 없는 스토리입니다."

어딘가 모르게 말을 흐리는 투다.

"각본을 본 거 아닌가?"

"음, 뭐, 그야 봤지만. 솔직히 잘 모르겠더라고요. 예술가들 생각을."

"제목은?"

"음, 〈붉은 눈〉이라고 하던데. 그보다 주연이 오하라 료코라지 않습니까. 오하라 료코가 나오면 화제몰이를 할 건 틀림없다고요. 도마자와라는 동네 이름도 그대로 나온다고 하니까 현지 촬영지 도마자와가 전국구가 된다는 말입니다."

"음, 그렇겠군."

결국 후지와라는 영화의 내용에 대해서 정확한 것은 말하지 않았다. 서스펜스라면, 무슨 사건이 벌어지는 것일까. 여기 사는 사람으로서야 영화를 본 모든 이가 감동의 눈물을 흘리는 작품이면 좋겠지만, 그런 배부른 소리는 할 수 없다. 영화의 무대가 되는 것만도 이런 시골에서는 획기적인 일이다.

후지와라가 돌아가고 나자 교대하듯이 주유소 세가와가 석유를 보급하러 왔다. 늘 하던 대로 이발소에 들러 멋대로 차를 따르고 한숨 쉬어 간다.

"조금 전에 지역진흥과 후지와라가 왔다 갔어."

야스히코가 그렇게 말하자 세가와는 차를 한 모금 마시고는 "어차피 자랑이나 늘어놓다 갔겠지." 하고 콧방귀를 끼었다.

"과장 되고 처음 하는 큰일이니까 열심인 거 아니겠어."

"글쎄다. 후지와라는 옛날부터 우유부단하고 떠밀려가는 타입이었다고. 영화 촬영지가 된 건 좋은 일이지만 스토리가 연쇄살인 사건이라니 어디 마음이 편해야지. 오히려 이미지가 나빠지는 거 아닌가 몰라."

"그래? 연쇄살인?"

야스히코는 자기도 모르게 눈썹을 찡그렸다. 그래서 후지와라가 말하고 싶어 하지 않은 것인가.

"게다가 정사 장면도 있다는데. 적어도 가족끼리 볼 수 있는 영화는 아닐 거야."

"흐음. 난 오하라 료코가 주연이라고 해서 낭만적인 영화가 아닐까 했는데."

"다들 그렇지. 면장도 처음에는 좋아하더니 기획서 읽고는 스토리에 난색을 표했다는데 뭐. 그런데 사사키 씨가 아니다, 아주 흥미롭다, 가령 엽기적인 살인 이야기라도 작품만 좋으면 유치해야 한다고 했다네. 도쿄대학 출신 엘리트 관료가 그렇게 말하는데 면장도 입을 다물 수밖에. 그랬더니 후지와라 그 사람이 신이 나서, 그럼 자기가 일을 추진하겠다고, 그렇게 해서 결정된 거야. 후지와라는 숙소 안배며 도시락 공급처 조사까지 여러 가지 일을 진두지휘하게 되었고, 상공 조합에서도 부추겨대니 아주 기세등등해져서, 흥."

"경기가 좋아지면 좋은 일이지. 이발소는 관계없지만."

"주유소도 그렇지. 촬영 버스야 기름 한 번 넣는 정도겠지. 그야 뭐 한동안 동네가 활기를 띨 테니 그건 환영할 일이지만. 오하라 료코가 온다잖아. 한겨울에 벚꽃이 피는 격이지."

도마자와는 이제 눈에 덮일 계절이다. 12월이 되면 평균기온이 영하 이하로 떨어지기 때문에 내린 눈이 녹지 않고 쌓여만 간다. 그러면 동네는 더없이 고요해지고 아무 변화 없는 나날이 봄까지 계속된다. 그러니 영화 촬영진의 입성은 고마운 변화다.

"그런데 요즘 가즈마사는 잘하고 있나?"

세가와가 물었다.

"응. 잘하고 있겠지. 전화도 잘 없지만."

야스히코가 대답한다.

아들인 가즈마사는 계획한 대로 집을 떠나 지난봄부터 삿포로에서 이용학원에 다니고 있다. 처음에는 한 달에 한 번 돌아오더니, 추석 연휴 지나서는 한 번도 오지 않았다.

그쪽에 같이 놀 친구가 생긴 것이리라. 젊으니 당연한 일이다.

"무소식이 희소식이라고 했어."

"음, 그렇겠지."

맞장구를 치고 야스히코도 차를 마셨다. 가즈마사가 떠난 후로 집안이 조용하다. 올 겨울도 부부가 눈을 치워야 한다.

세가와가 가고 나자 눈발이 간간이 흩날리기 시작했다.

땅이 보이는 날도 앞으로 며칠뿐이다.

토요일 저녁때, 면민회관에서 영화 현지 촬영 설명회가 있었다. 면민의 협조가 필요하고 엑스트라 모집도 있기 때문에 그 공지를 위한 모임이다. 야스히코도 일찌감치 이발소 문을 닫고 참석했다. 모처럼의 기회라 자신도 영화 촬영에 한자리 끼고 싶은 것이다.

도쿄에서 온 영화 프로듀서가 먼저 인사를 했다.

"도마자와 면민 여러분, 이번에 우리 회사 영화 〈붉은 눈〉의 현지 촬영진을 맞아주셔서 정말 감사합니다. 저예산 영화이지만 신진 작가가 쓴 훌륭한 각본에 오하라 료코 씨는 출연료를 문제 삼지 않고 주연을 맡아주셨습니다. 그녀는 이 영화에 무척이나 힘을 쏟고 있습니다. 아무쪼록 도마자와 면민 여러분의 협조하에 반드시 이 영화가 성공할 수 있기를 바랍니다."

그리고 머리를 깊이 숙인다. 그야말로 영화업계 사람이란 인상의 긴 머리에 색이 엷은 선글라스, 그리고 검은색으로 온몸을 휘감은 중년 남자였다.

느닷없이 저예산이라는 말을 듣자 사람들 모두 얼빠진 표정이었지만, 야스히코는 도마자와가 대작의 무대가 될 리는 없으니 이게 현실일 것이라고 수긍했다.

"그리고 몇몇 장면에서 면민 여러분이 엑스트라로 등장해주셨으면 합니다. 장면마다 필요한 인원이 정해져 있으므로 면사무소 지역진흥과를 통해 모집하도록 하겠습니다. 대사가 있는 엑스트라도 모집하는 탓에, 그쪽은 간단한 오디션을 거치도록 하겠습니다. 아무쪼록 잘 부탁드립니다."

대사가 있다는 말에 사람들이 웅성거렸다. 객석 여기저기에서 "나, 해볼 거야." "나도, 나도." 하는 목소리가 들린다.

이어서 후지와라가 마이크를 잡았다.

"지역진흥과의 후지와라입니다. 프로듀서는 도쿄에서 일이 있으므로 앞으로 촬영이 시작될 때까지 제가 창구 업무를 담당하겠습니다. 도마자와 면에서 처음 이뤄지는 현지 촬영입니다. 그것도 겨울 현지 촬영이라 여관 및 요식 관련 업계에 비수기에 기대할 수 없었던 경제 효과가 있을 것이라고 내다보고 있습니다. 영화와 드라마 현지 촬영 유치를 시작한 것은 지금으로부터 10여 년 전의 일입니다. 당초 영화업계와는 아무런 인연이 없어, 팸플릿을 만들어 도쿄까지 가서 영화 제작사를 돌아다니며 홍보했습니다. 그 시절의 저는 거의 영업사원이었죠."

"어이, 후지와라 과장. 연설이라도 시작할 작정인가?"

세가와가 야유를 날렸다. 회장에서 웃음소리가 일었다.

"자네가 열심히 했다는 건 다 아니까 우리가 할 수 있는 일을 가르쳐줘야지."

후지와라는 쓴웃음을 짓더니 화면에 일정표를 띄우고 설명을 시작했다.

"촬영은 주로 노다이케에 있는 공영 주택 인근에서 하게 됩니다. 기간 중에는 주변에 교통 규제가 실시될 텐데, 이는 조감독의 지시에 따라주십시오. 단 하루는 카 체이스가 있으므로 그날은 신호 관계로 경찰이 나와 규제할 겁니다."

"우와, 카 체이스래."

젊은이들이 환성을 질렀다.

"저, 액션 영화가 아닙니다. 카 체이스라고 해서 과도한 기대는 하지 않았으면 합니다."

프로듀서가 대뜸 나섰다.

"촬영 기간에는 공민관을 기자재 적치장으로 사용하게 됩니다. 어르신들 모임은 해당 기간 동안 삼가주시기 바랍니다. 면민 여러분의 도움이 필요한 장면은, 눈집을 열 개 정도 만들어놓고 아이들이 노는 장면이 있는데, 그 눈집 만드는 작업은 청년단과 중학생들에게 부탁하겠습니다. 또 촬영지의 눈을 치우는 작업은 상황에 따라 달라질 수 있으니 소방단에 부탁드리려고 합니다."

후지와라의 설명이 이어졌다. 역시 한 편의 영화를 제작하는 것이다 보니 저예산이라도 상당히 본격적이었다. 네거리에 파출소 세트도 세우는 듯하다. 또 절벽에서 차가 떨어지는 장면도 있는 것 같다. 이렇게 되면 누구든 현장이 보고 싶어진다.

"그러면 이제 중요한 엑스트라 모집 요강을 설명해드리겠습니다. 안내문을 배부할 테니 앞에서부터 차례대로 돌려주시기 바랍니다. 읽겠습니다. 도서관 장면에서 서른 명, 술집 장면에서 스무 명, 버스 정류장 장면에서 다섯 명……."

엑스트라가 동원되는 장면이 꽤 있었다. 도시에서의 촬영과 달리 외딴 시골 도마자와에서는 현지에서 조달하는 방법밖에 없는 것이리라. 엑스트라의 출연료는 없다고 한다. 하지만 경제 효과를 생각해서인지 불평을 토하는 사람은 없었다.

대사가 있는 엑스트라가 몇 명 필요한데 야스히코가 도전해볼 만한 배역도 있었다. 철물점 주인 역할은 배우와 얽히기도 하는 터라, 기념 삼아 해보고 싶었다. 다른 사람들도 어떤 역할이든 해보고 싶어 하는 눈치였다. 무슨 생각인지, 어머니 도미코까지 시신을 발견하고 대성통곡하는 노파 역 오디션을 보겠다고 나섰다.

설명회에 참석한 젊은이들과 얘기해보니 주연 남자배우도 꽤 유명한 배우인 듯했다.

"이토 소울은 지금 한창 잘 나가는 젊은 배우예요. 왜 최근에 가수 포쉐트 M과 결혼했잖아요."

"그게 다 누군데."

야스히코는 들어도 모를 소리뿐이다. 다만 삿포로에 부임 중인 20대 중학교 선생이 "캐스팅을 보니까 꽤 기대할 수 있겠는데요."라고 해서 안도했다.

"개성파 배우가 포진하고 있어요. 그런데 이 중에 메이저급 오하라 료코가 포함되어 있는 게 의외입니다. 틀림없이 화제가 되겠죠."

"흐음, 그런 건가."

잘은 모르겠지만 젊은 사람들의 관심을 끌 수 있다면 좋은 캐스팅일 것이다. 50대는 이미 세상의 유행에 저만치 뒤처져 있다. 그렇다고 딱히 알고 싶은 것도 아니다.

"아저씨, 가즈마사가 영화 오디션 보고 싶다고 다음 주말에 온다던데요."

세가와의 아들 요이치로가 그렇게 말했다.

"그래? 집에는 전화 한 통 없었는데."

"라인으로 늘 연락 주고받고 있어요. 영화에 흥미진진이던데요. 12월에는 학원도 한가하니까 와서 촬영하는 거 구경하겠다고 했어요. 그리고 야마구치, 유미, 삿포로에 나간 다른 친구들도 온다고 하고요."

"호오, 그래. 북적북적하겠군."

아하, 이게 현지 유치의 효과인가 하고 야스히코는 고개를 끄덕거렸다. 잠깐이지만 동네에 활기가 돌아온다. 아무 변화 없는 겨울에 사람들이 모여든다.

"오하라 료코와 같이 하는 역할은 없나?"

세가와가 그런 넉살 좋은 말을 해서 사람들의 웃음을 샀다. 이 순간만으로도 귀중한, 동네의 오락이다.

2

다음 주가 되자 촬영진을 맞이할 준비가 시작되었다. 촬영 일정이 각 지구별로 배포되어 그날 그날 어디에서 촬영이 예정되어 있는지 전 면민이 알게 되었다. '최대한 우회하십시오'라고 쓰여 있었으니 구경하러 오라는 얘기가 아니라 방해가 되지 않게 접근하지 말라는 뜻이겠지만, 오히려 역효과일 것이다. 사람들이 구경하러 가지 않을 리가 없다.

그러는 사이에 본격적으로 눈이 내려 도마자와는 예년과 다름없이 온통 은세계로 바뀌었다. 눈이 많은 경치가 유치의 절대적인 조건이었기 때문에 후지와라는 안도의 한숨을 내쉬었다.

그런데 그 후지와라가 숙소와 도시락 문제로 골머리를 앓고 있는 듯했다. 여관 조합의 조합장이 야스히코의 이발소에 와서 버럭버럭 화를 냈다.

"나로서는 말이지, 배우들 전원이 호텔 도마자와에 묵는 건 어쩔 수 없다 쳐도 촬영진은 호라이 여관과 쇼토 여관에 나누어 묵어야 체면이 서지 않겠느냐 말이야."

영화 제작사 측은 스태프들을 최대한 한 곳에 모으고 싶어 하는 듯하다. 이동과 연락을 고려하면 당연한 일이다.

"지금 와서 장소가 떨어져 있다, 왜 그런 말을 하느냐 말이야. 처음부터 알고 있는 일이었고 유치 조건에도 숙소는 이 쪽에 맡긴다고 되어 있는데. 그러니 일괄해서 편의를 도모한 거 아니냐 말이야. 우리도 예산에 맞추느라 얼마나 머리를 짜냈는데."

"그래서, 어떻게 할 작정인데?"

"후지와라 과장에게 설득하라고 해야지. 우리 쪽이 준비한 대로 하라고. 그리고 도시락 문제도 복잡하게 되었어. 처음 에는 숙소에서 돌아가며 준비하기로 했는데, 음식점 조합이 절반은 자기들 쪽으로 돌려줄 수 없겠느냐고 한 걸 후지와라 과장이 덜컥 승낙하고 말았다고. 무코다 씨, 어떻게 생각해?"

"음식점 입장에서야 충분히 그럴 수 있지. 그걸 이해 못하 는 건 아닌데……"

"그런데 지금 와서 변경할 수 있느냐 말이야. 애당초 촬영 진도 촬영 종료 시간을 알 수 없으니 저녁은 필요 없다고 여관 측에 말했다고. 그러니 음식점은 저녁때 손님이 들 수 있잖아. 그러면 된 거 아니냐고. 왜 점심 도시락까지 욕심을 내느냐 말이지."

야스히코는 뭐라 대답하면 좋을지 난감해 잠자코 웃기만 했다.

"난 후지와라 과장에게 문제가 있다고 봐. 이쪽에서 하는 말과 저쪽에서 하는 말이 다르잖아. 하기야 혼란스럽기도 하겠지만."

"모두에게 평등하게 하려면 여러 가지로 어려운 일이 있겠지."

"어라? 무코다 씨, 그를 감싸는 건가?"

"그런 게 아니라, 후지와라 씨도 익숙하지 않은 일을 하느라 힘들지 않을까 해서 그러지."

"힘들기는. 그 사람, 나는 협력 프로듀서이니 내 말에 따르지 않으면 곤란하다고 떵떵거린다고."

조합장이 가슴을 뒤로 쭉 젖히면서 포즈를 취한다. 이렇게 되면 후지와라가 딱하게 여겨진다. 그는 일거리만 늘 뿐이지 보너스가 생기는 것도 아니다.

"아무튼 마음에 안 들어. 숙소 배분은 조합이 하고, 음식점에는 절대 도시락 납품을 못하게 할 거야."

"아, 그래……."

"지금은 후지와라 과장이 권력자라니까. 관리답다고 하면 관리다운 걸 수도 있지만. 흥."

조합장은 못마땅한 표정으로 콧방귀를 끼고는 돌아갔다.

안에서 얘기를 듣고 있던 아내 교코가 가게로 나와 찻잔을 치우면서 걱정스러운 얼굴로 중얼거렸다.

"동네 사람들끼리 싸우지 않으면 좋겠네."

교코 말을 들으니 택시 회사도 렌터카 문제로 옥신각신하는 듯했다. 생각지도 않은 수요에 다들 어떻게든 떡고물을 얻어먹으려는 것이다.

그다음 토요일, 이번에는 엑스트라 오디션이 있었다. 면민회관 회의실에서 진행되었고 영화 제작사 측 수석 조감독이 심사에 임했다.

야스히코가 철물점 주인 역에 신청을 했더니 세가와와 다니구치도 신청하는 바람에 회장에서 딱 마주쳤다.

"자네들은 다른 배역 해. 내가 할 수 있는 건 이 정도밖에 없으니까."

세가와가 그렇게 간청했다.

"피차 마찬가지지. 자네들이야말로 물러나."

"정정당당하게 경쟁하자고."

세 사람 다 양보하지 않아 결국 순서대로 오디션을 받게 되었다.

회의실 앞쪽에 놓인 긴 책상에 프로듀서와 수석 조감독이 나란히 앉고, 후지와라도 스태프 쪽 자리에 앉았다.

"후지와라가 왜 저기 있는 거야, 껄끄럽게."

세가와가 얼굴을 찡그린다. 야스히코도 같은 생각이 들었다.

주어진 대사는 '어서 오십시오, 감사합니다' 등 아주 간단한 것이었다. 세 사람 다 손님을 상대하는 일을 하는 터라 평소 하던 대로 했다. 수석 조감독은 후보자들을 묵묵히 관찰하면서 노트에 메모를 하고 있다. 연기를 잘하고 못하고를 판가름하는 것이 아니라 캐릭터로 선별할 것이다. 단역이 너무 튀는 것도 곤란하다.

바로 결정이 난다고 해서, 로비에서 담소하며 기다리고 있었더니 게시판에 오디션 결과가 나붙었다. 철물점 주인 역은 농협 직원에게 돌아갔다.

"뭐야, 괜히 용을 썼네. 미리 정해놓고 괜히 들러리 세운 거 아니야."

세가와가 입을 비죽거리며 말했다. 다른 역을 보니 시신을 발견하고 얼이 빠지는 노파 역에 어머니 도미코가 선정되었다. 어째 신청한 사람이 어머니뿐이었던 것 같다.

"꺄악! 어쩌나. 뭘 입고 하지."

어머니는 젊은 처자처럼 흥분했다.

"아주머니. 외출복 입고 하면 안 됩니다."

세가와가 훈수를 뒀다.

"무슨 소리야. 영화에 나오면 전 국민이 볼 텐데."

"안 된다니까요. 지나가는 할머니 역인데."

야스히코도 한마디 했는데, 가만 보니 미용실에 가서 머리도 하고 화장까지 하고서 촬영에 들어갈 눈치다. 벌써부터 걱정스러웠다.

그 외에는 농가의 중국인 아내 코란 씨와 사나에 씨가 대사 있는 엑스트라 역에 선발되었다. 아는 사람이 스크린에 등장하니 영화 볼 재미가 늘었다.

후지와라가 득의양양한 표정으로 로비에 나타났다.

"아, 피곤하다. 나한테까지 의견을 구하는 바람에 신경을 좀 썼더니."

"그럼, 자네가 우리를 떨어뜨린 건가?"

다니구치가 시비를 건다.

"아닙니다, 아니에요. 여러분 역할은 조감독이 정했어요."

"그래? 자네가 요즘 권력을 이용하고 있다던데."

세가와가 놀리자 후지와라의 안색이 점차 변했다.

"무슨 소립니까. 다들 자기 생각대로만 말하고. 보나마나 여관 조합장이 여기저기 다니면서 내 험담을 하는 거겠죠. 내 입장이 돼보라고요. 영화 예산은 정해져 있단 말입니다. 그런데 어떻게 하면 마을 사람 모두가 고루 혜택을 입을 수 있을지 난 매일 그 생각으로 동네를 이리 뛰고 저리 뛰고 하는데. 그런데 그 조합장이란 사람이 내가 호텔 도마자와 지배인에게 뇌물이라도 받은 게 아니냐고, 그런 소리까지 해대지를 않나."

입에 거품을 물고 되받아친다.

"아니, 그런 말은 못 들었는데."

뜻하지 않은 말에 야스히코는 얼른 부정했다.

"다이코쿠 여주인에게는 그렇게 말했다고요. 이건 명예훼손입니다."

"술자리에서 가볍게 나온 말이겠지. 진심은 아닐 거야."

"그게 가볍게 할 소립니까. 난 우리 동네를 위해 열심히 뛰고 있는데 다들 이상한 소리만 하고. 그러려면 누구든 주민 대표가 나서서 하라고요."

"무슨 소리야. 화내지 말고, 우리 다 같은 중학교 선후배 사이잖나."

어떻게든 달래보려 했지만 후지와라는 화를 풀지 않은 채 눈꼬리를 추켜올리고 안으로 들어가버렸다.

"자네들, 후지와라를 너무 놀리지 말라고. 안 그래도 예민해져 있는데."

야스히코가 세가와와 다니구치를 나무란다.

"그랬나? 아까 오디션 볼 때만 해도 그렇지, 아주 위에서 내려다보는 눈길이던데."

"그러게 말이야. 다음, 3번 들어오세요. 다 이름을 아는데 이름을 불러야지. 그래서 관리가 싫다는 거야."

둘이서 여전히 후지와라를 비판한다. 그 참에 가즈마사가 나타났다. 아들도 삿포로에서 돌아와 오디션을 받았다.

"넌 어떻게 되었냐?"

야스히코가 묻자 가즈마사는 풀 죽은 모습으로 고개를 저으며 대답했다.

"안 됐어. 그래도 뭐든 시켜달라고 부탁해서 뒷일을 거들게 되었어."

무급이라도 좋으니까 헤어 스타일리스트 조수로 써달라고 조감독에게 부탁했더니, 좋다고 하더란다.

"학원은 어쩌고?"

"현장실습 수업도 있으니까, 그 대신 하는 걸로 학원에 허가도 받았어."

"흐음. 잘됐구나."

야스히코는 아들의 적극성에 놀랐다. 제대로 성장하고 있는 듯 보인다.

영화 촬영지로 결정 난 후 도마자와는 눈에 띄게 활기차졌다. 예년 같으면 눈이 쌓여 오가는 사람도 없고 봄이 올 때까지 무미건조한 나날이 계속될 텐데. 오늘만 해도 사람들이 모여 얘기꽃을 피우고 있다.

야스히코는 오락의 힘을 새삼스럽게 절감했다. 이런 동네에 필요한 것은 오락이다.

일단 일정이 정해지자 촬영팀의 움직임은 신속했다. 월요

일이 되자마자 미술팀이 먼저 도마자와에 도착해 네거리에 파출소 세트를 만들기 시작했는데, 그 솜씨가 놀라워 아이들은 매일 구경하러 다녔다.

눈집은 폐교가 된 중학교 운동장에 만들었다. 이때는 아이들이 맹활약했다.

초등학교는 정식으로 촬영 견학을 신청해 후지와라가 프로듀서와 교섭 중에 있다고 한다. 그 소식을 들은 어르신들 모임과 농협 등 각종 단체들이 방해하지 않을 테니 우리도 견학하게 해달라고 하는 바람에, 가운데 낀 후지와라가 동네 사람들에게 걸려온 전화는 받지 않는 촌극을 빚기도 했다. 야스히코는 후지와라가 한층 안쓰러웠다. 이건 다 주민들의 이기적인 바람이다.

그리하여 12월 첫 주, 촬영진이 드디어 도마자와에 도착했다. 기자재를 잔뜩 실은 트럭이 세 대, 촬영 버스가 두 대, 그리고 배우들이 탄 봉고차 두 대가 줄줄이 눈보라를 일으키며 국도를 달려오는 광경은 그 자체가 영화의 한 장면 같아 감동하지 않을 수 없었다. 야스히코는 탄광산업이 아직 번성했던 어린 시절, 서커스단이 찾아왔을 때가 떠올랐다. 그때와 똑같았다. 이번 촬영은 오래도록 잊고 있었던 위문 공연이나 다름없었다.

면사무소 청사 벽에는 언제 만들었는지 '환영 영화 〈붉은 눈〉 촬영진 일행'이라는 현수막이 걸려 있었다. 수많은 주민들이 면사무소 앞에 모여 박수로 그들을 맞았다. 야스히코와 세가와, 다니구치도 가게 문을 닫고 달려갔다. 오하라 료코를 직접 보고 싶었던 것이다.

봉고차에서 내린 오하라 료코는 후광이 비칠 만큼 미인이었다. 얼굴은 작고 이는 눈이 부실 정도로 하얗다. 주민들이 웅성거리면서 모두들 그녀를 쳐다보았다. 같은 인간이라고 생각되지 않는다.

배우들이 주민들을 향해 각자 머리를 숙였다. 오하라 료코가 대표로 간단한 인사를 했다.

"도마자와의 여러분, 3주간 잘 부탁드리겠습니다."

그 한마디에 야스히코를 비롯한 주변 남자들은 넋이 빠졌다.

면장이 앞으로 나와 악수를 한다. 보통 때는 그다지 존경스럽지 않은 면장인데 이날 처음으로 부러웠다. 감독과 배우에게 면사무소 여직원들이 꽃다발을 선사한다. 삿포로에서 온 신문사 취재반의 플래시가 번쩍거렸다. 젊은 남자 배우가 손을 흔들자 면사무소 여직원들 사이에서 꺄악꺄악 하는 환성이 터졌다. 폐광 이후로 도마자와가 이렇게 화사한 분위기에 싸이기는 처음일 것이다.

일행은 주민들에게 인사하는 순서가 끝나자 각자 숙소로 흩어졌다. 다들 꿈이라도 꾸는 기분에 젖어 있는데 후지와라가 앞으로 나가 한마디 했다.

"드디어 내일 크랭크인입니다. 여러분, 잘 협력해주시길 부탁드립니다. 도마자와 면의 역사에 남을 일이니 아무쪼록 방해가 되지 않도록 해주십시오. 촬영 장소마다 모여들면 교통정리를 하기도 힘이 듭니다."

"잘난 척하기는. 크랭크인이래. 후지와라 저놈이 아주 영화업계 사람인 척하는군."

세가와가 코웃음을 치며 중얼거린다.

후지와라는 야스히코 일행을 보더니 의기양양하게 다가와 "면장실에서 오하라 료코와 기념사진 찍었는데, 보렵니까?" 하고는 스마트폰을 흔들면서 헤실거렸다.

"과장, 그거 직권남용 아닌가?"

세가와가 걸고 넘어졌다.

"샘을 내기는요. 하는 일이 그렇다 보니 덤이 생긴 거죠."

지난번 일에 아직도 앙심을 품고 있는지 후지와라가 도발하듯이 그런 말을 했다.

"동네 사람들과 만날 기회는 없는 건가. 간단한 환영회 정도는 금방 준비할 수 있을 텐데."

"아, 그건 힘들죠. 프로듀서가 미리 못을 박았거든요. 배우들은 촬영 중에는 역할에 집중해야 하니 아무와도 만날 수 없다, 사인회도 사양하겠다, 그렇게 말입니다."

"그래놓고 자네는 기념사진을 찍었다?"

"그 정도야 문제없죠. 나는 협력 프로듀서 아닙니까."

후지와라는 마음이 풀렸는지 아하하하 웃고는 안으로 사라졌다.

"뭐야, 저놈. 혼자 신이 나서."

다니구치도 분개한다.

"뭘 그래. 양쪽에서 이런저런 주문이 많아, 저 사람도 스트레스가 많이 쌓였다고."

야스히코가 두 사람을 달랬다.

"촬영이 무사히 끝나면서 저놈이 혼자서 다 한 척할 걸."

"뻔하지 뭐. 이 일을 기회로 부면장 자리를 노린다는 얘기도 있던데."

"그런 소리들 마."

후지와라는 지금 완전히 악역이다.

3

촬영이 시작되자 온 동네가 하루 스물네 시간 들썩대는 느낌이었다. 사람들은 만나면 온통 영화 얘기로, "오늘은 아스카의 폐옥에서 촬영하더라." 하거나 "어제 저녁때 감독과 이토 소울이 사나에서 한잔한 것 같아." 하는 정보가 매일 오갔다.

오하라 료코는 촬영 때 외에는 거의 호텔 밖으로 나오지 않는 듯했다. 동네를 나다니면 사람들이 운집해 일제히 스마트폰을 들이대니 당연하다고 하면 당연한 일이겠지만.

다만 촬영 스태프는 대개가 젊은 사람들이라, 밤이 되면 술집으로 몰려가는 통에 동네가 축제 때처럼 북적거렸다. 다이코쿠는 평소 일주일에 사흘밖에 문을 열지 않는데 이 2주일 동안은 휴일 없이 문을 연다고 한다.

"다들 젊으니까 얼마나 잘 마시는지. 위스키도 눈 깜짝할 사이에 한 병 뚝딱 비우고."

환갑이 넘은 여주인은 잇몸까지 드러내고 활짝 웃었다.

어르신들은 과거 탄광산업으로 번성하던 시절의 도마자와가 떠오르는 눈치였다. 어머니는 "간다마치에 있는 영화관, 일요일 되면 팝콘 파는 아가씨가 삿포로에서 여기까지 왔거든. 그게 신기해서 영화를 보러 갔다니까." 하고 뜬금없이 옛날 얘기를 꺼내 야스히코를 어리둥절하게 했다. 그런 옛 기억을 떠올리는 어르신들이 많은 것인지, 어르신들은 복지회관에 연일 모여서 옛날 얘기를 나눴다.

어머니가 엑스트라로 출연할 때는 야스히코가 동행했다. 눈이 내리는 장면이라서, 눈이 내리기 시작한 날 아침 갑자기 오늘 찍는다는 연락이 온 바람에 허둥지둥 준비를 하고 나갔다. 조감독으로부터 평상복 차림으로 오라는 언질이 있어 외출복을 입고 가겠다고 고집을 부리는 어머니를 겨우 설득해 수수한 방한복을 입혀 차에 태우고 촬영 현장으로 향했다.

장소는 농가가 여기저기 흩어져 있는 촌락의 논길이었다. 오하라 료코를 볼 수 있을까 기대했는데 배우는 시신 역밖에 없고 그 외에는 감독과 스태프들뿐이었다.

눈이 내리는 가운데, 노파가 논길 저쪽에서 걸어온다. 길

바닥에서 피범벅인 시신을 발견한다. 소리 없는 비명을 지르고 그 자리에서 얼이 빠져 푹 주저앉는다. "거기, 누구, 없어요." 하고 외치면서 왔던 길을 기어서 돌아간다. 그런 장면이라는 설명을 들었다.

크레인에 설치된 카메라가 공중에서 찍는다. 눈길에 발자국을 여러 번 낼 수 없으니, 단번에 가야 한다고 한다.

"괜찮겠습니까? 우리 어머니 전혀 연기를 모르는 사람인데요."

걱정스러워 감독에게 물으니 "걱정할 거 없어요. 화면에 크게 어필되는 것도 아니니까." 하고 태평스럽게 대답했다.

혹시나 해서 다른 장소에서 주저앉는 장면만 연습해봤는데, 어머니는 긴장한 탓인지 엉덩방아를 제대로 찧지 못했다. 좀처럼 촬영으로 들어가지 못한다. 야스히코는 책임감을 느끼고 어머니 옆에 들러붙어 "좀 더 자연스럽게" 하고 몇 번이나 조언을 했다.

"어머니, 연기하지 않아도 됩니다. 기껏해야 5초 정도 되는 장면이에요. 잘 안 되면 컷을 할 거니까 걱정 마세요. 실례가 될지 모르겠지만 중요한 배역이면 배우를 썼을 겁니다."

감독이 가볍게 말한다. 어머니는 그 말에 마음이 좀 놓이는지 몸에서 힘을 빼고 자연스럽게 엉덩방아를 찧었다.

드디어 촬영에 들어갔다. 야스히코는 스태프에 섞여 마른침을 삼키며 모니터를 지켜보았다.

"자, 스타트!"

감독의 사인이 떨어졌다.

어머니가 저쪽에서 걸어온다. 눈이 흩날리고, 하얀 눈에 어머니의 발자국이 하나하나 찍힌다. 바로 위에서 찍고 있는 탓에 우산에 가려 어머니 모습은 보이지 않는다. 모니터로 보니 정말 아름다운 그림이었다. 과연 이런 게 영화로구나 하고 야스히코는 소름이 다 끼쳤다.

잠시 걷다가 시신을 발견한다. 우산이 눈 위로 나동그라진다. 이때야 어머니 모습이 처음 화면에 비쳤다. 엉덩방아를 찧은 어머니가 몸을 꿈틀거리며 돌아온다.

"컷!"

감독의 목소리가 울렸다.

"오케이. 잘하셨습니다."

스태프들도 표정을 누그러뜨리고 "수고하셨습니다." 하고 어머니를 치하했다.

야스히코도 감동스러웠다. 어머니도 그런지 "언제 죽어도 여한이 없다." 하고는 얼굴을 붉혀 주위 사람들을 웃겼다. 눈이 계속 흩날리는데도 조금도 추위가 느껴지지 않았다.

한편 가즈마사도 처음 경험하는 영화의 세계에 크게 감동한 눈치였다.

"정말 굉장하더라. 헤어 스타일리스트들이 프로라 그런지 손놀림이 전혀 달라."

아침부터 밤까지 어시스턴트로 이리저리 뛰면서 여러 가지로 자극을 받고 있었다.

"나, 한번은 도쿄에 가보고 싶어졌어."

그런 곱지 않은 소리도 한다. 아내는 초조하게 굴었지만 야스히코는 그런들 어쩌랴고 생각했다. 도마자와에서 이발소를 해봐야 장래성이 없다.

면민들이 가장 궁금해하는 오하라 료코는 그 후로 통 모습을 보이지 않았다. 술집에서 촬영할 때 가게 앞에 구경꾼들이 모여든 적이 있었지만, 봉고를 타고 온 오하라 료코는 차에서 내리자 사람들에게 눈길 한 번 주지 않은 채 가게 안으로 들어갔다가 촬영이 끝나자 그대로 봉고차를 타고 도망치듯이 사라졌다.

"얼굴 한 번 보이고 끝인가. 사인회를 하든지 기념촬영에 응하든지, 그런 서비스를 좀 해도 좋잖아."

"그러게 말이야. 모처럼 왔는데 동네 사람들도 만나고 그러는 게 도리지."

세가와와 다니구치는 몇 번이나 그렇게 불평했다. 그리고 상공 조합을 부추겨 촬영 기간 중에 오하라 료코 환영회를 하겠다고 나섰다.

"우리가 판을 벌이자고. 10분 정도만 얼굴을 내밀면 되는 일이잖아."

면사무소에 가서 후지와라에게 말을 좀 전해달라고 부탁했더니 후지와라는 핏대를 세우면서 화를 낸 것 같다. 그 자리에 있던 여직원 말이, 이런 말이 오갔다고 한다.

"왜 그런 짓을 하겠다는 겁니까. 배우 입장을 생각해보라고요. 누가 될 게 뻔한데. 연기에 열중해야 될 때에 방해를 해서 어쩌겠다는 겁니까, 대체."

"그러니까 10분 정도만 얼굴을 보이면 다들 좋아할 거라고. 그뿐인 일이잖아."

"싫습니다. 나는 그런 부탁 절대 못 해요."

"자네, 면민과 촬영진 사이에서 조정 역할 하는 사람 아닌가. 일 안 하고 어쩌겠다는 거야?"

"불필요한 일을 하라니 말이죠."

분위기가 험악해져 주위 사람들이 간신히 진정시켰다고 한다.

야스히코는 그 일에 대해서는 세가와에게 잘못이 있다고 생각했다. 연기란 아주 섬세한 일이다. 자기 차례 때만 연기를 하면 끝나는 것도 아니다. 캐릭터에 몰입하고 있을 때는 사람도 만나지 않고 술도 마시지 않는 등, 각기 규칙이 있을 테니 타인이 간섭할 수 없다.

그럭저럭 2주일이 훌쩍 지나갔다. 카 체이스도, 차가 절벽에서 떨어지는 장면도 사람들이 모르는 중에 진행되어 누구도 본 사람이 없었다.

마지막으로 배우진의 인사가 또 있을 줄 알았는데 그렇지 않았다. 촬영이 끝나는 대로 배우들은 각자 도쿄로 돌아갔다는 걸 나중에야 듣고 알았다. 오하라 료코는 사흘 전에 벌써 도마자와를 떠난 듯했다.

　　다 같이 기념촬영을 하거나 도화지에 사인을 받는 등, 달콤한 기대를 품었던 야스히코를 비롯한 중년 남자들은 닭 쫓던 개 꼴이 되고 말았지만 그래도 운 좋은 사람은 있었던 모양이다. 사나에 마담은 가게에 온 오하라 료코와 투샷을 찍었다느니, 눈 치우는 작업을 거든 중학생이 주연 남자 배우에게 머플러를 받았다느니 하는 얘기가 전해졌다. 감독에게 사인한 각본을 받은 가즈마사는 흥분해서 평생 기념으로 삼겠다고 법석을 떨었다.

　　촬영진이 돌아가고 나자 도마자와에는 평소의 정적이 돌아왔다. 눈은 더 높이 쌓여 산과 골짜기가 온통 하얗게 변했다. 이제 젊은이들의 목소리는 들리지 않는다.

　　무코다 이발소에 오는 손님은 저마다 영화 촬영 얘기를 했다.

　　"오하라 료코가 생각했던 것보다 아주 작더군."

　　"오하라 료코가 호텔에서 매일 현미밥을 먹었다네."

　　앞으로도 한동안은 화젯거리가 될 것이다.

　　영화는 봄이면 완성된다고 들었다. 그때까지는 여전히 즐길 수 있을 듯하다.

4

영화 〈붉은 눈〉이 완성되었다는 뉴스가 3월에 면사무소 홈페이지에 공표되었다. 개봉은 5월 말이고, 전국 주요 도시의 소극장에서 상영될 예정이라고 한다. 저예산 영화라 전국에서 동시 개봉되는 일은 없을 것이라 예상했지만, 역시 대중을 노린 영화는 아닌 듯하다.

개봉에 앞서 면민 회관에서 특별 시사회를 하게 되었다. 제작사 측이 촬영지에 경의를 표하는 뜻에서란다. 다만, 시사회 전에 한바탕 옥신각신이 있었다. 중학생 이하는 관람할 수 없는 등급이었던 것이다. 자극적인 장면이 몇 군데 있는 듯했다.

중학교 선생이 이발을 하러 왔다가 야스히코를 상대로 불만을 털어놓았다.

"학생들은 볼 수 없다니 말이 됩니까. 눈집 만들고 눈 치우는 작업에 그렇게 실컷 부려먹고서, 완성되고 나니 볼 수 없다는 건 좀 너무하잖아요. 다들 완성되는 날을 기대하고 있었는데 대체 학생들에게 뭐라고 설명하면 좋으냐고요."

선생으로서 아닌 게 아니라 난감하기도 할 것이다.

"그래서 교장 선생님과 면사무소에 가서 후지와라 씨에게 항의를 했어요. 어떻게든 해보라고요. 그랬더니 강간이나 살인 장면이 있어서 아이들에게는 보여줄 수 없다고 하잖아요. 그런 걸 처음부터 알고 있었으면 학생들에게 일을 시키지 말았어야죠."

일리가 있는 말이다. 후지와라는 '15세 이상 관람가'라는 걸 사전에는 몰랐다고 둘러댄 듯하다.

"그야 물론 학생들이 할 수 있는 일은 없겠느냐, 사회 경험이 될 테니 참가하게 해달라, 그렇게 부탁한 것은 교장 선생님이죠. 그러나 후지와라 씨는 각본을 미리 읽었잖아요. 그렇다면 처음에 그런 설명을 했어야죠. 무코다 씨, 안 그렇습니까?"

"그래, 맞는 말이야. 어른 영화라서 아이들은 볼 수 없다는 걸 미리 양해를 구하는 게 맞지."

야스히코는 거울 속 선생을 향해 고개를 끄덕인다. 다만 후지와라 한 사람에게 책임을 떠넘기는 것은 가혹한 일이라고 생각했다. 현지 촬영 유치는 처음 일이라 모르는 일이 태반이었을 것이다. 생각이 짧았다고 해서 비난만 할 수는 없다.

"아 참, 학생들에게 뭐라고 말해야 하지."

선생이 한숨을 쉬고 있다. 야스히코는 어느 쪽이나 안타까웠다.

토요일 저녁 때 시사회가 열렸다. 재정이 파탄 나기 전에 지은 홀은 노후하기는 했지만 1,500명을 수용할 수 있어, 그렇게 하자고 들면 전 면민이 앉을 수 있는 규모다. 중학생 이하는 입장할 수 없으니 동네 어른들은 대부분 모였다.

도쿄에서 프로듀서가 내려와 촬영 기간 중의 협력에 감사를 표했다.

"여러분 덕분에 훌륭한 작품으로 완성되었습니다. 주연 오하라 료코 씨는 지금까지의 이미지를 뒤집는 열연을 보여주셨고, 본인도 영화의 완성도에 흡족해하고 있습니다. 이 작품은 현재 해외 영화제에도 참가 신청을 한 상태입니다. 반드시 높은 평가를 얻을 것이라 확신합니다. 아무쪼록 도마자와를 무대로 한 영화 〈붉은 눈〉에 여러분의 큰 성원을 바랍니다."

이어서 후지와라가 마이크를 잡았다.

"어떤 작품으로 완성되었을지 저도 가슴이 두근거립니다.

역시 자신이 관계한 작품이라 감회가 각별하군요. 여러분도 같은 심정일 것이라 생각합니다. 이 작품이 성과를 거두면 무대인 도마자와도 주목을 받게 될 겁니다. 그렇게 되면 〈붉은 눈〉의 촬영지로 관광객들의 유입도 증가하지 않을까 기대하고 있습니다. 그리고 이를 계기로 우리 지역진흥과는 도마자와에서 영화제를 개최할 수 있지 않을까 고려하고 있습니다. 그것도 여름이 아니라 겨울에 하면 비수기를 겨냥한 관광객을 기대할 수 있지 않을까……."

"어이, 또 연설인가."

세가와가 야유를 던진다. 사람들이 웃자 후지와라는 인상을 쓰면서 인사를 마쳤다.

드디어 상영이다. 도마자와에서 영화가 상영된 것이 언제 적 일이던가. 동네에서 영화관이 사라진 지 사반세기가 지났다. 장내가 어두워지면서 앞쪽에 설치된 스크린에 빛이 번지자 야스히코는 젊은 시절로 돌아간 듯한 기분이 들었다. 역시 영화는 스크린으로 보는 것이 좋다.

눈보라를 일으키며 사륜구동차 한 대가 국도를 달리는 장면으로 영화가 시작되었다. 동네 입구에 서 있는 '어서 오세요, 도마자와입니다' 간판이 비치자 사람들이 웅성거렸다. 이어서 눈집 사이에서 노는 아이들 장면으로 바뀌었다. 스크린에 동네 사람들이 등장하자 환성이 터졌다.

"오, 가와다 씨네 고타 군이군."

"하하, 뒷집의 유키, 귀엽게 나왔네."

그런 소리가 여기저기서 들린다. '15세 이상 관람가'라는 것이 아쉽다. 본인들이 보면 얼마나 좋아했을까.

동네 사람들이 엑스트라로 나올 때마다 웃음소리가 터져 장내는 화기애애한 분위기로 넘쳤다. 사나에 마담은 역시 섹시하게 나와서 야스히코는 새삼스럽게 가슴이 철렁했다. 후지와라도 등장해 쓴웃음이 나왔다. 역장 역이고 대사도 있었다.

평소 영화를 보던 때와 달리 눈을 뗄 수가 없다. 익숙한 풍경과 아는 사람들이 등장하기 때문이다.

그러나 장내 분위기가 훈훈했던 것은 처음 30분 정도뿐이었다. 살인 사건이 벌어지고부터 갑자기 분위기가 무거워지더니 당황해하는 헛기침 소리가 들리기 시작했다. 음산한 장면이 몇 번이나 계속된다. 하얀 눈이 피로 몇 번이나 물든다. 그렇군, 〈붉은 눈〉은 붉은 피를 뜻하는 거였어.

보통 범죄 영화와는 경향이 좀 달랐다. 등장인물 모두가 우스꽝스럽고, 어눌하면서 친근하고, 제멋대로다. 특히 시골 지역 사회의 인간 군상이 가차 없이 해학적으로 그려져 있다. 오하라 료코는 젊은 살인범을 숨겨주는 설정이었는데 처음 보는 악역이었다. 이런 영화였나 하는 분위기가 장내에 충만해졌다. 모두가 말은 하지 않아도 절절하게 전해졌다.

야스히코는 도중부터 앉아 있기가 거북해졌다. 개중에는

시골을 업신여긴다고 불쾌해하는 사람도 있을지 모르겠다.

약 두 시간 정도의 상영 시간이 끝났을 때, 몇 사람이 박수를 쳤지만 이어 치는 사람이 없어 소리가 금방 그쳤다. 장내가 밝아지자 당황스러워하는 사람들의 표정이 고스란히 드러났다. 야스히코도 뭐라 형용하면 좋을지 몰랐다. 지금까지 본 적 없는 이상한 영화였던 것이다.

옆에 있는 교코를 보니, 생각이 복잡하게 얽힌 표정으로 입을 꾹 다물고 있다. 어머니는 앞자리에서 어르신들과 함께 보고 있었는데, "우리는 뭐라는 건지 통 모르겠네." 하고 솔직하게 감상을 말했다.

"어이. 난 말이야, 이게 도마자와라고 여겨지면 못 참을 것 같은데. 그렇게 생각지 않나들?"

그렇게 포문을 연 것은 세가와였다. 모두의 시선이 쏠린다.

"시골이 폐쇄적인 건 맞아. 도마자와도 아마 그렇겠지. 하지만 이렇게까지 과장스럽게 표현하는 건 좀 아니지 않나 말이야."

"나도 그래. 조롱당한 기분이야."

다니구치도 동조했다.

"후지와라 과장, 어디 있어? 의견을 좀 들어보자고."

"영사실에 있습니다."

젊은 직원이 대답한다.

"이리 불러와."

1분도 안 돼서 후지와라가 달려왔다. 장내 분위기를 이미 알고 있는지 표정이 굳어 있다.

"어이, 과장님. 이 영화, 도마자와를 우습게 보는 거 아닌가?"

세가와가 다그쳤다.

"아니죠. 그렇지 않습니다. 영화는 어디까지나 픽션이죠."

후지와라가 대답한다.

"그야 영화니까 당연히 픽션이겠지. 하지만 첫 장면부터 '어서 오세요, 도마자와입니다' 하는데, 본 사람들은 도마자와가 이런 곳이라고 여길 거 아니야. 그렇게 되면 좀 이상하잖아. 명예롭지 못하다고 할까……."

세가와는 양보할 기미가 없다. 사람들도 장내에 아직 많이 남아 있다.

프로듀서가 내려와 진지한 표정으로 입을 열었다.

"마음에 들지 않는 분도 있다는 거, 잘 압니다. 하지만 누구를 조롱하거나 비난하는 영화가 아닙니다. 인간의 해학성은 도시나 시골이나 다 마찬가지죠. 그 점을 이해해주셨으면 합니다……."

"당신은 나설 거 없어. 영화를 만드는 것이 일이니 도마자와는 어떻게 되든 상관없을 거 아냐."

"아니죠. 상관없다는 그런 말씀은……."

"우리가 문제 삼고 있는 건 이런 영화라는 걸 알면서 현지 촬영을 유치한 면사무소의 자세라고. 아무리 경제 효과를 기대할 수 있다 해도 그렇지, 자존심을 버려서는 안 되잖아."

거침없는 의견에 후지와라는 얼굴을 붉히면서 볼을 푸들거렸다.

"세가와. 그만하고 다른 사람 의견도 들어보자고."

야스히코가 제안했다. 아직도 많은 사람들이 남아 있다.

"저, 저는 재미있게 봤는데요……."

삿포로에서 도마자와로 부임한 중학교 선생이 조심스럽게 손을 들고 말했다.

"이거, 블랙 유머라고 하는 겁니다. 그러니까 모든 사람이 재미있게 볼 수는 없겠지만 저는 아주 좋던데요."

"다른 사람은? 젊은 사람들은 어떻게 생각하나?"

"저도 재미있었어요. 웃음이 나오는 장면도 몇 군데나 있었고."

면사무소의 여직원이 말했다. 그녀도 삿포로에서 온 사람이다.

"다 외지에서 온 사람들이군. 요컨대 남의 집 얘기라는 거겠지."

세가와가 또 한마디 했다.

"그렇게 말하면 안 되지. 우리 동네를 위해서 열심인 사람들에게."

야스히코가 나서서 나무랐다.

"그럼 사사키 씨는?"

"부면장님은 도쿄 출장 중이야."

후지와라가 대답한다.

"하하, 도망친 건가."

"또 그런 소리를 한다."

야스히코가 세가와를 노려보았다.

"나도 생각이 좀 복잡하네요."

가즈마사가 한숨을 쉬어가며 말했다.

"역시 우리 동네다 보니 객관적으로 볼 수가 없군요. 다른 곳이 무대였다면 재미있었을지도 모르겠지만, 고향이다 보니."

"거 보라고. 고향을 아끼는 마음이 있었더라면 이런 영화는 유치하지 않았을 거야."

"세가와 씨. 그렇게 말하는 거 아니죠. 우리 고장을 사랑하는 마음은 나도 누구 못지않다고요."

후지와라가 안색을 바꾸고 항변했다.

"그래. 세가와 자네가 말이 지나쳤어. 후지와라도 우리 동네를 위해서 유치한 거잖나. 덕분에 그동안 사람들이 많이 와서 동네가 북적거렸고 여관과 음식점도 돈을 벌었고 우리도 충분히 즐겼어. 오늘만 해도 이렇게 동네 사람들이 많이 모이는 기회를 가졌고. 아무 일도 없는 것보다는 좋잖나."

야스히코가 말했다. 인구가 적은 동네는 무슨 일이 있는 것만으로도 의의가 있다.

"이제 그만들 하게나. 영화는 이미 완성되었으니 어쩔 수 없지. 다들 그만 투덕거려."

어르신 한 분이 모두를 깨우치듯이 말했다.

"우리도 잠시 즐겼으니 그거면 됐지."

"어쩔 수 없다니, 그렇게 말씀하는 것도 예의가 아니죠. 프로듀서에게."

후지와라가 인상을 찡그리면서 호소한다. 프로듀서가 입을 열었다.

"아닙니다. 저는 신경 쓰지 않아도 돼요. 여러분에게 전달되지 않아 아쉽습니다. 그러나 우리는 걸작이 탄생했다고 믿고 있습니다. 요즘 영화는 시류에 영합한 탓에 소비되고 끝나는 경향이 많은데 이 영화는 틀림없이 오래 남을 겁니다."

"오래 남는다고? 그렇게 돼도 곤란한데."

세가와가 또 나섰다.

"세가와 씨. 그만 좀 하세요."

끝내 후지와라가 언성을 높였다.

"그만들 하게. 자, 다들 돌아가자고."

한 어르신이 손뼉을 짝짝 치자 모두가 입을 다물었다. 후지와라가 험악한 표정을 한 채 밖으로 나간다. 세가와와 다니구치는 한잔하러 가겠다면서 돌아갔다.

어색한 분위기만 남았다. 이 일은 한동안 화근으로 남을 듯하다. 그러다 이내 잠잠해질 것이다. 좁은 동네니 얼굴을 마주하지 않을 수 없다. 그러니 누군가는 중재에 나서고 그리고 어쨌든 화해한다. 이 동네는 지금까지 줄곧 그래 왔다.

"재미있었는데."

중학교 선생은 탄식하면서 아쉽다는 듯이 중얼거렸다.

밖으로 나오니 해는 완전히 기울었는데 그렇게 춥지는 않았다. 슬슬 눈이 녹아가고 있다. 대지가 얼굴을 내밀면 도마자와에도 봄이 온다.

5

5월 들어 영화 〈붉은 눈〉에 관한 새로운 뉴스가 날아들었다. 세계적으로 유명한 영화제에서 그랑프리를 수상했다고 한다. 작품상, 감독상, 각본상, 여우주연상을 싹쓸이한 쾌거였다.

야스히코는 아침 텔레비전 뉴스를 보고 알았다. 아나운서가 흥분한 목소리로 "일본 영화의 쾌거입니다." 하자 수상식 영상이 흘렀다. 기모노 차림의 오하라 료코가 활짝 웃는 얼굴로 트로피를 받는 광경이었다. 야스히코는 아침을 먹다가 젓가락을 떨어뜨릴 뻔했다.

"어머나."

교코도 놀라서 텔레비전을 빤히 들여다보았다. 귀가 잘 들리지 않는 어머니는 상황을 모르겠는지 "무슨 일이 있니?" 하면서 둘을 번갈아 보았다.

어머니에게 설명하자, "아이고, 내가 나온 영화를 전 세계 사람들이 다 본단 말이니?" 하고 얼빠진 목소리로 말하고는 눈을 동그랗게 떴다. 그다음 바로 울린 전화에서는 "텔레비전 봤어?" 하고 가즈마사가 호들갑을 떨었다.

"나도 사실은 걸작이라고 생각했다고. 그런데 세가와 아저씨가 그렇게 화를 내는데 어떻게 말할 수 있겠어. 나중에 들으니까 사사키 씨도, 걸작 영화니까 사람들도 시간이 흐르면 알게 될 거라고 했다는 것 같아. 나도 이럴 줄 알았다고."

어째 넉살 좋은 소리를 하고 있다.

"나, 이용학원 마치면 촬영 때 신세 진 헤어 스타일리스트 제자로 들어갈까 하는데, 앞으로 3년, 내 뜻대로 하면 안 될까?"

"뭐? 그쪽에서는 뭐라는데?"

"이제 편지 쓰려고."

야스히코는 어이가 없었다.

"마음대로 해."

그렇게 대답하고 전화를 끊었다. 그런 말을 꺼내지 않을까 하는 예감도 있었다. 하기야 젊으니 하고 싶은 대로 하면 된다. 이용사 자격이 있으면 먹고 살 수는 있을 것이다.

그보다 영화가 그랑프리를 수상했다. 야스히코는 후지와

라를 가장 먼저 떠올리고 안도했다. 도마자와에서 이 뉴스에 가장 기뻐할 사람은 보나마나 후지와라일 것이다. 그 후에도 말 많은 사람들은 우리 동네의 명예를 더럽혔다고 후지와라 험담을 했다. 이제는 그도 두 발 뻗고 잘 수 있게 되었다.

야스히코는 기쁜 마음에 리모컨을 손에 들고 이리저리 채널을 돌렸다. 곱게 차려 입은 오하라 료코가 아름다워 입가가 절로 벌어졌다.

이틀 후, 면사무소에 그랑프리 수상을 축하하는 현수막이 걸렸다. 이제 영화는 주목을 모으게 될 것이다. 그러면 필연적으로 무대가 된 도마자와도 각광을 받게 될 것이다.

사람이란 참 간사하다. 동네 사람들 사이에서도 영화를 다시 평가하는 목소리가 들리기 시작했다.

"잘 생각해보니까 재밌더라고. 시골을 야유하는 면이 있어서 그만 화가 났는데 마음이 가라앉고 나니까 잘 만든 영화다 싶더라니까."

"요컨대 인간의 보편적인 교활함과 나약함, 뭐 그런 걸 그린 작품인 거지. 나도 반성했어. 나잇살이나 먹은 어른이 웃으면서 받아들였어야 하는 건데."

가게에 오는 손님이 겸연쩍어하면서 태도를 바꿔 그렇게 칭찬하는 것이 우스웠다. 야스히코 자신도 생각을 바꿨다.

시사회 직후에는 친근한 이들의 수치스러운 면모를 까발린 것 같아 다소 거부감이 있었지만, 역시 영상은 긴박감이 넘쳤고 배우진의 연기도 훌륭했다. 영화광이 감탄할 만한 작품이었다.

다만 세가와만은 고집을 꺾지 않았다.

"시골 사람은 그저 권위에 약하다니까. 유명한 상을 받은 순간 다들 손바닥을 뒤집잖아. 나는 도무지 납득이 안 간다고. 틀린 건 틀린 거지. 그 영화는 도마자와를 아주 깔아뭉개고 있다고. 자네 생각은 안 그런가?"

"그만하라고. 좋은 일이잖아."

"좋기는 뭐가 좋아. 온 세계 사람들이 홋카이도에 저렇게 조그맣고 못난 동네가 있구나, 하고 정말로 생각하면 어쩔 거야?"

야스히코는 쓴웃음을 지으면서 듣고 있었다. 말이 많은 것은 머쓱하기 때문일 것이다.

며칠 후 후지와라가 이발을 하러 왔다.

"후지와라. 잘됐군. 축하해."

야스히코가 축하해주자 파안대소하면서 악수를 청했다.

"무코다 씨가 날 감싸준 거, 평생 잊지 않을 겁니다."

"무슨 큰일을 했다고."

"아니죠. 시사회 때 야, 사면초가라는 말이 이런 거구나, 혹시 나 이 동네에서 쫓겨나는 거 아닐까, 그런 생각까지 들어서 얼마나 겁났다고요. 그런데 야스히코 씨가 세가와 씨나 다니구치 씨를 나무라고 내 편을 들어줘서 정말 고마웠어요. 아, 알아주는 사람이 있구나 하고."

"하하하."

야스히코는 그 허풍스러운 감사에 쑥스럽게 웃었다.

"그런데 세가와 씨와 다니구치 씨, 그 사람들은 뭐라고 하던가요?"

"글쎄. 요즘은 얼굴을 안 보여서."

야스히코는 거짓말을 했다.

"보나마나 이를 갈고 있겠죠. 사람을 그렇게 비난하고 몰아세우더니 결국 자기 편협함만 드러낸 꼴이잖습니까."

"그렇게 말할 거⋯⋯."

"아 참. 빅뉴스가 있어요. 그랑프리 수상 기념으로 도마자와에 감사를 표하고 싶다고 프로듀서와 감독, 오하라 료코 씨가 개봉 전에 오기로 했습니다."

"그래? 그거 잘됐군."

"면장에게 전화가 왔다고 하더라고요. 면장이 얼마나 기뻐하던지, 면민회관에서 축하 파티를 열겠다던데요. 도쿄에서 매스컴 관계자들도 데려올 테니까 뉴스에 나오면 영화 홍보도 될 거고, 동네 이름도 알려지고. 도마자와가 한 번 더 들썩거릴 겁니다."

"후지와라 자네 공이 크군."

"고맙습니다. 축하 파티, 무코다 씨에게는 좋은 자리를 준비해놓죠. 오하라 료코 체취를 맡을 수 있을 만큼 아주 가까운 자리로요. 세가와 씨와 다니구치 씨는 안 되고요."

"이런 사람하곤."

"만약 회관에 나타나면 무슨 낯짝으로 왔냐고 현관에서 쫓아 보낼 겁니다."

"이제 그만 넘어가. 반성하고 있다니까."

"아니죠, 절대 안 할 걸요. 절대."

후지와라가 성을 내면서 말한다.

야스히코는 그게 또 우스워서 웃음을 참느라 고생했다.

이 얘기는 앞으로도 계속 되풀이될 것이다.

도마자와는 이제 슬슬 벚꽃이 필 계절이다. 아무것도 없는 동네지만 이 시기에 산과 들에 피는 벚꽃의 아름다움 하나는 자랑할 수 있다. 그 풍경을 오하라 료코에게 보일 수 있다 싶으니 절로 마음이 따뜻해졌다.

도망자

1

　도마자와 출신의 한 젊은이가 도쿄에서 엄청난 사건을 일으켰다. 그 젊은이는 히로오카의 장남 슈헤이로, 도마자와에 살던 때에는 중학교에서 학생회장까지 할 만큼 우수하고 활달한 아이였다.

　무코다 야스히코는 저녁 7시 NHK 뉴스에서 그 소식을 접했다. 지난 며칠 동안 세상을 떠들썩하게 했던 사기단의 주범에 대해 전국에 지명수배령이 내렸고, 이름과 함께 얼굴 사진이 공개된 것이다.

　"어이! 여기 좀 와 봐! 히로오카 씨네 아들이잖아!"

　저녁을 먹고 있던 야스히코는 자기도 모르게 벌떡 일어나 큰 소리를 질렀다. 놀란 어머니가 틀니를 식탁에 떨어뜨려

어푸어푸거렸다.

"여보! 어서 와보라니까! 텔레비전, 텔레비전!"

부엌에 있는 아내를 부르자, 무슨 일인가 싶어 허둥댄 나머지 유리문 문턱에 발이 걸려 "아야!" 하고 비명을 지르고는 한쪽 발로 깡충거리면서 거실로 들어왔다.

"저거 좀 봐! 히로오카 씨네 슈헤이 맞지?"

야스히코가 화면에 크게 비친 얼굴을 가리킨다.

"아이구 아야……. 슈헤이 얼굴이 저렇게 생겼었나?"

교코가 바닥에 웅크리고 앉으면서도 눈을 조아렸다.

"그래, 맞잖아. 벌써 5년이나 못 봤지만 할아버지 장례식 때 내려와서 내게 인사했었다고. 말쑥한 어른이 됐다고 생각했는데 그다음에는 내려왔다는 얘기를 통 못 들었어."

"사람 잘못 본 거 아니야, 당신? 동성동명도 있을 수 있는데."

"아니, 슈헤이가 틀림없어."

"저렇게 나쁜 짓을 할 아이가 아니었는데……."

교코는 믿지 못하겠다는 투였다. 야스히코도 비슷한 심정이다. 공부를 잘해서 고등학교도 삿포로에서 나오고 그해에 바로 도쿄의 사립대학에 합격한 수재였다. 히로오카는 무슨 일이 있을 때마다 그런 아들 자랑을 했다.

아, 그러고 보니. 야스히코는 짐작 가는 게 있었다. 지난 몇 년 동안 히로오카는 이발하러 와서도 아들 얘기를 전혀 하지 않았다. 야스히코가 물으면 "회사를 만든 거 같은데, 대체 뭘 하는 건지." 할 뿐 대화 자체를 피하는 것처럼 보였다.

뉴스에 따르면 슈헤이를 리더로 하는 사기단은 고령자를 노리고 묘지를 개발한다는 허위 광고를 내서 돈을 투자받고는, 돈만 챙겨 흔적도 없이 사라져버렸다고 한다. 피해를 본 한 노인이 자살하는 바람에 현대의 묘지 부족을 이용한 비열한 사기 범죄로 뉴스에서 몇 번이나 다뤄졌다. 그리고 경찰이 사기단이 은신한 곳을 찾아내 습격하자, 주범 격인 히로오카 슈헤이가 아파트 2층 베란다에서 뛰어내려 그대로 도주했다는 것이다.

"도망쳤네."

교코가 말했다.

"그러니까 전국에 지명수배령을 내린 거지. 이 좁은 일본에서 어떻게 도망을 치겠다고."

야스히코는 충격에 소름이 다 끼쳤다. 어렸을 때부터 중학생 때까지 머리를 깎아준 아이다. 어렸을 때라 별 대화는 나누지 않았지만 이발하는 중에 만화를 열심히 읽었다는 것은 기억하고 있다.

"히로오카 씨는 알고 있으려나?"

교코가 물었다.

"그야 경찰에서 연락을 했겠지."

"저런. 부인은 어쩌고 있을까 모르겠네."

교코가 얼굴을 찡그리고 중얼거렸다.

야스히코는 히로오카가 어쩌고 있을지 족히 상상이 갔다. 지금쯤 덧문까지 꼭꼭 닫고 전화도 받지 않고 집 안에 틀어박혀 있을 것이다. 또는 동네를 벌써 빠져나갔을지도 모른다.

히로오카는 이웃 동네에 있는 수도공사 회사에 다니고 있다. 성격이 착실하고 온화해서 누구나 좋아했다. 그런데 조그만 동네에서 자식이 텔레비전 뉴스에 나오는 범죄를 저질렀다. 게다가 지금 지명수배 중이다. 더할 나위 없이 비극적인 사건이다. 나 같으면 머리를 싸매고 누울 것이다.

세가와와 다니구치를 만나 얘기도 하면서 정보를 공유하고 싶었지만 어딘가 모르게 꺼려지는 마음도 있어 휴대전화에 손이 가지 않았다. 소문에 발 빠르다고 여겨지고 싶지 않다.

그러고 있는데 집 전화가 울렸다. 교코가 받아보니 삿포로에 사는 아들 가즈마사였다.

"너도 뉴스 봤니? 엄마하고 아버지가 얼마나 놀랐는지……."

교코는 흥분해서 아들과 얘기한다. 그러고 보니 가즈마사와 슈헤이는 두 살 차이여서 어렸을 때는 곧잘 어울려 놀았다. 중학교 때는 축구부에서 같이 활동했으니 친한 선후배 사이였을 것이다.

"여보, 나도 좀 바꿔봐."

야스히코가 도중에 수화기를 낚아챘다.

"너, 진즉에 알고 있었냐?"

"아니. 자세하게는 잘 모르겠는데 도쿄에서 아주 폼 나게 살고 있다는 얘기는 들었어. 축구부에서 1년 선배였던 사람이 도쿄에 있는 부기 전문학교 졸업하고 도쿄에서 취직했는데, 그래서 슈헤이 선배와도 간혹 만났대. 전에 만났을 때 포르쉐를 몰고 있다느니 롯본기 힐즈에 살고 있다느니 했거든. 회사 만들어서 토지 거래로 대박이 났다고 자랑했다는 것 같은데, 그 선배 말이 사람이 많이 변했다고, 그래서 무서워서 멀리했대."

"그랬구나."

야스히코는 얘기를 듣고서 한숨을 푹 내쉬었다. 의심의 여지가 없다. 지명수배된 범인은 히로오카의 아들 슈헤이가 틀림없다. 공부를 잘하는 아이였지만 세월이 흐르면 사람도 변한다.

"그리고 중학교 때 친구 집에도 경찰에서 전화가 왔대. 히로오카 슈헤이와 마지막으로 연락한 게 언제냐고. 홋카이도에서 찾아갈 만한 장소를 모르느냐고."

"그래. 그랬겠지."

야스히코는 더더욱 마음이 불편해졌다. 도마자와의 집에도 틀림없이 경찰이 다녀갔을 것이다. 히로오카는 어쩌고 있을까.

밤 아홉 시가 되어 세가와에게서 전화가 왔다. 다이코쿠에서 다니구치와 한잔하고 있는데 오지 않겠느냐고 한다. 물론 슈헤이 건은 알고 있고 다 같이 얘기를 하는 중이라고 했다.

야스히코는 두말 않고 달려갔다. 이런 때는 역시 누구든 같이 얘기를 하면서 불안함을 나누고 싶다.

밖으로 나오자 밤인데도 윗도리가 필요 없을 정도로 따뜻했다. 이 북쪽의 한적한 동네에도 여름이 오고 있다. 마음이 들뜨는 계절인데 도마자와에 엉뚱한 뉴스가 날아든 셈이다.

가게 안은 앉을 자리가 없었다. 여주인은 여느 때와 달리 맥이 쭉 빠져 암울한 표정으로 담배를 피우고 있다.

"내일, 도마자와 경찰서에 경시청 형사들이 온다네. 아까 서에서 온 사람이 그랬어."

여주인이 보라색 연기와 함께 말을 토했다.

"도쿄에서 여기까지 온단 말이야?"

"고향인데 안 그렇겠어. 가만히 놔둘 리가 없지."

"경시청에서 영장 들고 습격했는데 코앞에서 놓쳤으니 말도 안 되는 실책을 한 거지. 아파트 2층 베란다에서 뛰어내려 도주했다니, 어이가 없잖아."

"체면이 말이 아니겠지. 경찰은 감점제도가 있으니 한시

바삐 잡지 못하면 간부 목이 날아갈 걸."

"게다가 세상이 주목하고 있는 사건이잖아. 경찰도 똥줄이 탈 거야."

"그러게 말이야. 자살한 사람이 있으니 더욱이 그냥 사기 사건으로는 끝나지 않겠지."

손님끼리 저마다 한마디씩 한다. 그러나 말투는 무겁고 분위기도 암울하다. 모두가 슈헤이를 알고 있으니 이웃에서 범죄자가 나온 심정인 것이다.

"그런데 슈헤이가 어디서 길을 잘못 든 게야? 어렸을 때는 그렇게 밝고 예의 바르고 통솔력도 있는 착한 아이였는데."

세가와가 안타깝다는 듯이 말했다.

"그야 도쿄에서 나쁜 친구를 만난 거겠지. 안 그러고서야 어떻게 이런 일이. 제가 먼저 나쁜 짓을 할 아이는 아니었잖아."

다니구치가 감싸고 나섰다. 모두가 고개를 끄덕거린다.

"그래도 뉴스에서는 주범이라고 하던데."

여주인도 한마디 했다.

"무슨 착오가 있는 거겠지."

야스히코가 말했다.

"지금 기억났는데, 옛날에 머리 깎으러 오는 초등학생에게는 사탕을 줬거든. 그런데 언젠가 내가 볼일이 있어서 잠깐 가게를 비웠다가 서둘러 돌아와 보니 슈헤이가 의자에 앉아 만화를 보며 기다리고 있었어. 기다리게 해서 미안하다 하면서 사탕을 줬더니 아까 할머니가 주셨다고 괜찮다고 하더라고. 아무 말 않고 있으면 하나 더 먹을 수 있는데. 그 정도로 정직한 아이였어."

얘기를 하다 보니 25년 전의 광경까지 되살아났다. 눈코 입이 반듯반듯하게 잘생긴 아이였다. 이발소에 올 때면 늘 쑥스러운 듯이 고개를 숙이고 있었다.

"그래, 맞아. 여름 축제 때 어린이회에서 바자회를 했는데 슈헤이가 회계를 맡았잖아. 그건 다들 신뢰하고 의지하기도 했다는 뜻이라고."

세가와가 그렇게 덧붙이자 또 다들 고개를 끄덕거렸다.

"우리도 나이가 비슷한 아들이 있으니 남 일 같지 않군. 그런데 히로오카는 어떻겠나. 아버지 된 사람 심정이 오죽하랴 싶군. 야스히코 자네는 친하게 지내니까 내일이라도 히로오카 집을 찾아가 보는 게 어떻겠어?"

다니구치가 말했다.

"딱히 친하게 지내는 건 아닌데……. 매달 이발을 하러 오니까, 오면 얘기나 나누는 정도지……."

야스히코가 고개를 젓는다.

"그래도 우리보다는 잘 아는 사이잖아."

"그런데 그쪽에서 그냥 내버려두길 바라지 않을까. 나는 그렇게 생각하는데."

"그런가, 그럴 수도 있겠군……."

모두가 몇 번이나 한숨을 쉰다.

한참 지나자 면사무소 직원들이 나타났다. 손님이 많아 깜짝 놀라는 표정이더니 이내 상황을 파악하고 카운터 구석 자리에 앉았다.

"아이고, 우리도 야근하느라 난리도 아닙니다. 일곱 시 뉴스에 나온 후로 매스컴의 문의 전화가 쇄도하는 통에. 졸업 앨범을 어디서 빌릴 수 없겠느냐, 면사무소에 히로오카 슈헤이를 아는 사람은 없느냐."

물수건으로 얼굴을 닦으면서 말한다.

"정말? 도쿄에서 매스컴까지 온다는 말이야?"

여주인이 놀란 목소리로 묻는다.

"그렇지 않겠어요. 이렇게 큰 사건인데."

그 말을 듣자 야스히코는 점점 더 히로오카가 걱정되었다. 매스컴이 온다면 보나마나 히로오카의 집으로 몰려갈 것이다.

"저 말이야. 매스컴이 온다는 얘기, 히로오카에게 전하는 게 좋지 않을까? 매스컴에 잡히면 가족들이 곤욕을 치를 텐데."

야스히코가 말했다.

"그러니까 자네가 전하고 오라잖아."

세가와가 말했다. 야스히코는 히로오카가 딱해서 가슴이

메었다.

그날 밤 다이코쿠에는 늦은 시간까지 손님이 들었다. 그리고 오는 손님마다 슈헤이가 벌인 사건 얘기를 했다. 모두가 일종의 흥분상태에서 날짜가 바뀔 때까지 아무도 돌아가려 하지 않았다.

2

다음 날 아침, 가게 문을 열기 전에 히로오카에게 전화를 걸까 어쩔까 망설이고 있는데 세가와에게서 휴대전화로 전화가 걸려왔다.

"자네, 히로오카에게 전화했나? 피난하게 했어?"

"아니, 아직."

"뭐하는 거야. 아직 안 걸었어? 조금 전에 우리 아들이 기름 배달하러 나갔다가 히로오카 집 앞을 지났는데, 벌써 방송국 차가 몇 대나 서 있다던데."

"정말인가?"

야스히코는 자기도 모르게 목소리가 높아졌다.

"정말이라니까, 정말."

"미안하군. 한발 늦었네."

야스히코는 얼굴을 찡그리면서 후회했다. 망설이고 있을 때가 아니었다. 삿포로의 방송국이 제일 먼저 움직였으리라는 건 어린애도 상상할 수 있었다.

"잠시 상황을 살피러 가보지 않겠나? 가만히 두고 볼 수는 없잖아."

"어, 그렇지."

"내가 데리러 갈게."

전화를 끊었는데 바로 착신음이 울렸다. 이번에는 다니구치였다.

"우리 옆집 기무라 씨네에 신문기자가 아침 일찍 찾아왔대. 딸인 지하루가 슈헤이와는 고등학교 동창생이잖아. 그래서 졸업 앨범을 빌려달라고 했다는군."

생각지 못한 민첩함에 야스히코는 더럭 겁이 났다. 사건 기자는 기사를 위해서라면 무슨 짓이든 할 것 같았다.

지금 세가와와 히로오카 집에 가려 한다고 했더니, 다니구치는 자기도 가겠노라고 했다. 당분간 도마자와 주민은 일이 손에 잡히지 않을 것 같다.

히로오카의 집은 아스카 지구에 있다. 주택가라고 할 정도는 아니지만 양옆에 이웃집이 있다. 좁은 길이 매스컴 관계 차량으로 꽉 차 있었다. 택시도 몇 대 서 있다. 신문사에서 빌린 차인 듯했다.

야스히코 일행이 도착하자 기자들이 일제히 돌아보면서 우르르 파도처럼 몰려왔다.

"히로오카 씨와 아는 사이입니까?"

한 젊은 기자가 묻는다.

"음, 뭐 그런데……."

세가와가 대답했다.

"슈헤이 용의자는 아는 사람입니까?"

"그야 여기서 태어났으니까 아장아장 걷던 시절부터 알기는 하지만."

세 사람은 단박에 기자들에게 에워싸였다.

"죄송합니다. 공동 취재에 응해주실 수 있을까요? 이쪽에서도 대표 간사를 정하고 질문하는 기자는 세 명으로 하겠습니다. 개별적으로 하면 수습하기가 어려우니 그렇게 부탁드리면 좋겠는데요."

기자의 태도는 어디까지나 정중했다. 다들 아들 같은 나이다. 뭐라고 대답하면 좋을지 몰라 얼굴만 마주 보고 있는데 "그럼, 부탁드리겠습니다." 하고 일방적으로 말하더니 세가와가 서 있는 주변에 카메라가 자리를 잡았다.

기자들이 일단 물러나 간사 역을 정하고 있다. 바로 대표가 정해졌는지 다시 세가와를 에워쌌다.

"얼굴은 찍지 않겠습니다. 목부터 아래만 들어갑니다."

"아, 그래요."

세가와는 당황한 표정이다.

"아, 잠깐."

문득 생각난 야스히코가 세가와에게 살며시 다가가 귀엣말을 했다.

"괜한 말을 하면 안 돼. 다들 볼 테니까."

"아, 알았어."

세가와가 딱따구리처럼 고개를 끄덕거린다.

곧바로 공동 취재가 시작되었다. 이번 사건을 알고 어떤 생각을 했느냐, 용의자는 어떤 소년이었나, 용의자에게 하고 싶은 말은 없는가. 형식적인 질문이 이어지고 세가와는 질문에 일일이 대답했다.

"그런데 히로오카는 어디로 간 거지?"

취재 상황을 바라보면서 다니구치가 말했다.

"글쎄. 친척집에라도 가지 않았겠나."

야스히코는 목을 쭉 빼고 히로오카 집을 보았다. 창문에는 전부 덧문이 닫혀 있어 안이 보이지 않는다.

"안에 있는 것 같은데."

어느 틈엔지 근처 노파가 옆에 와서 조그만 소리로 속삭였다.

"정말요?"

"아침에 신문 가지러 나온 부인을 내가 봤어. 게다가 차도 있잖아."

과연 차고에 부부 각자의 차가 두 대 나란히 서 있다.

히로오카 부부는 집 안에 있으면서 없는 척 숨죽이고 매스 컴 관계자들이 사라지기를 기다리고 있는 것인가. 그렇게 생 각하자 야스히코는 그 자리에 있기가 괴로웠다.

그때 경찰차가 골목으로 들어왔다. 그 뒤로 왜건도 따라 왔다. 기자들이 이번에는 차에서 내린 남자들을 에워쌌다. 제복 경찰은 도마자와 경찰서 사람이고, 사복은 도쿄에서 온 경시청 형사인 듯하다. 벌써 나타난 걸 보면 어제 밤사이에 삿포로에 와 있었다는 얘기다.

형사들은 기자들의 질문에는 응하지 않고 왜건에서 종이 상자를 꺼내 들고 히로오카 집으로 향했다.

"가택 수사를 하나 본데."

다니구치가 미간을 찡그리면서 말했다.

"왜……, 부모는 관계없는 일이잖아."

"부모님 댁은 일단 용의자의 관계처가 됩니다. 친족이 숨 기고 있을 가능성도 있으니까 통상적인 수사에 해당되죠."

근처에 있던 젊은 여기자가 친절하게 가르쳐주었다.

전화로 미리 연락을 한 모양이다. 현관에서 인터폰을 누르 고 "경찰입니다." 하고 형사가 말하자, 잠시 후 문이 열렸다. 카메라 셔터 소리가 일제히 울린다. 후줄근한 트레이닝복 차 림의 히로오카가 현관 너머에 얼핏 보였다.

야스히코는 봐서는 안 되는 것을 본 기분이 들어 한시라도 빨리 이 자리를 뜨고 싶었다.

"세가와, 난 가봐야겠어."

"좀 더 있자고. 가택 수사는 쉽게 볼 수 있는 게 아니잖나."

"지금 그런 말이 나오나. 히로오카가 딱하지도 않아?"

다니구치도 야스히코와 같은 기분인 듯, 눈썹을 찌푸리고 비난했다.

"화를 내기는. 보라고, 다들 모여들었잖아."

어느 틈에 모여들었는지 이 동네 사람 대부분이 나와 히로오카 집을 지켜보고 있었다. 좁은 골목이 사람들로 꽉 차서 차를 뺄 수도 없다.

야스히코는 그 자리에서 가능한 멀리 떨어져 등을 돌리고 먼 산을 바라보았다. 그것은 최소한의 의사 표시였다. 녹음이 짙게 우거진 산 위 하늘에서 솔개가 새끼와 함께 빙빙 돌고 있다.

사흘이 지나자 매스컴은 물러갔지만 그동안의 취재 경쟁은 알고 있던 것보다 한층 치열했다. 사회의 이슈를 다루는 프로그램에서는 이웃 동네에 있는 슈헤이의 할머니 집까지 쳐들어가, 거절할 줄 모르는 노인을 카메라 앞으로 끌어냈다. 주간지는 슈헤이의 인간성을 아는 인물을 일일이 찾아다녔고 급기야 야스히코의 이발소에도 찾아왔다. "어떤 아이였습니까?" 하는 질문에 야스히코는 "착한 아이였는데요." 하고 시큰둥하게 대답하고는 그 이상은 상대하지 않았다. 매스컴의 보도 방식이 천편일률적이라 혐오감을 느꼈기 때문이다.

세상 사람들이 이 사건에 특히 주목한 까닭은 사기단 멤버들이 모두 고학력자에 도쿄 지역을 대표하는 여섯 대학 연합 서클 출신의 선후배 관계였기 때문이다. 일반 범죄자들이 벌이는 보이스 피싱 같은 금융사기 사건과는 달리, 엘리트 집단이 범죄에 손을 대다 못해 범죄 양상이 점차 교활해졌다는 스토리가 관심을 불러일으킨 것이다. 게다가 한때 롯본기 힐즈에 살았으며 씀씀이가 헤펐다는 사실도 잇달아 밝혀졌다. 사회 이슈 추적 프로그램에서 다루기에 더없이 좋은 사건이다. 텔레비전을 보고 있었더니 슈헤이의 중학교 졸업문집까지 등장했다. 자료를 제공한 사람에게 악의는 없었을 것이다. 생각해보면 다른 사건에서도 용의자의 졸업문집은 종종 등장했다.

기자들은 사라졌지만 경시청 형사 둘은 여전히 도마자와에 남아 집 주변에서 잠복을 계속했다. 홋카이도 경찰에서 제공받은 차량이 집이 보이는 공터에 늘 서 있다.

다이코쿠에서도 이 사건이 화제가 되었다.

"하루 스물네 시간 잠복하고 있는 건가?"

세가와가 소박한 의문을 표한다.

"그렇겠죠. 잠복은 스물네 시간을 하지 않으면 의미가 없으니까요."

면사무소 직원이 명확하게 대답해주었다. 그의 말에 따르면, 도마자와 서에서는 전면적인 협조를 자청했고 형사과 젊은 형사들이 번갈아 잠복에 참가하고 있다고 한다. 큰 사건이 잘 일어나지 않는 시골 형사에게는 경시청 형사가 그저 눈부신 존재일 것이다.

"그건 그런데, 경찰이 아주 작정하고 검거에 나섰군. 기껏해야 사기사건인데 말이야."

다니구치가 감탄스럽다는 듯이 말했다.

"그야 노인이 자살을 했다고 하니 국민감정이 들끓어 좌시할 수 없는 거겠지. 보도 뉴스 계속 확인하고 있는데 아직도 시끄럽던 걸. 슈헤이가 긴자 술집에서 하룻밤에 100만 엔씩 쓰면서 호화판으로 놀았다느니, 그런 것까지 까발리고 있었어. 호스티스의 증언까지 곁들여서 말이야."

여주인이 담배를 피우면서 말한다. 다이코쿠는 요즘 들어 매일 밤 북적거린다. 화젯거리가 있기 때문이다.

"그래서 히로오카는 지금 어쩌고 있는데? 일은 다니고 있나?"

세가와가 물었다.

"글쎄, 나는 잘 모르겠네."

여주인이 대답하면서 야스히코를 본다.

"나도 잘 몰라. 얘기도 한 적이 없으니."

야스히코는 고개를 저었다.

"야스히코, 역시 자네가 한번 가봐야 하지 않겠나. 매달 이발을 하러 오는 손님이었고 히로오카도 자네에게는 얘기하기 쉽지 않겠어?"

"또 내게 떠미는군."

"그래도 누군가는 위로해줘야지. 안 그러면 점점 더 고립될 거라고."

"그래. 히로오카가 착실한 사람이라서 말이지. 나는 혹시나 자살하지 않을까, 그런 걱정까지 드는데."

"거 무슨 소리."

야스히코가 몸을 일으키며 말했다.

"아니지, 그럴 가능성이 전혀 없지는 않아. 히로오카는 책임감도 강한 사람이잖아. 여름 축제 때 야키소바 재료가 잔뜩 남았을 때도 자기가 재료 반입량을 잘못 계산했다고 제 돈으로 사려고 했잖아. 비가 와서 손님이 많지 않아 어쩔 수 없는 일이었는데 말이야."

다니구치가 심각하게 말한다. 야스히코도 그런 느낌이 들어 겁이 났다.

"알겠어. 내일 내가 한번 가보지. 너무 낙담하지 않게 위로도 하고."

"부인도 통 보이지 않던데, 보나마나 둘이 집 안에만 박혀 있을 거야."

세가와도 한마디 했다.

교코도 그 점이 걱정이었다. 언제나 이용하는 슈퍼마켓에도 모습을 보이지 않기 때문이다.

시골은 도시와 달라 익명으로 살 수 없다. 피붙이 중에 범죄자가 있으면 길거리에 나다닐 수 없다. 야스히코는 진심으로 그들을 동정했다.

다음 날, 야스히코는 가게 문은 천천히 열기로 하고 히로오카 집을 찾아갔다. 전화로 미리 연락하지 않는 것은 도마자와 사람들에게는 흔히 있는 일이다. 불쑥 찾아갈 수 있어야 돈독한 사이라는 뜻이다.

찾아갈 이유가 필요해, 어머니가 밭에서 수확한 오이를 챙겨들고 갔다.

차를 타고 집 앞에 도착해보니 덧문은 닫혀 있지 않고 차고에는 차도 있었다. 평일인데 집에 있는 듯하다.

약간 긴장한 채로 인터폰을 눌렀다. 툇마루가 있는 유리창 커튼이 빼꼼 열리고 사람 그림자가 스쳤다. 누가 왔는지 확인하는 것이리라. 잠시 후, 안에서 발소리가 들리고 현관문이 열렸다. 나온 사람은 히로오카였다. 눈을 마주치지 않고, "무슨 일이지?" 하고 묻는다. 야스히코는 초췌해진 히로오카의 모습에 놀랐다. 불과 며칠 사이에 눈은 움푹 꺼지고 덥수

룩한 수염에 싸인 볼은 거뭇거뭇하다.

"저, 오이를 수확했기에 좀 나눠 주려고 왔어. 싱싱해서 소금에 박박 문질러서 먹으면 맛있을 거야."

"아, 고맙군."

히로오카는 오이를 받아들고는 문을 닫으려 했다.

"아, 저. 일은, 오늘은 안 나갔나?"

야스히코는 얼른 대화를 이었다. 히로오카는 대답할 말이 없는지 "아, 음." 하고만 말했다.

마음 편히 얘기할 수 있는 분위기는 아니었다. 히로오카는 말이 없었지만 돌아가라는 말도 하지 않았다.

"그럼, 또 보세."

야스히코는 그렇게 말하고 발길을 돌렸다. 등 뒤에서 문을 잠그는 소리가 들렸다.

차로 돌아가 왔던 길을 되돌아가려는데 한 남자가 툭 튀어나와 앞길을 막았다.

아, 그렇지, 형사가 잠복하고 있다는 걸 깜빡했다. 야스히코는 지시를 따라 차를 세웠다. 30대로 보이는 도쿄의 형사가 운전석 옆에 와서 경찰수첩을 내보이며 허리를 굽혔다.

"잠깐 실례하겠습니다. 이 동네분이신가요?"

야스히코는 히로오카와 아는 사이이며 어떻게 지내는지 보러 왔노라고 숨김없이 대답했다. 면허증을 보여달라고 해서 순순히 응했다.

"길을 가로막아 죄송합니다."

형사는 아주 신사적이었다. 용의자의 집을 방문한 사람까지 확인해야 하니 경찰이 하는 일도 쉽지는 않겠다.

집에 돌아오자 바로 히로오카에게서 전화가 걸려왔다. 전화를 받자마자 하는 말이 "아까는 미안했네." 하고 사과했다.

"집사람이, 걱정이 돼서 왔을 텐데 차 한 잔 대접하지 않았다고 뭐라 하더군."

"아니네. 괜찮아. 그보다 집사람은 지금 어쩌고 있나?"

"꼼짝 못하고 누워 있어."

"그렇군."

야스히코는 가슴이 아팠다. 그 고운 부인이…….

"나는 회사를 쉬고 있어. 사장이 한동안 쉬라고 해서."

"그래, 그게 좋겠지."

"어차피 일이 손에 잡히지도 않을 테고."

"할 수 없지 뭐."

"우리 아들이 얼토당토않은 일을 저질러서."

히로오카가 무겁게 말을 뱉었다. 야스히코는 대구할 말이 없었다.

"죽음으로 사과를 하는 길밖에 없지 않나 싶군."

"어, 어이, 히로오카. 아, 아니, 무슨 소리야!"

야스히코는 갑자기 혀가 꼬였다.

"그런다고 일이 해결되는 건 아니잖나. 게다가 슈헤이는 이제 어른이야. 아무리 부모라도 책임을 져줄 수는 없다고."

"그럴지도 모르겠지만 이제 밖에는 나다닐 수도 없으니."

"무슨 소리야. 진정하라고. 다들 걱정하고 있어."

"아무튼 미안해. 아까는 문전에서 돌려보내서. 너무 미안해서 사과라도 제대로 하지 않으면 마음에 남을 것 같아서."

"마음에 남다니."

야스히코는 등골이 서늘해졌다.

"지금 다시 가겠네. 잠시 얘기라도 나누자고."

"아니야, 그럴 거 없어."

"그럴 거 없다니. 히로오카, 자네 죽음으로 사과를 하겠다는 그런 생각하면 안 돼."

야스히코가 힘주어 말하자 히로오카는 잠시 아무 말이 없더니 "아, 그래." 하고 맥없이 대답했다.

"아무튼 마음을 가라앉히라고. 우리와 언제든 의논하고."

"고마워. 오랜만에 사람과 얘기를 했군."

히로오카가 그렇게 말하고 전화를 끊었다. 야스히코는 엉덩이가 근질근질해서 가만히 있을 수가 없었다. 역시 그냥 두고만 볼 수는 없다. 히로오카가 자살이라도 한다면 온 동네가 당분간 침체될 것이다.

3

　히로오카의 집에 다녀왔노라고 세가와와 다니구치에게 전하자, 단박에 술집 단골들 사이에 얘기가 퍼져 다들 히로오카를 걱정하게 되었다.

　"당번을 정해서 매일 가보는 게 좋지 않겠어?"

　세가와가 그렇게 제안했다.

　"그거 오히려 폐가 되지 않겠나. 히로오카도 그렇지만 부인에게도 부담이 될 텐데. 시간이 지나면 냉정함을 되찾지 싶은데. 지금은 너무 놀라서 한창 가슴을 떨고 있을 때인데."

　다니구치가 반대 의견을 내세웠다.

　"그래. 당연히 범죄는 범죄지만 사기사건이잖아. 사람을 죽인 것도 아니고."

여주인이 동의했다.

"그래도 자살한 사람이 생겼다고. 히로오카는 그 사실에 책임을 느끼고 있어. 유족 입장에서야 살해당한 거나 다름없다고 생각할지도 모르고."

야스히코는 그렇게 말했다. 야스히코는 히로오카가 암담해하는 이유가 죽은 사람이 생겼다는 점일 것이라고 상상했다. 사람의 목숨은 변상할 도리가 없다.

"그렇기는 하지."

모두가 동의했다.

"게다가 시간이 지나면 어떻게든 되는 일도 아니라고. 이런 일은 시간이 지나면 지날수록 더욱 현실감이 생기지 않을까. 생각하면 생각할수록 심리적으로 쫓기게 된다고 할까. 지난번 봤을 때 인상이 상당히 절박하게 보였어."

"야스히코, 겁주지 말라고. 우리까지 불안해지잖나."

세가와가 말했다.

"그리고 또 한 가지, 나는 부인 쪽이 더 걱정이야. 그 아들을 얼마나 끔찍이 여겼냐고. 슈헤이도 어머니에게 극진한 아들이라 해마다 어머니날에는 꽃다발을 보냈다고. 히로오카가 아버지날에는 아무것도 보내지 않으면서 어머니날에는 꽃다발을 보낸다고 섭섭해했을 정도잖아."

"그래 맞아. 그랬지."

"그러니 부인도 신경을 써야지."

"부인은 걱정 없을걸."

여주인이 대뜸 말했다. 모두가 여주인을 보았다.

"모름지기 어머니 된 사람은 자식을 두고 자살하지 않는 법이야. 어머니는 무슨 일이 있어도 마지막까지 제 자식을 믿고 비호한다고. 그러니까 슈헤이 그 사람이 나타나든지 체포되기를 꼼짝 않고 기다리고 있을 거야. 과거 사건을 봐도 아들의 범죄에 책임을 느끼고 자살한 사람은 모두 아버지였잖아. 어머니는 죽지 않아."

"아, 그렇군. 그래."

과연 설득력이 있는 말이라, 남자들이 모두 응응 하면서 고개를 끄덕였다.

"아무튼, 우리가 히로오카를 돕자고. 다 불알친구인데 그냥 내버려둘 수는 없잖아. 게다가 나는 이게 남의 일 같지만은 않아. 우리 가즈마사도 삿포로에서 성실하게 지내고 있지만 아직 젊으니 어디서 무슨 일을 저지르지 말란 법도 없잖나."

"나도 그래. 요컨대 우리의 아들이었을지도 모르는 일이라는 거지."

세가와의 말에 모두들 또 고개를 끄덕거렸다.

"아무튼, 순서를 정해서 먹을거리라도 좀 챙겨다 주기로 하자고. 부인이 누워만 있다고 하니."

"그러자고. 뭐라도 먹어야 버티기라도 하지."

그렇게 의견이 모아져 바로 순서를 정했다. 그쪽에서 부담스러워하지 않게 이틀에 한 번 찾아가 보기로 했다. 단, 사건에 대해서는 언급하지 않고 그저 두런두런 얘기나 나누되 오래 머물지 않는다는 등의 부차적인 것도 정했다.

그렇게 얘기라도 나누니 자신들도 마음이 놓였다. 동네가 조그맣다 보니 한 사람의 슬픔이 모두에게 전염되는 것이다.

첫 번째로 야스히코가 가게 되었다. 세가와는 경솔한 면이 있는 데다 다니구치는 말주변이 없어, 첫 번째로 가기에는 야스히코가 무난할 것이라는 이유로 정해진 것이다.

교코에게 전하자 유부초밥과 채소조림을 만들어 찬합에 담아 주었다. 그러나 정성을 들여 찬합을 싼 느낌은 아니었다.

"히로오카 씨 부인이 학부모회 모임에서 얼마나 아들 자랑을 했다고. 그러니까 딱하게 여기지 않는 사람도 있을지 몰라."

교코는 그렇게 털어놓았다.

"당신은 어떤데?"

"솔직히 나도 좀 싫었지만 지금은 사정이 딱하다 싶네."

"흐음."

지금까지 부인네들의 세계를 상상해본 적이 없는 야스히코는 의외다 싶었다. 학부모회에 대해서는 교코에게 일임하

293

고 있었다.

　히로오카 집에 가니, 그는 아직 회사에 나가지 않고 집에 있었다.

　"아, 이거 미안하군. 잘 받겠네."

　찬합을 받아들고는 현관에 멀거니 서 있다. 지난번과 달리 긴장하는 기색은 없었다. 혹시 무슨 할 얘기라도 있는 것인가 싶어, "집사람은?" 하고 물어보았다.

　"아직 2층에서 꼼짝 않고 있어."

　히로오카는 턱으로 2층을 가리키면서 소리를 낮춰 대답했다.

　"밥이 넘어가지 않는다고 해서 어제는 병원에 데리고 가 링거를 맞고 왔어. 나보다 충격이 큰 거겠지. 옆에 있지 않으면 걱정이 돼서 회사는 줄곧 쉬고 있어."

　"그래. 큰일이군."

　그때 계단에서 발소리가 들렸다. 부인이 편한 차림으로 내려왔다.

　"미안하네요. 아무것도 대접하지 못해서."

　현관에 무릎을 꿇고 앉아 한숨과 함께 말을 토했다. 화장을 하지 않아 더욱이 나이 들어 보이지만 꾸밀 기력도 없을 것이다.

　"부인, 쉬세요. 바로 갈 겁니다."

　"기타노가 말이죠……, 히로오카의 이름에 먹칠을 했다고

294

하네요."

부인이 갑자기 이상한 소리를 한다. 기타노는 지역의 이름으로 아마 히로오카의 고향일 것이다.

"당신, 괜한 소리 하는 거 아니지."

히로오카가 얼굴을 찡그린다.

"아직 재판도 받지 않았는데 미리부터 나쁜 사람 취급을 하니, 슈헤이가 가엾잖아요."

"됐으니까 잠자코 있어."

히로오카가 제지하는데도 부인은 말을 늘어놓았다.

"무코다 씨, 사람들은 웃을지 몰라도 나는 우리 슈헤이를 믿어요. 그 아이가 노인을 상대로 사기를 치다니, 절대 있을 수 없는 일입니다. 그것도 주범이라니, 말도 안 돼요. 사기를 친 회사의 사장이라고 하는데, 사람이 좋다 보니 덮어쓴 게 뻔해요. 우리 슈헤이는 가만히 있으면 누명을 쓰게 생겼으니 그게 겁나서 도망쳤을 거예요. 나는 그렇게 생각합니다."

"입 다물어. 무코다 씨에게 왜 그런 소리를 해."

"아니, 나는."

부인이 원망스러운 눈초리로 히로오카를 올려다보고는 일어나 다시 계단을 올라갔다.

"미안해. 집사람이 요즘 정신이 좀 불안정해서."

히로오카가 해명한다.

"신경 쓰지 않아도 돼. 그렇게 끔찍이 여기던 아들이니 더욱 그렇겠지."

"그런데 슈헤이가 어디 숨어 있는 건지 도통 모르겠군. 그녀석이 좀 소심한 면이 있어서, 겁이 나서 나타나지 않는 게 아닐까, 그렇게 생각하고 있는데."

"그렇군."

"겉으로만 호기를 부렸지, 옛날부터 겁이 많아서 학교 수영장에도 2학년이 되어서야 겨우 들어갔는걸."

"우리 아들도 무섭다고 스케이트를 못 탔지."

"아무튼 나타나지 않으면 해결의 실마리도 없으니."

"그렇지."

"실마리가 있다면 나라도 나서서 찾고 싶은 심정이야."

"그러게 말이야."

히로오카는 지난번과 달리 그렇게 속내를 털어놓았다. 눈을 자꾸 깜박거리고 다리를 떨면서도 토해내듯 말을 잇는다. 얘기가 일단락 나자 크게 한숨을 내쉬고, 그러고서야 처음으로 야스히코를 보았다.

"이렇게 투덜거려 미안하군. 자네와는 관계없는 일인데."

"무슨 소리야. 관계가 왜 없나. 우리 손님이었는데."

야스히코는 가볍게 웃으면서 대답했다.

"지난 일주일 동안 집 안에 집사람과 단둘이 있다 보니 얘기할 상대도 집사람뿐이어서 하는 얘기가 맨날 제자리걸음이었어. 슈헤이가 나쁜 친구들에게 속은 거다, 누명을 쓴 거다, 그런 말만 듣다 보니까 내가 점점 더 속이 뒤집혀서……. 오늘 이렇게 자네와 얘기를 하니 좋군."

"그럼 오늘 밤에 다이코쿠에 오지 않겠나. 다 같이 한잔 하게."

"아니, 그럴 수는 없지. 아들이 도망 다니고 있는 판국에 아비 된 사람이 어떻게 술이 넘어가겠나."

"그도 그렇군. 알겠어. 아무튼 나도 온 보람이 있군. 아, 그리고 모레는 세가와가 올 거야. 그리고 또 이틀 후에는 다니구치가 올 거고. 부담되면 그렇다고 말하고."

"부담은 무슨."

"그럼 그렇게 알고 가겠네. 그 사람들과도 얘기 나누고."

결국 현관에 선 채로 30분이나 얘기를 나눴다. 야스히코 자신도 속이 후련해진 느낌이라, 대화의 힘을 새삼스럽게 절감했다.

히로오카의 집에서 돌아오는데 또 형사가 차를 세우고 무슨 일로 왔느냐고 물었다.

야스히코가 먹을거리를 좀 챙겨 왔다고 대답하자 대화 내용까지 알고 싶어 했다. 숨길 것도 없다 싶어서 부부와 나눈 얘기를 있는 그대로 말했다.

"그렇군요. 부모다 보니 괴롭겠지요."

형사가 온건하게 말했다.

"당신들, 언제까지 잠복하고 있을 거요?"

"기본적으로는 용의자가 체포될 때까지입니다만, 수사본부의 지시에 따라 달라질 수도 있습니다."

"아, 그래요. 그럼 도쿄에 있는 윗사람에게 전해요. 슈헤이가 나타나면 동네 사람들 모두가 나서서 자수하라고 설득할테니 그만 철수해도 된다고 말이요."

"알겠습니다. 그렇게 전하죠."

형사는 하얀 이를 드러내고 씩 웃는다. 왠지 마음을 연 느낌이랄까, 야스히코는 형사에게 물어보았다.

"슈헤이가 체포되면 죗값을 얼마나 치르겠소? 징역 몇 년정도?"

"글쎄요. 그건 재판관에게 물어봐야……."

"그래도 보통 몇 년은 될 거다, 그런 게 있지 싶은데. 5년이라든지 10년이라든지."

"5년이겠죠."

형사가 간단히 대답했다.

"자살한 사람이 있었고 피해 금액이 큰 터라 검찰에서는 최고형을 구형하려 하겠지만, 범죄 자체는 흔히 있는 부동산 사기라서 집행유예 없는 5년이 되지 않을까요. 변제도 변수가 되겠지만요."

"아, 그래요. 고맙소이다."

"형사가 그러더라는 말은 하지 마십시오."

"물론입니다."

그런 얘기를 하고 있는데 경찰차에서 또 다른 형사가 또 내렸다. 가볍게 목례를 하고는 다가온다.

"안녕하십니까. 도마자와는 좋은 곳이군요."

그가 하늘을 올려다보면서 말했다.

"도쿄 변두리 출신이라 그런지 일본에 이렇게 좋은 곳이 있을 줄은 몰랐습니다. 공기는 깨끗하고 강물은 맑고, 들과 산에는 꽃이 피어 있고. 눌러살고 싶어질 정도입니다."

"다음에는 겨울에 한 번 와봐요. 그런 말이 나오나."

"하하. 그렇습니까. 죄송하군요."

그가 머리를 긁적거린다.

셋이서 잠시 얘기를 나눴다. 그저 세상 돌아가는 얘기다.

매일 잠복을 하는 형사도 대화에 굶주려 있는 것이다. 서로 농담도 던지자 거리가 갑자기 좁혀졌다. 야스히코는 이때도 대화의 힘을 다시 한 번 통감했다.

토요일, 가즈마사가 돌아왔다. 축제 이벤트 건으로 청년단에서 회의가 있어 그 때문에 돌아왔다고 한다. 그래 봐야 버스로 두 시간 거리라 툭하면 돌아오곤 하는데, 슈헤이 얘기가 나오자 가즈마사 표정이 어색해졌다.

"그 선배가 그런……."

한숨을 쉬며 말한다.

"너, 뭐 알고 있는 거 없냐?"

야스히코가 묻는다.

"없어. 그보다 슈헤이 선배 어머니는 어떻게 지내시나 모르겠네. 어머니와 사이가 좋았잖아. 나, 지금도 기억나. 축구부 시합하면 어머니가 꼭 응원 와서 목이 쉬어라 응원을 하셨잖아. 자랑스러운 아들이었는데 충격이 클 거야."

"어머니는 누워서 거의 일어나지도 못한다. 벌써 열흘은 됐지."

"그래?"

"그래서 다이코쿠 단골끼리 먹을거리를 좀 챙겨다 주고 있어."

"잠복 경찰은 아직 있고?"

"멀리서도 잘도 아는구나."

"청년단 사람들에게 들었어."

"체포될 때까지 교대로 잠복한다더라. 동네 사람들과도 이제 얼굴을 다 아는 사이가 됐어. 할머니도 앙금떡 갖다주고 답례로 권총을 만져봤다 하시더라."

"아버지, 언제부터 그런 농담하게 됐어?"

가즈마사가 딱하다는 눈빛으로 말했다.

"매일 아무 변화도 없는 곳에서 사니 어쩔 수 없지. 너도 그렇게 될 거다."

야스히코가 눈을 가늘게 뜨고서 말하자, 가즈마사는 싫은 내색을 했다.

청년단 모임이 있었다는데, 또래 몇 명만 모였던 것 같다. 장소도 집회소가 아니라 찻집 구석에서 작은 소리로 소곤거렸다고 한다.

"청년들이 와서 커피 한 잔 시켜놓고 두 시간이나 얘기를 하지 뭐예요. 아줌마들처럼."

가게 여주인이 이렇게 전하면서 웃는 바람에 자연히 알게 되었다.

보나마나 언제 어디 모여 놀자는 얘기였겠지. 젊은 사람들은 태평해서 좋군, 하면서 야스히코는 별 신경 쓰지 않았다.

4

　다음 날인 일요일, 도마자와 서 서장이 이발을 하러 왔다. 슈헤이 사건에 대해 묻자, 경시청 형사가 출장을 와 있는 탓에 지역 경찰에서 나름 신경을 써야 한다고 농담처럼 투덜거렸다.

　"안 그렇겠습니까. 도쿄에서 내려온 형사가 스물네 시간 잠복을 하고 있는 때에 우리가 술을 마시러 다닐 수는 없으니 말이죠. 마작을 못 한 지도 한참 되었습니다."

　"그야 그렇죠."

　"용의자가 대체 어디 숨어 있는지. 범인들은 대체로 남쪽으로 도망치니까, 가령 연고지가 아니더라도 난 오키나와가 아닐까 싶은데. 그러니 집 앞에서 잠복을 하고 있어 봐야 소용없을 것 같은데 말입니다. ……아하, 이건 비밀입니다."

서장이 남의 일처럼 웃는다. 도쿄에서 벌어진 사건이라 긴장감이 없는 것이리라.

"용의자의 부모님은 어떻게 지낸답니까? 아직 집 안에만 있던데."

"글쎄요. 일은 쉬고 있는 듯합디다."

"이렇게 동네가 작은데 이런 일이 생기면 어떻게 되나 모르겠습니다. 역시 다른 곳으로 이사를 가나요?"

서장이 대뜸 물었다. 이 남자는 삿포로 출신이고 도마자와에는 혼자 부임한 관리다.

"아니죠, 어디 그럴 수 있나요. 쉰이 넘었는데 생활 터전을 바꾸기는 어렵죠. 이대로 도마자와에서 살겠죠."

"그래도 아들이 체포되고 형기를 마쳤다 해도 평생 말들이 많을 텐데. 저 집 아들, 사기죄로 전국에 지명수배된 적이 있다고 말입니다. 친척 중에 딸이 있으면 혼담도 들어오지 않고."

거침없는 말투에 야스히코는 울컥 화가 났다.

"이런 때는 시골이라 더 난감하겠죠. 도시 같으면야 익명으로 살 수 있고 남의 일은 시시콜콜 캐지 않는 매너도 있지만, 이곳은 그렇지도 않으니 말입니다."

"대신 서로 돕는 정이 있습니다."

"아, 그건 그렇겠습니다. 조그만 동네에는 서로 돕는 정이 있어서 좋죠."

괜한 말을 했다고 생각하는지 서장이 당황한 말투로 변명했다.

"아닌 게 아니라 동네 사람들이 용의자의 집에 먹을거리를 갖다주고 있다고 하니. 도시 같으면 어림없는 일입니다."

그때 마침 도마자와 서의 경찰이 찾아왔다. 이발 중인 서장의 귀에 뭐라고 숙덕거린다.

"사기죄의 용의자가 도내에……."

그런 말이 야스히코의 귀에 얼핏 들렸다.

안색이 달라진 서장이 "잠깐 실례하겠습니다." 하고는 이발 가운을 걸친 채 가게 구석에서 소곤소곤 얘기를 나누기 시작했다.

지금 들린 말이 사실이라면 슈헤이는 홋카이도에 있는 것일까. 현대 과학 수사의 수준이 엄청나다는 것은 문외한인 야스히코도 뉴스를 통해 잘 알고 있다. 스마트폰에서 나오는 미미한 전파로 있는 곳을 추적할 수 있다지 않은가. 어쩌면 공항이나 역의 방범 카메라에 슈헤이의 모습이 찍혔을지도 모르는 일이다.

서장은 부하를 돌려보내고 의자로 돌아 와"수염은 안 깎아도 됩니다. 오늘은 이발만 빨리 부탁드리죠." 하고 말하고는 입을 다물어버렸다.

야스히코는 예사롭지 않은 분위기에 긴장했다. 슈헤이가

도내에 있다면 도마자와로 돌아온다는 뜻일까.

　서장이 돌아가자, 거리에 경찰차가 오갔다. 도경 본부에서 지원 인력이 온 듯하다. 세가와도 염려가 되는지 가게에 나타났다.

　"야스히코, 무슨 일이 있는 건가, 이거?"

　야스히코가 조금 전에 있었던 일을 전하 세가와는 눈을 깜박거리면서 물었다.

　"슈헤이가 홋카이도로 돌아왔다는 말인가?"

　그리고 짚이는 구석이라도 있는지 표정이 굳어서는 낮은 목소리로 말했다.

　"우리 아들이 얽혀 있지 않으면 좋겠는데……."

　"요이치로가 왜?"

　"실은 어제 할머니가 돌아가셔서 비어 있는 집 열쇠를 빌려달라고 하기에 무슨 일에 쓸 거냐고 물었더니, 삿포로에서 온 친구를 재울 거라고 하잖아. 그렇다면 집에 재우지 그러느냐고 했더니 뭐라고 우물쭈물하더니 분명하게 대답하지 않고 열쇠만 가져갔거든. 처음에는 여자를 데려가는 건가 했는데, 옆에 가즈마사도 있었고."

　"가즈마사가?"

　야스히코가 얼떨떨해서 되물었다.

　"청년단의 또래 청년들이 네 명 정도 있었어."

"우리 가즈마사는 여름 축제 때문에 청년단 모임이 있어서 돌아왔다고 하던데."

"그런 말은 없었는데. 그런 일이라면 집회소를 사용했겠지. 게다가 단장이 어젯밤에 다이코쿠에서 마시고 있던 걸."

"그럼 가즈마사 그놈이 거짓말을 한 건가."

"아무래도 예감이 좋지 않아. 혹시 우리 요이치로가 슈헤이를 감추고 있는 게 아닌지 모르겠군."

세가와가 불안한 눈치를 보이며 말했다.

"일이 그렇게 된 거라면 가즈마사도 얽혀 있는 거겠지."

야스히코는 가게 안을 향해 교코를 부르고, 가즈마사가 지금 어디 있느냐고 물었다.

"어제 나가서 아직 안 들어왔는데요. 또 친구들이랑 어울려 마작이나 하고 있겠지. 돌아오면 늘 마작을 하니까."

사정을 모르는 교코는 천하태평이다. 야스히코는 가슴이 쿵쿵 뛰어 가즈마사의 휴대전화로 전화를 걸었다. 그런데 전원이 꺼져 있는지 아무 반응이 없다.

"이놈이 대체 어디 있는 거야."

초조함이 들끓는다. 어떻게 해야 하나 궁리하다, 야스히코는 히로오카에게 전화를 걸어보기로 했다. 슈헤이가 도내에 숨어 있을지도 모른다는 것을 과연 가족은 알고 있는지, 그걸 확인하고 싶었다.

그런데 히로오카는 전화를 받자마자 묘한 말을 했다.

"마침 전화 잘했어. 마누라가 조금 전에 사라졌는데, 야스히코, 혹시 아는 거 없나?"

"뭐? 대체 무슨 말인가?"

"한 시간 전쯤이었나, 자네 아들 가즈마사가 뒷문으로 찾아와서 아주머니 계시느냐고 하기에 2층에 누워 있다고 했더니, 잠깐 만나게 해달라고 하고 2층에 올라가서 잠시 얘기를 나누는 것 같더라고. 나는 그때 마당에서 풀을 뽑고 있었는데 30분 정도 지나서 집에 들어가 보니 이상하게 조용한 거야. 그래서 2층에 올라가 봤더니 이부자리가 비어 있는 거야. 휴대전화도 그냥 있어서 동네에 나갔나 했는데 어떻게된 일인지 통 돌아오지를 않아서."

히로오카의 얘기를 듣자 야스히코는 점점 의혹이 커졌다. 세가와 말대로 가즈마사와 동네 청년들이 슈헤이를 숨기고 있는 것은 아닐까.

"히로오카, 밖에 형사들 아직 있나?"

야스히코가 물었다.

"그야 있지. 오늘은 경찰차까지 있는걸."

"저 말이지, 어쩌면 슈헤이 군이 홋카이도에 돌아왔는지도 모르겠어. 조금 전에 도마자와 서장이 이발을 하러 왔었는데 부하가 부르러 와서 그런 말을 전하자 허둥지둥 나갔거든."

"그거 정말인가?"

히로오카가 놀란 목소리로 물었다.

"정말인지 아닌지는 모르지만. 그런데 갑자기 경찰차도 늘어났고, 경찰도 어수선하게 움직이는 것 같고 말이야."

"그럼 가즈마사가 마누라를 데리고 나간 게 슈헤이를 만나게 하기 위해서인가?"

"그건 모르겠지만, 혹시 우리 아들이 괜한 짓을 했는지도 모르겠군."

야스히코는 안절부절못했다. 청년단 멤버가 숨기고 있다면, 그 역시 명백히 범죄다.

찾으러 나가겠다는 히로오카에게 집에 그냥 있으라고 설득하고 야스히코는 세가와와 둘이 빈집에 가보기로 했다. 가게 문은 닫았다. 가게나 지키고 있을 때가 아니었다.

세가와의 차를 타고 반년 전에 어머니가 돌아가셔 빈집이 된 세가와의 친가에 가보니 덧문은 그대로 닫혀 있고 이렇다 하게 달라진 점은 없었다. 마당에 차도 서 있지 않다. 다만 밭일을 하던 노인이 울타리 밖에서 안을 기웃거리고 있어서 무슨 일이 있느냐고 물으니, 조금 전까지 사람이 있어서 누군가 싶어 들여다보고 있다는 대답이었다.

"혹시 우리 아들 아니었나요?"

야스히코가 물었다.

"멀리서 봐서 잘 모르겠어. 젊은 사람이 네다섯 있던데. 나이가 좀 되어 보이는 여자가 하나 차를 타고 와서 30분 정도

집 안에 있었고, 그다음에 차 몇 대가 나갔어."

"여자가 혹시 히로오카의 부인 아니던가요?"

세가와가 물었다.

"글쎄. 나는 요즘 귀도 잘 안 들리고 눈도 어른어른해서 누가 누군지 잘 몰라."

"알겠습니다. 고마워요, 할아버지."

결정적이었다. 청년단 젊은이 몇 명이 어젯밤부터 슈헤이를 숨기고 오늘은 어머니까지 만나게 했다. 이제 어쩌려는 생각일까.

"어떻게 하나, 이 일을."

"어떻게 하기는…… 가즈마사, 이 멍청한 놈이 어쩌자고 그런 경솔한 짓을 해서……."

둘이서 어쩔 바를 모르고 있는데 야스히코의 휴대전화가 울렸다. 대기 화면을 보니 교코가 건 전화였다.

"무슨 일이야?"

"여보. 지금 경찰에서 전화가 왔는데, 가즈마사가 슈헤이와 함께 도마자와 서에 있대요. 그래서 뭐가 어떻게 된 건지 잘 모르겠지만 참고인 조사를 한다고 한동안 신병을 인수하겠다네."

"뭐라고? 대체 그게 무슨 소리야. 같이 체포됐다는 거야?"

야스히코의 심장이 쿵쿵거리기 시작했다.

"아니 그럼 우리 아들도 체포되었단 말이야?"

교코가 자지러지는 소리로 되묻는다.

"내가 묻고 있잖아!"

다그치자 교코는 당황해서 알 수 없는 말만 했다.

세가와의 휴대전화에도 전화가 걸려왔다. 아내인 듯하다. 세가와의 아들도 경찰서에 있다고 해서 놀란 듯했다.

"세가와, 지금 경찰서로 가보자고. 뭐가 어떻게 된 일인지 도무지 알 수가 있어야지."

"그래, 그러자고. 요이치로 이 자식, 한 대 맞아야겠어."

둘이 얼굴을 마주 보고 한숨을 푹 내쉬었다.

암담한 기분으로 황급히 도마자와 서에 도착했는데 로비에 청년단 멤버 네 명이 앉아 있었다. 서장과 뭐라고 얘기를 나누고 있다. 그다지 긴박한 분위기는 아니었다. 오히려 차분하다.

"요이치로 이놈! 너 대체 무슨 짓을 한 거냐?"

세가와가 눈을 부릅뜨고 언성을 높였다. 요이치로가 입을 열기 전에 서장이 "아아, 진정하세요." 하면서 손으로 제지하고는 의자에 앉으라고 권했다.

"여러분 아들이 홋카이도로 돌아온 용의자를 경찰에 출두하게 했어요. 큰일을 해낸 건 맞는데 하룻밤을 숨기고 있었으니 경우에 따라서는 도주 방조, 범인 은닉죄에 해당될 수도 있습니다. 뭐 그런 일이야 없겠지만."

"가즈마사, 그런 거냐?"

야스히코가 묻자 가즈마사는 팔짱을 끼고 뚱한 표정을 하고는 고개를 끄덕였다.

"어쩌다 그렇게 된 거야? 자세하게 설명해봐."

가즈마사는 청년단 친구들을 돌아보더니 입을 열었다.

"어제 슈헤이 선배에게서 연락이 왔더라고. 삿포로에 와 있는데 만나고 싶다고. 그래서 우리 하숙집으로 불렀더니 사건 얘기를 털어놓잖아. 체포되는 것은 어쩔 수 없지만 자기도 할 말이 있다고, 그걸 어머니에게 얘기하고 싶다고 하잖아. 수갑을 차기 전에 사과하고 싶다면서…… 그래서 난 그렇게 해줄 수도 있지만, 어머니를 만나고 나면 반드시 경찰에 자수하라고 부탁했어. 그 점은 약속하겠다고 해서 도마자와로 데리고 온 거야. 그래서 어젯밤에는 요이치로 할머니의 빈집에 재우고 아침에 아주머니를 모셔 와서 대면하게 한 거고."

"그래서, 그다음에는?"

"아주머니가 울었지. 슈헤이 선배도 울면서 사과했고. 우리는 그 자리에 있을 수가 없어서 밖에 나와 있었지만."

"그렇게 중요한 일은 아버지와 의논을 했어야지. 우리는 네놈들도 체포되었는지 알았잖아."

야스히코가 낮고 엄한 목소리로 꾸짖자, 가즈마사는 "미안해요. 그래도 자수를 했으니까 이제 사건은 해결된 거잖아." 하고는 손가락으로 코밑을 쓱쓱 문질렀다.

"용의자는 현재 형사과에 있습니다. 부모님도 같이 있어요. 청년단을 봐서 구치장에 구류하지는 않겠습니다. 이제 삿포로로 이송된 다음 오늘 중에 도쿄로 가게 되겠죠."

서장은 용의자를 확보해 기분이 좋은 듯했다. 시골 경찰서에서는 흔하지 않은 체포극이다.

"아버지, 그리고 세가와 아저씨. 슈헤이 선배 형기를 마치면 도마자와로 돌아오겠다고 하니까 모두 따뜻하게 맞아주세요."

가즈마사가 말했다. 청년단 면면들도 함께 고개를 끄덕거린다.

"우리가 슈헤이 선배에게 그렇게 말했어요. 아직 살 인생이 많이 남았으니까 차라리 도마자와로 돌아와 다시 시작하는 게 어떻겠냐고요. 그야 뭐 삿포로나 도쿄 같은 도시에 살면 주위에서 뭐라 말하는 사람이 없어 살기는 편할지 모르겠지만, 사람과 친해지거나 여자를 사귀게 되면 피치못하게 자신의 과거를 털어놓을 수밖에 없는데, 숨기는 일이 있으면 사람과의 교제를 피하게 될 테고 또 괴로울 테니까……. 그렇다면 차라리 다들 얼굴을 아는 도마자와에 돌아와서 지내는 편이 마음 편하지 않겠느냐고요. 과거를 알아도, 그래도 동네 사람들끼리는 친하게 지낼 수 있잖아요. 형기를 마치면 죗값을 치른 거니까 우리는 받아들일 거예요. 아버지들도 그렇죠?"

312

"아, 그럼. 그래야 마땅하지."

야스히코는 고개를 끄덕거렸다.

"무슨 일이 있으면 옛날에는 따돌렸지만 앞으로 조그만 동네는 그래서는 안 되죠. 다들 편견 없이 사이좋게 지낼 수 있는 동네를 만들어야 하잖아요."

"너, 언제부터 그렇게 말하는 인간이 되었느냐?"

"변화가 없는 동네잖아요. 조금은 변화를 불러일으키자 싶은 겁니다."

가즈마사가 코를 벌렁거리면서 말한다. 야스히코는 쓴웃음을 지어 보였지만 마음속으로는 크게 감동하고 있었다.

설마, 아들에게 감동을 받다니.

세가와도 감동했는지 할 말을 잃은 채 요이치로의 얼굴을 빤히 쳐다보고 있었다.

도마자와는 앞으로 좋은 동네가 될 것 같다.

야스히코는 그런 느낌이 들어 온몸의 긴장이 한꺼번에 풀렸다.

군고구마처럼 따끈한 이야기

부는 바람에 몸이 으스스 움츠러드는 계절이다.

이런 계절을 촛불로 견디려 하니 마음까지 스산해진다.

이런 때 반가운 것은 무엇일까.

평소 잘 가지 않는 시장 거리에서 김이 모락모락 오르는 어묵 국물에 따끈따끈한 만두를 입 안 가득 우물거리면 몸도 마음도 잠시나마 온기를 되찾을까.

옛날 같으면 불 지핀 아랫목에 이불을 쓰고 옹기종기 모여 텔레비전을 보며 온기를 나눴을 텐데.

그런데 여기, 아랫목에서 까먹는 군고구마처럼 정겹고 훈

훈한 이야기가 있다.

남의 나라 이야기지만 남의 나라 이야기가 아닌.

《웰컴 투 탄광촌 이발소》라는 제목부터가 정답다.

요즘은 남자들도 미용실에서 머리를 손질한다고 하니 더욱이 그렇다.

미용실에 밀려나 근근이 명맥을 이어가는 이발소.

홋카이도의 산간 지역에 있는 도마자와는 과거에는 탄광 마을로 번영을 누렸지만, 지금은 인구의 격감으로 숱한 문제를 안고 있는 동네다. 인구 감소와 노령화 사회의 대두에 따른 온갖 사회적인 문제를 고스란히 떠안고 있는 요즘 시골의 대표 격인 곳. 이곳에서 벌어지는 일들은 우리네 시골 상황과 별반 다르지 않다.

그런 시골에서 무코다 이발소는 동네 중장년층의 모임터 구실을 하는 곳이며, 주인 야스히코는 소심하나마 동네 사람들 사이에 문제가 생길 때마다 중재를 도맡는 접착제 같은 사람이다.

젊은이들이 떠나 활기를 잃은 동네는 급기야 재정 파탄에 이르고, 그나마 동네에 남아 나이를 먹은 40대는 짝을 찾지 못해 인생의 비애를 겪다 못해 다른 나라 여자를 아내로 맞는다. 차 없이는 생활용품 하나 구입하기 어려운 상황에 운전하지 않을 수 없는 노인층은 본의 아니게 교통사고를 일으킨다.

고장을 살리고 어떻게든 자립하는 동네로 거듭나고 노인들끼리도 생활할 수 있는 인프라를 구축하려는 노력은 계속되지만, 번번이 실패를 겪는다. 도시에서 위문 공연 차원에서 내려온 민요 가수들의 공연이나 있어야 새바람이 분다. 그런 곳에 도시로 떠나 성공했다는 풍문이 무성한 젊은이가 범법자가 되어 돌아온다.

이처럼 겨울이 오면 온 동네를 무겁게 짓누르는 눈더미처럼 미래가 불확실한 암울함이 동네를 뒤덮고 있지만, 그래도 고향의 품은 거기에 깃든 생명의 면면한 흐름을 넉넉하게 품고 있다. 타인의 고뇌와 아픔을 곧 자신의 고뇌와 아픔으로 느끼고 감싸 안는 정이 살아 있는 것이다. 도시로 떠났던 젊은이가 다시 돌아와 새바람을 불러일으킬 수 있는 것도 어쩌면 넘치도록 꽉 차 있지 않은 헐렁함 덕분일지 모른다.

지금, 시류에 따라 시대착오적이라 해석되는 그 정과 헐렁함이 오히려 정겹고 그렇게 다가오는 것을 향수라 하고 싶지는 않다.

인간에게 근원적으로 필요한 것은 시대를 이끄는 거대한 기치와 인생을 뒤흔드는 불같은 정열, 혹은 타인을 앞서는 빛나는 성공이 아닐 수도 있다. 무코다 이발소에서 오늘도 드나드는 동네 사람들과 격의 없이 대화를 나누면서 자신의 일에 충실을 기하는 야스히코처럼, 정든 동네와 땅에 대한 사랑과 사람들끼리 따스한 온기를 나눌 수 있는 여유와 오늘 하루를 뿌듯하게 사는 작은 성취감일 수도 있다는 얘기다.

그래서 이 겨울 《웰컴 투 탄광촌 이발소》가 군고구마 같은 따끈함으로 다가온다는 얘기다.

암울한 시대를 지켜보면서

김난주

웰컴 투 탄광촌 이발소

초판 1쇄 발행 2017년 1월 1일
개정판 1쇄 인쇄 2025년 2월 1일
개정판 1쇄 발행 2025년 2월 7일

지은이 오쿠다 히데오
옮긴이 김난주
펴낸이 신경렬

상무 강용구
기획편집부 이다희 신유미
마케팅 최성은
디자인 굿베러베스트
경영지원 김정숙 김윤하

펴낸곳 ㈜더난콘텐츠그룹
출판등록 2011년 6월 2일 제2011-000158호
주소 04043 서울시 마포구 양화로 12길 16, 7층(서교동, 더난빌딩)
전화 (02)325-2525 | **팩스** (02)325-9007
이메일 editor1@thenanbiz.com | **홈페이지** www.thenanbiz.com

ISBN 979-11-5879-231-2 03830